Bitcoins, Schwarzgeld und Beschiss

Ein Dachlatten-, Digitalgeld- und Druckluftnagler-Thriller

Axel Ulrich

Die Charaktere und Ereignisse in diesem Buch sind fiktiv. Jede Ähnlichkeit mit realen Personen - egal ob lebend oder nicht - wäre rein zufällig und ist nicht beabsichtigt.

Ich danke dem Rechtsanwalt Helmut Becker wieder mal dafür, dass er das Buch gelesen und auf juristischen Unsinn geprüft hat, Marlies Gerson, die es sicher fünfmal gelesen und jede Menge Fehler gefunden hat und Moritz Ulrich für seine Ideen zum Titel und Tonia Gerson für das Coverfoto.

ISBN: 9798394240911

Inhaltsverzeichnis

1 – TIPPELN

2 – SCHWARZGELD

3 – BEZIEHUNGSSTATUS

4 – WEGZUGSTEUER

5 – WILDWEST

6 – SURFSPOT

7 – PICKNICK

8 – BOTE

9 – HAARE

10 – PERSONENSCHUTZ

11 – RUM

12 – AUSWANDERN

13 – ZOFF

14 – VERSICHERUNGEN

15 – PALÄSTE

16 – ALARM

17 – APP

18 – TRESOR

19 – BACKWATERS

20 – WALLET

21 – COINS

22 – TEUFELCHEN

23 – CHECK

24 – CASH

25 – CODEWÖRTER

26 – ABFLUG

27 – VERJÄHRUNG

28 – INTERVIEW

29 – IMMOBILIEN

30 – BESCHISS

31 – SHERIFF

32 – RENT A CAR

33 – SAMANA

34 – BACHATA

35 – BEIFANG

36 – ÜBERWACHUNG

37 – NOTAR

38 – MOLOTOW

39 – BRANDSTIFTUNG

40 – KNARRE

41 – BEUTE

42 – ARTILLERIE

43 – SCHILDERHÄUSCHEN

44 – PISTOLE

45 – SCHNEPFE

46 – PARTY

47 – VIDEO

48 – BRANDUNG

49 – MACHO

50 – SCHWEINEHUND

51 – BODYGUARDS

52 – KUHFUSS

53 – ARMEE

54 – SCHÜTTLER

55 – KABELBINDER

56 – BETON

57 – TRACKER

58 – FLOSSEN

59 – HEIMFLUG

ÜBER DEN AUTOR

1 – TIPPELN

Fred Monder ist zusammen mit seiner Schwester und seinem kleinen Bruder in einem Dorf in der Nähe von Radolfzell aufgewachsen. Sein Vater besaß da einen gut laufenden Holzbaubetrieb, den der Opa gegründet hatte, nachdem er zum Glück den Krieg als Soldat an der Ostfront überlebt hatte. Es war immer klar, dass Fred den Laden mal übernehmen würde. Seine Lehre hat er in Hamburg angefangen, er wollte mal weg vom Bodensee. Gleich nach dem Abitur mit achtzehn hat er sie begonnen und drei Jahre später abgeschlossen. Dann ist er zwei Jahre lang auf die Walz gegangen, die traditionelle Tippelei der Zimmerleute. Die unternahmen zwar nicht ausschließlich die Zimmerleute, aber sie stellten die größte Gruppe der herumreisenden Handwerksgesellen. Ein eigenes Fahrzeug war bei ihnen verpönt. Wenn sie fuhren, dann nur per Anhalter.

Den tippelnden Gesellen wurde von allen Seiten viel Sympathie entgegengebracht, schon wegen ihrer traditionellen Klamotten. Fred hat immer gedacht, dass ein Vergewaltiger oder Dieb es in solcher Kleidung leichter hätte als in normaler. Leider hat er dann irgendwo gehört, dass so etwas tatsächlich mal passiert ist.

Fred wollte gerne weiter weg und hat sich lange den Kopf zerbrochen, wie er für einen fahrenden Gesellen standesgemäß nach Amerika käme. Da ist er auf den Gedanken gekommen, sich ein Segelboot zu suchen, das ihn mitnimmt und hat eine Yacht gefunden. Auf dem gleichen Wege ist er ein Jahr später wieder nach Europa zurückgekommen und danach auf die Meisterschule gegangen. Fred war hinterher immer noch lernwillig und hat ein Holzbau-Ingenieurstudium dran gehängt. Da war er dann aber doch Ende zwanzig und hat bei einer auf Holzyachten spezialisierten Werft an der französischen Atlantikküste begonnen, zu arbeiten. Auf seinem Segeltrip über den Großen Teich hat er sich mit dem Segelvirus infiziert und konnte dieser Versuchung nicht widerstehen.

Völlig überraschend ist ein halbes Jahr später sein Vater gestorben. Er ist einfach mit dreiundsechzig in seiner Halle umgekippt und erlitt den plötzlichen Herztod. Es hatte vorher nicht den leisesten Schatten eines Anhaltspunkts für irgendeine Herzerkrankung gegeben. Er hat relativ gesund gelebt, schon lange nicht mehr geraucht, in Maßen Alkohol zu sich genommen und sich ständig bewegt. Fred ist natürlich sofort nach Hause geeilt. Sein sechs Jahre jüngerer Bruder war noch mitten in einem Informatikstudium und seine Schwester war gerade in einem Hotel im Elsass mit sechsundzwanzig zu einer der jüngsten Chefköchinnen avanciert. Die wollten nichts vom Holzbau wissen. Sie diskutierten lange, ob man den Betrieb mit einem nicht zur Familie gehörenden Geschäftsführer weiterführen könnte. Die Diskussion ging hin und her und plötzlich hat Fred in sich den starken Wunsch verspürt, die Debatte sofort zu beenden und den Laden von da an selbst zu schmeißen. So ist er dann gleich dageblieben, hat schweren Herzens seine Stelle in Frankreich gekündigt und die Firma übernommen. Er hat sich gedacht, *Holz ist Holz* und wenn er mal wieder Lust habe, was mit Booten zu machen, dann baue er sich einfach eins. Der Betrieb lief schon immer gut, sie haben ein wenig Immobilienvermögen angehäuft.

In Vaters Safe fanden sie mehrere Umschläge. In einem war sein Testament, in dem er den Betrieb und sein Privatvermögen der Mutter und den Geschwistern vermachte und in einem anderen fanden sie die Zugangsdaten eines Kontos bei einer Schweizer Bank sowie eine Vollmacht dafür. Auf einem Papier stand, dass sein Vater vom Opa ein Schwarzgeld-Konto in der Schweiz übernommen hatte, das er selbst weiter aufgefüllt habe. Sie sollten sich bedienen, aber dabei aufpassen. Laut beiliegendem Kontoauszug lag eine knappe halbe Million Franken auf dem Konto.

Ihre Mutter erzählte ihnen, wie das früher bei Handwerkern und anderen Unternehmern so gelaufen sei. Nach Kriegsende regierten die Schwarzen unangefochten bis Ende der sechziger Jahre, es war die Zeit des deutschen Wirtschaftswunders und dieses war aus Sicht der Bürger stark mit der CDU und CSU verknüpft. Gerade die überwiegend konservativen Handwerker hatten einen Mordsschiss vor einer SPD-Regierung, einer Regierung der Sozis, wie sie die nannten. Und aus reiner Vorsicht und aus Angst vor Sozis oder gar Kommunisten brachten sie ihr Schwarzgeld in die Schweiz und bunkerten es dort auf ihren Konten. Schwarzgeld-Zahlungen waren damals so etwas wie ein Kavaliersdelikt. Wer am Stammtisch damit nicht prahlen konnte, der war einfach eine Pfeife, ein Feigling. Und so floss es in Strömen, das schwarze Geld. Erst viel später begannen Regierungen, wirklich ernsthaft etwas dagegen zu unternehmen. Es war völlig normal, einen Kunden zu fragen, wie hoch denn der *offizielle* Teil einer Rechnung sein solle.

Sie haben kurz überlegt, was man mit dem Geld denn anstellen könnte, und ihnen ist nicht allzu viel eingefallen. Dann wanderte das Thema ein wenig in den Hintergrund, sie hatten im Moment andere Probleme. Die Mama beschloss, es einfach da liegen zu lassen, und nur ab und zu ein wenig davon auszugeben. Freds Schwester hob mal einen Betrag von umgerechnet kurz unter neuntausend Euro ab und nahm das Geld mit ins Elsass. Beträge über zehntausend sind nämlich an der Grenze meldepflichtig. Sie brachte das Geld dann in kleinen Dosen auf ihrem Konto unter. Übertreiben konnte man das nicht, denn bei größeren Summen mussten die Banken nachfragen, woher das Geld käme. Freds Bruder wollte es auch so machen wie die Mama und auch Fred ließ das meiste davon erst mal liegen, er hatte immer noch keine Ahnung, was er damit anfangen sollte. Kleinere Summen holte er manchmal ab, wechselte sie in Euro und zahlte ab und an mal etwas auf seinem Konto ein. Er dachte, wenn er das ganz langsam mache, würde das wohl nicht auffallen.

Fred stürzte sich am selben Tag in die Arbeit und er

langweilte sich nicht. Allerdings hat er festgestellt, dass der Betrieb hervorragend geführt war, er hat von seinem Vater auch nichts anderes erwartet. Fred brauchte viele, viele Monate, um über den Verlust seines Papas irgendwie hinweg zu kommen. In den ersten paar Monaten fand er dann doch ein paar Dinge, die man verbessern konnte, aber als er die Papiere seines Vaters mal in Ruhe durchgesehen hat, entdeckte er, dass auch der sich schon darüber Gedanken gemacht hat.

Nebenbei musste Freddy noch sein Wohnungsproblem lösen, denn er hat die Tage seit seiner Rückkehr in seinem Kinderzimmer geschlafen. Das wollte er nicht zum Dauerzustand machen. Es gab an der Stirnseite ihrer Werkhalle über den Büros ein paar leicht heruntergekommene Zimmer mit einem großen Balkon, die er sich in den Abendstunden und an den Wochenenden aufmöbelte. Die Halle lag etwa hundert Meter vom Seeufer entfernt und da seine neue Bude sich über dem Niveau der umliegenden Häuser befand, hatte er sogar ein wenig Seesicht. Fürs Erste war er mit diesen Zustand sehr zufrieden.

Am Jahresende entspannte er sich um die Weihnachtszeit herum. Er saß in seinem Wohnzimmer, schaute über den See, ging an seinen PC und stöberte ein wenig im Internet herum. Für ihn war das mit die sinnloseste Tätigkeit, die man sich vorstellen konnte, denn da zappte man sich durch Seiten von normalen und sozialen Medien stundenlang durch und war hinterher kein bisschen schlauer als vorher.

Irgendwann blieb sein Blick auf der Webseite einer IT-Zeitschrift an dem Begriff *Bitcoin* hängen. Hatte er noch nie vorher gehört. Er las das Ganze etwas genauer durch und lernte, dass es sich hierbei um eine Kryptowährung handelte, also um digitales Geld. Fred hat sich schon immer stark für IT interessiert und angefangen, seinen Zimmerei-Betrieb zu digitalisieren. Lieber investierte er Zeit und Geld in Organisation und Automatisierung, als sie mit hirnrissigen wiederkehrenden Beschäftigungen zu verschwenden. Das Stichwort *Bitcoin* setzte sich in seinem Kopf fest. Er las an dem Tag noch weitere zwei Stunden alles, was er über diese Dinger finden konnte. Daneben hat er sich ein Buch über Bitcoins bestellt. Er wollte darüber noch mal schlafen. Aber er hatte das Gefühl, er sollte etwas unternehmen, nämlich welche kaufen.

Am nächsten Morgen setzte er sich im Schlafanzug wieder

an seinen PC und machte gerade weiter. Er stieß auf einen Informationsdienst zum Thema Bitcoin und er fand heraus, dass es in verschiedenen Ländern Börsen für Bitcoins gab. Fred war aufgeregt. Er stand auf, stellte sich vor die große Glastür am Balkon, schaute auf die winterliche Szenerie raus, dachte an das Schwarzgeld, überlegte hin, überlegte her und musste daran denken, wie er an seinen Job in Frankreich gekommen war. Er hatte damals lange gegrübelt, ob er den Job annehmen sollte, und war zu keinem Schluss gekommen. Dann hatte er in sich selbst hineingehört und so etwas wie Zustimmung gespürt, einfach das, was man ein gutes Gefühl nannte und das war auch richtig gewesen. Und so wiederholte er diesen Vorgang jetzt, suchte nach seiner inneren Stimme. Er verspürte dabei ein ähnlich gutes Gefühl wie damals bei der französischen Firma. Freddy setzte sich an seinen PC, stand wieder auf, machte sich einen Kaffee, trank einen Schluck, setzte sich wieder und meldete sich bei der Bitcoin-Börse an. Er benutzte zur Zahlung die Zugangsdaten seiner Mutter zu dem Schweizer Konto und musste noch mehrere Tage warten, bis seine Zahlung auf dem angegebenen Konto eingegangen ist und dann endlich konnte er dreihundert Bitcoins zum Preis von je etwa zweihundertfünfzig Euro erwerben. Das Ganze hat das Konto mit etwa fünfundsiebzigtausend Euro belastet, seine Mutter war einverstanden, auch wenn sie ein paar misstrauische Bemerkungen über dieses merkwürdige Geld abließ, das man nicht anfassen konnte.

Fred arbeitete in der Zimmerei, er saß morgens um sieben Uhr als Erster im Büro, stand meistens auch schon um halb acht auf irgendeinem Dach, war den ganzen Tag auf wechselnden Baustellen unterwegs und hockte abends bis um halb acht Uhr im Büro und kümmerte sich um Anfragen und Angebote. Fred war ein großer, kräftiger Kerl mit einem dunklen Lockenkopf, ziemlich kurz geschoren. Er musste nicht zum Muskelaufbau in eine Muckibude gehen und er brauchte auch nicht zu joggen, denn er war durchgehend den ganzen Tag auf den Beinen. Er sah gut aus, ohne wirklich davon zu wissen, hatte einen breiten badischen Bodensee-Dialekt am Leibe, der dort in jedem Dorf anders klingt, aber das ist ja bei anderen Dialekten genauso. Er hat von seinem Vater einen ziemlich gewaltigen Jeep Cherokee übernommen, ein Auto, mit dem man einen Anhänger mit einer Tonne Last drauf einen steilen und matschigen Weg hinauf bekam, genau das Richtige für seinen Job und kein SUV für Weicheier. Freddy war komplett schwindelfrei, das war für die Herumturnerei auf dem Dach Voraussetzung. Zimmermannsarbeit fand nun mal zum großen Teil auf Dächern statt. Und wer nicht absolut trittsicher und schwindelfrei war, der sollte was anderes tun. Unter anderem von der Berufsgenossenschaft war vorgeschrieben, sich ständig irgendwo zu sichern, aber wenn sie mal schnell quer über das Dach mussten, um einen Kollegen zu unterstützen, dann turnten sie da manchmal frei wie die Vögelchen über die Dachsparren. Fred dachte ab und an, es sei ein Wunder, dass da nicht mehr passierte, zumal manche Kollegen ein mittägliches Bier zum Essen als Grundnahrungsmittel und keinesfalls als alkoholisches Getränk ansahen.

Fred schaute alle paar Tage nach dem Bitcoin-Kurs und wurde enttäuscht. Der eierte so vor sich hin, zog dann allerdings zum Ende des nächsten Jahres an und verdoppelte seinen Wert bis Silvester knapp. Freds Leben bestand aus Zimmermannsarbeit, aus der Arbeit des Chefs eines Unternehmens im Handwerk, aus Spekulation mit einem neuen und unbekannten Typ von Währung und aus Essen und Schlafen.

Er sehnte sich nach einer Frau. Während seiner Lehre in Hamburg hat er zwei Jahre lang mit einer Studentin zusammengelebt, allerdings war nach einem Jahr bei der Beziehung die Luft raus. Sie hatten sich im wahrsten Sinne des Wortes einvernehmlich getrennt, waren aber heute noch befreundet, telefonierten ab und zu ausgiebig miteinander. Als er mal in Hamburg war, hat er sie besucht. Er hatte nach ihr nur noch kurzlebige Beziehungen und seit der Übernahme des väterlichen Unternehmens war gar nichts mehr los. Wenn er versuchte, sich ein paar Tage entbehrlich zu machen, um irgendwo hinzufahren, wo man vielleicht eine gleichaltrige Frau zu Gesicht bekäme, dann kam was dazwischen. Er hat sich an seine Aufgabe in einem Maße gewöhnt, das ihn manchmal selbst erschreckte. Es könnte doch nicht der Sinn des Lebens sein, von morgens bis abends in einem Betrieb zu buckeln und ansonsten leer auszugehen. Er hatte noch ein paar Freunde aus der Schule, aber die waren alle unter der Haube und so als Single wurde man nicht allzu oft eingeladen. Fred wusste mittlerweile auch, auf was für einen Frauentyp er stand und auf wen er nicht stand. Für ihn müssen sie kumpelhaft sein und hübsch anzusehen. Vielleicht war das ja zu viel verlangt. Manchmal träumte er davon, sich in eine Frau zu verlieben, und es waren sehr schöne Träume, bloß das Aufwachen war doof. Es blieb danach immer so ein Gefühl in ihm hängen, was man wahrscheinlich am besten mit Sehnsucht beschreibt. Aber er war zuversichtlich, dass sich diese Situation irgendwann zum Besseren wenden würde.

Er bemühte sich jetzt, sein Unternehmen so aufzustellen, dass er nicht mehr an allen Ecken und Enden aufpassen musste. Vor einem Jahr ist er eingestiegen und allmählich hat er das Gefühl gehabt, die Firma im Griff zu haben. Er übertrug zunehmend Aufgaben auf Mitarbeiter, er stellte auch neue Leute ein, das Geschäft lief sehr gut. Parallel zu den Arbeiten in der Werkstatt und auf den Baustellen versuchte er, die Bürotätigkeit zu rationalisieren. So musste er allmählich die Angebote nicht mehr selbst schreiben, er hat das so weit standardisiert, wie es ihm in der Branche möglich war. Er hat viele Tätigkeiten so organisiert, dass er in der Lage war, von seinem Handy aus Arbeitsprozesse anzustoßen.

2 – SCHWARZGELD

Sein Vater hat mit ihm immer wieder über den Umgang mit dem Finanzamt gesprochen und ihm sein Leid geklagt. Fred hat ihm zwar immer geglaubt, aber so richtig verstehen konnte man ja nur Dinge, die man selbst erlebte. Leider sollte er dazu sehr bald Gelegenheit bekommen. Das Finanzamt meldete sich zu einer Steuerprüfung an. Die Buchhaltung wurde bei ihnen im Haus gemacht, sie hatten dafür eine Halbtagskraft, die neben der reinen Buchhaltung auch den ganzen Zahlungsverkehr abwickelte. Früher hatte seine Mutter das gemacht so wie in vielen kleinen Betrieben üblich. Fred staunte nicht schlecht, als der angekündigte Mann vom Finanzamt bei ihnen aufkreuzte und er in ihm einen ehemaligen Schulkollegen vom Gymnasium erkannte. Im Vorfeld hat er Schiss vor diesem Tag gehabt, aber als er Roland Minkler erkannte, entspannte er sich. So unter Schulkameraden sollte das Ganze doch weniger stressig ablaufen und er hatte auch kein schlechtes Gewissen, denn er hat Geschäfte mit Schwarzgeld von Beginn an abgelehnt. Allerdings ging es bei der Prüfung um drei Jahre, in denen sein Vater das Geschäft noch geführt hat.

Fred hat im Vorfeld mit seinem Steuerberater alles ausgiebig durchgesprochen und der hat ihm versichert, dass es nach seiner Kenntnis keine gravierenden Unregelmäßigkeiten gäbe, die sie finden könnten. Augenzwinkernd hat er hinzugefügt, dass es manchmal ganz gut sei, wenn sie was fänden, weil es Gerüchte gäbe, dass von den Steuerprüfern bestimmte Summen erwartet würden. Irgendwie müssten sie ja auch ihre Existenz rechtfertigen. In der Schweiz zum Beispiel gäbe es diese Institution der Steuerprüfung gar nicht. Natürlich kriegten sie einen auch dort dran, wenn man so richtig beschiss.

Fred begrüßte Roland Minkler. Er klopfte ihm auf die Schulter und sagte ihm augenzwinkernd, bei ihm sei alles sauber. Ihn erstaunte die Reaktion seines ehemaligen Schulkollegen. Ohne eine Miene zu verziehen, sagte der:

„Das kennen wir schon, das sagen am Anfang alle. Aber gerade im Handwerk wird ja derart viel beschissen und schwarz gemacht, dass ich mich wundern würde, wenn ich bei dir nichts fände."

Mit sauertöpfischer Mine verschwand er in dem Büro, das sie ihm zur Verfügung gestellt haben, vergrub sich in Ordnern und tippte auf seinem Tablet herum. Der Raum hatte eine Trennscheibe zum nächsten Büro und so konnte man ihn beobachten. Roland war schlank und recht groß, hatte ein längliches Gesicht mit einer großen Nase und schmalen Lippen. Er kam eigentlich nur zum Pinkeln und zur Mittagspause nach draußen. Pinkeln ging er laufend, worauf ihm die Belegschaft sofort den Beinamen *Herr Pinkler* gab. Blöd war nur, dass er einmal mit einer Stunde Verspätung aufkreuzte und noch mitbekam, wie der Lehrling durch die Halle schmetterte:

„Der Pinkler kommt."

Nach drei Tagen verschwand er abends und teilte Fred mit, er müsse da noch etwas abklären, sein Vater hätte mal Teile des Geldes auf dem Firmenkonto als Festgeld angelegt und es könnte sein, dass das nicht rechtens sei und daraus eine große Nachzahlung entstünde. Fred fragte:

„Ja wie hoch denn etwa?"

Roland antwortete:

„Ungefähr so in Höhe der Hälfte des angelegten Festgeldes und es waren etwa dreihunderttausend."

Roland verschwand, es war Mittwoch Abend und er würde erst am Montag zurückkommen. Fred wusste, dass sie keine hundertfünfzigtausend herumliegen hatten, und ihm kroch so etwas wie Angst den Rücken hoch. Er rief den Steuerberater an und der hatte keine Erklärung für die Aussage des Prüfers. Doch die Angst blieb. Und er hatte Zeit, diese Angst zu genießen – den ganzen Donnerstag, Freitag, Samstag und Sonntag. Am Montag verschwand Roland gleich in seinem Büro und nach zwei Stunden hatte Fred die Faxen dicke, marschierte in das Büro rein und fragte ihn direkt, was denn nun mit dem Festgeld sei. Roland winkte ab und sagte, er hätte letzten Donnerstag schon herausgefunden, dass das alles in Ordnung gewesen sei. Daraufhin dachte Fred an die vier vergangenen Tage und den schlechten Schlaf, den ihm diese Sache bereitet hat und machte seinem Ärger Luft.

„Du Schafseckel sagst mir nicht Bescheid, sondern lässt mich hier vier Tage schmoren. Du warst ja schon in der Schule einer von denen, der keinen hat abschreiben lassen. Ist eigentlich eine der Voraussetzungen für deinen Job, ein Arschloch zu sein?"

Roland funkelte ihn böse an.

„Du Angeber mit deinem fetten Jeep setzt dich hier ins gemachte Nest und schreist mit mir herum. Warte nur, ich sitze im Zweifel am längeren Hebel als du."

Fred erkannte, dass eine gemeinsame schulische Vergangenheit noch lange keine Garantie für eine freundliche Beziehung zwischen Steuerprüfer und Unternehmer darstellte. Nach dem Spruch mit dem Jeep kam ihm der Verdacht, dass die Sache auch mit einem Gefühl namens Neid zu tun haben könnte.

Am Nachmittag präsentierte Roland seine Ergebnisse. Freds Vater hatte in den drei maßgeblichen Jahren eine große Menge Holzteile aus Georgien geliefert bekommen, diese bearbeitet, an einen Kollegen in Österreich geliefert, der sie weiter bearbeitet hat, dann zum Teil zurückbekommen und in die Schweiz verkauft. Es handelte sich um eine kleine sechsstellige Summe. Sie haben überhaupt keine Mehrwertsteuer bezahlt, hätten es aber müssen. Jetzt war eine fette Summe nachzuzahlen. Fred platzte wieder der Kragen:

„Und wo soll ich das Geld nun hernehmen?"

„Berechne es deinen Kunden doch nachträglich," schlug Roland vor. Fred verschlug es die Sprache. Stotternd brachte er heraus:

„Du spinnst ja wohl, ich kann doch nicht drei Jahre später zu denen gehen und nachträglich Geld verlangen. Du bist ja sowas von weltfremd."

Roland revanchierte sich sofort:

„Wenn du so weitermachst, dann werde ich den Prüfungszeitraum ausdehnen, das kann ich nämlich. Dann sitze ich hier noch in zwei Wochen herum. Außerdem ist euer Umsatz gemessen am Materialeinsatz etwas zu niedrig. Vielleicht ist da was schwarz gelaufen. Vielleicht sollte ich mir mal dein Privatkonto anschauen. Das darf ich nämlich auch."

Fred klappte seinen schon zur Replik geöffneten Mund auf der Stelle wieder zu, denn er wusste, wann er in einer schwächeren Position war. Er fühlte, wie er rot anlief. Wenn der die schwarzen Einzahlungen auf seinem privaten Konto fände, dann wäre er geliefert. Roland hat außerdem noch bei drei Firmenfahrzeugen herausgefunden, dass die Nutzer ein paar Fahrten von unter einem Kilometer nicht in das jeweilige Fahrtenbuch eingetragen hatten, und daher konnte er ihnen für die teilweise auch privat genutzten Fahrzeuge nochmal etwas zwanzigtausend abknöpfen. Am Ende stand Freddy da, das Firmenkonto war leer, er hat sogar bei der Bank um einen Kredit betteln müssen und war um eine Erkenntnis reicher, nämlich die, dass er nie wieder dem Finanzamt vertrauen würde.

Dann zischte er zu seinem Steuerberater, berichtete und musste sich anhören, dass der von gar nichts wusste. Er düste zurück, sprach mit den Leuten im Büro sowie seiner Mutter. Die berichteten übereinstimmend, dass sein Vater mehrfach mit dem Steuerberater über beide Themen gesprochen hatte, aber leider alleine. Er rief ihn wieder an und der stritt alles ab. Er konterte mit dem Argument, er könne nun auch nicht jede einzelne Buchung kontrollieren. Daraufhin schmiss ihm Fred an den Kopf:

„Weißt du was, du bist Gott sei Dank keiner vom Finanzamt, den ich mir nicht aussuchen kann, sondern solche wie dich gibt es wie Sand am Meer. Ich frag jetzt bei ein paar deiner Kollegen nach, ob sie mir auf Anhieb sagen können, wie das funktioniert hätte, und dann nehme ich einen von denen und du bist gefeuert. Du kannst von mir aus noch für dieses Jahr die Bilanz machen und das war's dann."

Wütend sprang er auf, hetzte fluchtartig aus dem schicken Büro heraus und verließ den Parkplatz mit vier durchdrehenden Rädern. Ein Kieselsteinchen traf den flotten BMW des Herrn

Steuerberaters und haute ihm eine kleine Delle in die Motorhaube. Aber das bekam Fred schon nicht mehr mit.

Ein neues Problem zeichnete sich am Horizont ab. Man hörte immer öfter, dass die Schweiz von der Europäischen Union wegen des automatischen Informationsaustauschs ziemlich unter Druck geriet. Fred hat es aus ihrer Familie als Erster geschnallt, dass sie etwas unternehmen müssten. Wenn das eingeführt würde, könnte das Finanzamt eventuell von ihrem Schweizer Konto erfahren. Er fand heraus, dass man in der Schweiz auch als Deutscher ein Schließfach bei einer Bank mieten konnte und dort hineinpacken durfte, was auch immer man wollte, die Voraussetzung jedoch ein Konto bei derselben Bank war. Das wollte er gerade nicht. Er suchte weiter und fand Schließfach-Anbieter, die keine Bank waren. Daher brauchte man bei denen auch kein Konto und so hat er umgehend in Zürich so ein Schließfach gemietet und das gesamte Schwarzgeld der Familie in bar abgeholt und dort deponiert – eine Sorge weniger. Das Konto bei der Bank haben sie gekündigt.

Am Abend schaute er wieder mal nach dem Bitcoin, der stieg zwar weiter an, aber langsam. Der Kurs stand bei über siebenhundert Dollar, er hat sich seit seinem Kauf verdreifacht. Fred stand noch völlig unter Strom, war total geladen wegen der Art und Weise, wie Roland ihn behandelt hat. Er hat zu ihm noch gesagt, ob er nicht ein bisschen gnädig mit ihm sein könne, denn das hätte sein Vater noch gemacht und der wäre tot. Da hat der ihm eiskalt geantwortet, dafür könne er schließlich nichts. Er habe die Verantwortung und fertig. So viel Härte hat Fred weh getan. Er dachte über seine Zusammenstöße mit Roland nach. Er musste schon zugeben, dass er sich in ein gemachtes Nest reingesetzt hat, allerdings wäre die Alternative gewesen, ein Familienunternehmen in der dritten Generation aufzugeben und das hat er nicht übers Herz gebracht.

Freddy verschlang jetzt alles, was er über den Bitcoin fand. Er lernte, dass derjenige ein Bitcoin-Wal sei, der mehr als tausend Bitcoins hatte. Er fand heraus, dass es auf der Welt nur wenige Menschen gab, die so viele Bitcoins halten. Angeblich hat der Erfinder, ein gewisser Satoshi Nakamoto eine Million Stück, aber keiner weiß, wer der Mann ist. Er lernte, dass Bitcoin-Börsen gelegentlich mal gehackt werden und einfach nicht sicher sind. Es gab noch andere Möglichkeiten, die Coins aufzubewahren, zum Beispiel auf Festplatten auf dem eigenen

PC, sogar in Papierform oder auf einer Hardware-Wallet, also einer digitalen Geldbörse.

Auch ließ ihn das Gefühl nicht los, dass er diesem Roland ein Dorn im Auge war. Also musste er Sicherheitsvorkehrungen treffen, damit der ihm nicht an den Karren fahren könnte. Angst machte ihm die Vorstellung, dass der Steuerprüfer sich sein Privatkonto anschauen könnte, denn da gab es eine Reihe von vierstelligen Zugängen, die bei ihm sofort den Verdacht aufkeimen lassen würden, dass er Schwarzgeld in bar von Kunden angenommen und auf sein privates Konto eingezahlt hätte. Fred wusste genau, dass es ihm nichts nützen würde, sein Privatkonto bei der Bank zu kündigen, denn die Bank müsste die Daten garantiert für einen längeren Zeitraum aufheben, er vermutete zehn Jahre. Da konnte er rückwirkend gar nichts mehr dran ändern. Übrig blieb ihm nur, eine sogenannte Legende für diese Zahlungen zu finden. Insgesamt waren es knapp zehntausend Euro. Er hat sie bar in Beträgen zwischen tausend und zweitausend Euro innerhalb eines Jahres aufs Konto gepackt. Fred wurde langsam klar, wie eng das Netz der deutschen Finanzbehörden um den Hals ihrer Bürger schon war – eigentlich ein Witz, dass man solche Summen nachweisen musste, sonderlich privat war so ein Privatleben nicht mehr, aber es half ja nichts. Freddy spürte Lust, auszuwandern, irgendwohin, wo der Staat einen etwas mehr in Ruhe ließe. Aber Optimist, der er war, hat er immer noch geglaubt, dass ihm schon ein Ausweg einfiele. Er könnte ja auch keinen Freund bitten, weil der das im Zweifel gegenüber dem Finanzamt bestätigen müsste. Dafür war er zu vorsichtig.

Er ging zu seiner Mutter.

„Sag mal, hast du so zwischen Mitte 2014 und Mitte 2015 öfter mal Beträge um die tausend Euro von deinem Konto abgeholt?“

Sie lächelte ihn an.

„Aha, du hast vom Schwarzgeld-Konto was umgeschichtet. Wieviel denn insgesamt?“

„Circa zehntausend.“

„Ich verstehe, du hast Schiss, dass dieser Vollidiot dein Privatkonto filzt?“

Freddy dachte, das Schöne an einer Frau, die ihr ganzes Leben im Betrieb des Ehemanns gearbeitet hat, war doch, dass sie sehr schnell verstünde, worum es ginge.

Er lächelte zurück.

„Fit im Hirn, wie immer schon."

„Ach, das wird schon noch nachlassen! Du hast Glück, ich habe um einiges mehr in bar abgehoben, ich könnte dir aushelfen. Ich lüge gerne, zumindest bei denen. Haben uns schon immer gepiesackt. Und wofür soll es sein? Ich darf es dir nicht mal so schenken, ohne, dass ich es anmelde. Ein Witz ist das."

„Du musst mir was abgekauft haben, so für sechstausend. Zum Geburtstag und zu Weihnachten erlaubt mir das Finanzamt gnädigerweise, mich von dir beschenken zu lassen."

„Weißt du was, du hast mir einige antike Möbel mitgebracht. Ich habe tatsächlich in diesem Zeitraum ein paar gekauft und da kann uns keiner das Gegenteil beweisen. Du weißt ja, dass dein Vater etwas gegen solche Möbelchen hatte, er wollte immer eine möglichst leere Bude haben. Da nutze ich meine neue Freiheit ein wenig aus."

Fred freute sich.

„Immer wieder ein Vergnügen, mit dir Geschäfte zu machen, Frau Monder."

„Lass uns noch die Daten abgleichen, wenn schon, dann richtig."

Er beugte sich rüber und gab ihr ein Küsschen. Freddy hat schon immer ein tolles Verhältnis zu seinen Eltern gehabt. Seine Mutter hat im ersten Jahr nach Papas Tod grausam gelitten, aber mittlerweile ging es ihr wieder besser, was die Kinder sehr gerne sahen.

Später zu Hause setzte er sich noch mal an seinen PC und forschte im Internet weiter zum Thema Bitcoin und Steuern. Er hatte jetzt ja nur noch ein Problem, die Bitcoins, die er vom Schweizer Schwarzgeld-Konto bezahlt hat. Nach fast einer Stunde fand er einen Beitrag zum Thema. Daraus ging hervor, dass er überhaupt nur Steuern auf Bitcoins zahlen musste, wenn er sie innerhalb eines Jahres nach Ankauf verkaufen würde und das war nie geplant. Er fand nirgends etwas darüber, dass man Bitcoins in die Steuererklärung aufnehmen musste. Es wurde nur empfohlen, die Daten über Käufe festzuhalten. Bitcoins gab es seit 2009 und bis das Finanzministerium sich dazu äußern würde, müsste man noch warten, so schnell seien die nicht. Klar war, dass man Bitcoins nicht als Währung behandeln würde aber klar war auch, dass man sie nicht wie Aktien behandeln würde, d.

h., es gab keine Abgeltungssteuer. Sie wurden betrachtet wie sogenannte immaterielle Wirtschaftsgüter. Er schnaufte tief durch. Aber dann kamen ihm wieder Zweifel. Dummerweise hat er die Bitcoins mit Papas Schwarzgeld bezahlt. Er durchforstete wieder das Internet und fand einen Hinweis, dass man so etwas als Geldwäsche bewerten könnte. Geldwäsche, das fehlte ihm gerade noch. Er war doch nicht kriminell. Zum Glück konnte das Finanzamt nicht auf das Schweizer Konto schauen. Er hatte aber schon mal gehört, dass sie mächtig daran arbeiteten. Würden sie damit Erfolg haben? Wenn ja, stünde es schlecht um ihn. Aber es konnte doch nicht sein, dass sie ihm das ankreideten.

Eigentlich hätten sie bei Papas Tod das Schwarzgeld sofort melden müssen. Sie haben sich damals die Konsequenzen ausgerechnet. Für zig Jahre hätten sie Papas Steuererklärung neu machen müssen, sie hätten gemäß seinem Steuersatz das ganze Geld versteuern und noch sechs Prozent pro Jahr an Zinsen berappen müssen. Damit hätten sie das Geld verloren und noch massiv draufgezahlt. Also hätten sie das Erbe ausschlagen müssen und dazu hat man – so haben sie das verstanden – nur sechs Wochen Zeit. Sie hatten sich erst mal mit der Beerdigung, der Firma und dem ganzen Mist befasst, statt sofort an die Steuern zu denken. Bevor sie das begriffen haben, sind die sechs Wochen schon vorbei gewesen.

Freddy hat in der Zwischenzeit die Kontakte zu seinen Schulfreunden wieder etwas reaktiviert, er hat kapiert, dass er etwas gegen seine zunehmende Einsamkeit unternehmen musste. Und es wirkte, er hatte zunehmend Verabredungen. Ab und an wurde er auch zu Partys eingeladen.

Seit 2014 gab es schon Hardware-Wallets auf dem Markt. Freddy kaufte einige davon und verteilte seine Bitcoins darauf. Anfang 2017 war der Bitcoin-Kurs bei knapp tausend Dollar angelangt. Sein Kopf sagte, er solle verkaufen, aber der Bauch war sich nicht mit dem Kopf einig. Zumindest testen wollte er es aber mal. Dazu musste er die Hardware-Wallet, also die Hardware-Geldbörse, die man sich als ein kleines elektronisches Kästchen vorstellen kann, an den PC anschließen und mit einer Software die Bitcoins zurück auf die Börse schicken. Man benötigt dazu nur die Adressen der Wallet und die Anzahl der Bitcoins. Diese Transaktionen kosteten ein wenig, aber das hielt sich in Grenzen. An der Börse verkaufte man sie und bekam

Euros dafür.

Bitcoins werden durch sogenanntes Mining geschaffen. Der angebliche Satoshi Nakamoto, der im Jahr 2007 das Konzept vorgestellt hat und 2008 oder 2009 den ersten Block Bitcoins gemint, also geschürft beziehungsweise erzeugt hat, hat einen Code geschrieben, der zur Schaffung der Bitcoins komplexe Berechnungen auf einem Computer erfordert. Diese werden alle soundsoviel Blöcke oder Jahre komplizierter. Der gesamte Bitcoin-Bestand ist im Code auf einundzwanzig Millionen limitiert, so dass der Bitcoin im Gegensatz zu einer normalen Währung, die man beliebig vermehren kann, nicht inflationär sein kann. Jede Bitcoin-Transaktion wird der sogenannten Blockchain hinzugefügt und die ist öffentlich einsehbar. Man sieht allerdings nur die Adresse der jeweiligen Wallet und nicht den Namen und die Adresse des Besitzers. Sein Testverkauf funktionierte einwandfrei. Er hat die Bitcoins weit länger als ein Jahr gehalten und der Verkauf war somit steuerfrei. Juhu!

Von da an ging's bergauf mit dem Bitcoin. Fred beobachtete, wie die neue Kryptowährung immer weiter anstieg. Ende des Jahres erreichte er knapp siebzehntausend Dollar. Freds Bauch gab schon wieder grünes Licht. Fred dachte lange darüber nach, ob er eigentlich ein Spielertyp sei. Er hat früher niemals Interesse an riskanten Investments verspürt und so verneinte er die Frage. Sein Kopf sagte ihm, von dem Schwarzgeld von Papa sei immer noch viel übrig und es schaue ja so aus, als ob sich der Bitcoin prächtig entwickle. Also verkaufte er bei einem Kurs von rund fünfzehntausend Dollar das ganze Paket. Das brachte ihm über viereinhalb Millionen. Er beobachtete den Kurs weiterhin. Mittlerweile hat er kapiert, dass dieses Auf und Ab normal war. Er nahm an, dass die Bitcoin-Wale auf die Art Geld verdienten. Wenn der Bitcoin-Kurs hoch genug war, stießen sie tausende ab, andere sahen sofort, dass der Kurs plötzlich und stark sank, und taten es ihnen gleich. Diese Bewegungen waren ja auch dank der Blockchain öffentlich sichtbar. Wenn sich genügend zusammentaten, dann krachte der Kurs runter. Wenn sie meinten, der Boden sei erreicht, dann kauften sie wieder. Freddy hat gesehen, dass bei seinem Verkauf von dreihundert Stück der Kurs auf seiner Bitcoin-Börse sich nach unten geneigt hat, dachte aber, das könnte auch Zufall sein.

Zur Feier des Tages machte er sich eine Flasche Rotwein auf und nahm ein paar kräftige Schlucke. Dieser völlig unerwartet

Geldzufluss war für ihn äußerst beruhigend. Für ihn ist es nie ein Ziel gewesen, einfach nur viel Geld zu besitzen. Allerdings war ihm klar, dass in vielen Situationen Reserven etwas waren, was die Nerven ganz ungemein beruhigte. Sein Credo war, Geld mache sicher nicht glücklich, aber die totale Abwesenheit von Geld mache nervös und eventuell sogar unglücklich. Ihm war das Wichtigste, etwas zu tun, was ihm Freude bereitete und was er gern machte.

Aber er hatte das erste Mal Gedanken, die ihn danach für lange Zeit nicht losgelassen haben: *Hätte ich doch das Geld beim ersten Kauf bei einem Kurs von einem Dollar ausgegeben, dann hätte ich jetzt fünfundsiebzigtausend Bitcoins gehabt. So hatte ich nur dreihundert. Und warum habe ich Esel nicht schon im Jahr 2009 davon erfahren, wo einer angeblich für zwei Pizzen tausend Bitcoins bekommen hat. Wenn das so gelaufen wäre, dann besäße ich jetzt* – und so weiter. Fred schalt sich einen Dummkopf, dass solche Gedanken in seinem Kopf herumgeisterten. Es gelang ihm aber nicht so ganz, sie abzuschalten.

Das verbliebene Schwarzgeld von seinem Vater ging ihm oft durch den Kopf, denn er kam praktisch nicht dazu, es auszugeben. Selten holte er was ab, was er auch mal für eine Kurzreise und teure Hotels rauswarf. Nach mehreren Aufenthalten in Fünf-Sterne-Hotels hat er jedoch festgestellt, dass er sich dort nicht wohl fühlte. Also ließ er das auch wieder bleiben. Das Geld gammelte also in dem Schließfach weiter vor sich hin. Er benutzte eine ausländische Bitcoin-Börse und eine auch dort beheimatete Bank, aber das Gequassel um den Informationsaustausch nervte ihn.

3 – BEZIEHUNGSSTATUS

Freddy lernte auf einer Baustelle in Konstanz eine Architektin in seinem Alter kennen, die ihm auf Anhieb ausnehmend gut gefiel. Sie verstanden sich prächtig, witzelten miteinander und nachdem er mit ihr ein paar Tage hintereinander zu tun gehabt hat, merkte er, dass seine Gedanken abends um sie kreisten. Am nächsten Tag hat er sich bei allen Quellen, die ihm eingefallen sind, über sie informiert und musste zu seinem Leidwesen feststellen, dass sie verheiratet war. Seine letzte Hoffnung war noch, dass sie eventuell unglücklich verheiratet war, aber auch diese zerschlug sich ganz schnell, denn mehrere Leute sagten ihm, die Beziehung mache einen guten Eindruck. Er schien das allerdings nicht sonderlich geschickt angestellt zu haben, denn einer der Kollegen aus ihrem Büro, den er angezapft hat, hat ihn gefragt, ob er etwa Feuer gefangen habe.

„War das eine Frage nach ihrem Beziehungsstatus?"

„Nein, nein, das war nur so allgemeine Neugier."

Der andere grinste über beide Backen.

Freddy dachte darüber nach, dass er jetzt eigentlich viereinhalb Millionen hätte und wenn er sich die richtig einteilen würde, bräuchte er gar nicht mehr zu arbeiten. Er dachte aber auch, dass dieser Bitcoin mittlerweile leider einen ziemlich dominanten Anteil an seinem Denken und Handeln hatte und dass die Hochs und Tiefs Nerven kosteten. Die Dinger waren nicht nur Segen, sie waren auch Fluch. Und er überlegte, warum er bisher immer den richtigen Zeitpunkt erwischt habe. Er kannte zwei Leute, die auch Bitcoins besaßen, aber die hatten so zwischen fünf und zehn Stück und haben ihm erzählt, dass sie immer zum falschen Zeitpunkt verkauften und auch zum falschen Zeitpunkt kauften. Er hat bisher das richtige Händchen dafür gehabt. Den Kurs behielt er weiter im Auge, täglich. Ende Dezember 2018 war es dann mal wieder so weit. Sein Bauch sagte, er solle kaufen, als der Bitcoin unter viertausend Dollar sank. Und er kaufte. Jetzt hatte er eintausendzweihundert Bitcoins und musste sie aus steuerlichen Gründen mindestens ein Jahr lang behalten. Er hatte wieder Bitcoin-Glück, denn in diesem Jahr passierte nicht allzu viel, außer dass sich der Kurs zum Jahresende etwa verdoppelte.

Fred ist mittlerweile immer mehr zu einem Manager geworden. In seinem Betrieb hatte er etwa fünfzehn Mitarbeiter und er befasste sich nur noch mit der Akquisition von Aufträgen und mit der Arbeitsorganisation. Er hat Mitarbeitern mehr Eigenverantwortung gegeben und sich so entlastet, anders hätte er es nicht bewältigt.

Er hat es auch geschafft, sich ein Hobby zuzulegen. Er hat ein kleines Segelboot gekauft, durch gute Beziehungen einen Liegeplatz in seinem Dorf ergattert und es geschafft, sich öfter eine Auszeit zu gönnen. Im Winter hat er wieder mit der Skifahrerei angefangen und so allmählich fühlte sich sein Leben weniger stressig an.

Im August wurde er plötzlich und unerwartet zu einer Party

in einem Hotel direkt am See eingeladen und dort fiel ihm sofort eine schlanke Blondine auf. Sie unterhielten sich, sie scherzten, sie tanzten miteinander und am nächsten Tag trafen sie sich gleich wieder, um am Abend in seiner Bude im Bett zu landen. Freddy war eindeutig verliebt. Barbara war ein Hingucker. Sie arbeitete in einem Textilgroßhandel in Stuttgart, hatte Kauffrau gelernt. Sie hat Freunde in Radolfzell besucht und ist daher an diesem Wochenende an den See gekommen. Von da an kam sie jedes Wochenende. Wenn sie Freunde von ihm besuchten, blieb sie immer merkwürdig stumm, saß da, sah hübsch aus, schwieg aber die meiste Zeit. Fred fand das seltsam. Ihre ersten sexuellen Kontakte verliefen wild und hektisch. Freddy war beeindruckt. Aber er war ja ein vorsichtiger Kerl und so ging er die Sache langsam an. Er fand heraus, dass ihre Mutter in Stuttgart lebte, dass sie noch eine Schwester hatte und dass sie in den letzten Jahren meistens eher kurze Beziehungen gehabt hat. Wenn sie bei ihm war, redeten sie viel, kochten, tranken viel und stritten regelmäßig. Am nächsten Morgen tat sie, als ob nichts gewesen sei und wenn er versuchte, herauszufinden, was passiert sei, dann ging es wieder von vorne los. Fred war nicht sonderlich beziehungserfahren, aber er wusste, dass das so nicht normal war. Sie sagte immer, wenn sie gerade keinen Streit hätten, dann sei es zwischen ihnen wunderschön. Fred hat das mal einem Freund erzählt, der daraufhin anfing, zu lachen. Fred schaute ihn fragend an:

„Ist doch logisch, wenn du dauernd Stunk hast und zwischendrin mal Ruhe ist, dann kommt dir diese Ruhe sowas von paradiesisch vor. Aber wenn sich normale Leute ein paarmal im Monat streiten, dann kommt denen ihre Ruhephase nicht so paradiesisch vor, weil es ja meistens so ist."

Fred schaute etwas verständnislos.

„Mann, das ist doch ganz einfach. Wenn du pausenlos Gewitter hast und eine Stunde zwischendurch schönstes Wetter, dann denkst du, du bist im Himmel. Wenn du dagegen zweimal im Monat Gewitter hast und zwischendrin ständig schönes Wetter, dann beeindruckt dich das nicht so sehr. Kapierst du das?"

Fred nickte mit dem Kopf.

„Ja, klar kapiere ich das."

Nach drei Wochen fing Barbara an, übers Heiraten zu reden. Fred war verdattert und hin- und hergerissen. Auf der einen

Seite war er definitiv verliebt, auf der anderen Seite machte ihm diese Streiterei zu schaffen. Einmal saß sie bei ihm auf seinem alten Ledersofa, sie stritten. Fred wusste überhaupt nicht, warum. Da ging sie in die Küche, öffnete den Kühlschrank, nahm zwei Flaschen Wein heraus, setzte sich wieder auf das Ledersofa und schlug diese beiden Flaschen so gegeneinander, dass sie zerbrachen und sich der Inhalt auf den Boden ergoss. Das eine war dummerweise eine Rotweinflasche. Der Holzboden, den er so schön abgeschliffen hat, bekam einen hässlichen dunkelroten Fleck. Am nächsten Tag hat er den zwar wegbekommen, aber dafür war die ganze Bude mit Spänen übersät. Na gut, die ließen sich entfernen. Am Freitag erschien sie wieder in Radolfzell, Fred holte sie am Bahnhof ab. Sie fing gleich wieder mit der Heiraterei an. Fred sagte:

„Entschuldige bitte, Barbara, aber wir kennen uns jetzt gut fünf Wochen und haben uns fast nur an den Wochenenden gesehen. Wir streiten uns in der wenigen Zeit, die wir haben sehr oft und ich muss dir sagen, dass das für mich noch lange keine Basis für eine Ehe ist.“

Als er das ausgesprochen hat, fühlte er sich spontan wesentlich wohler als vorher. Sie starrte ihn an, sagte, er solle sofort anhalten, was er auch tat. Dann stieg sie aus, machte die hintere Tür auf, holte ihre Tasche raus, stellte sie ab, ging ums Auto herum, knallte ihm durch das offene Fenster eine und lief davon. Er überlegte, ob er ihr nachlaufen sollte, und entschied sich, es nicht zu tun. Gleichzeitig verspürte er so etwas wie ein Schuldgefühl, weil sie manchmal stark alkoholisiert über Suizid gesprochen hat und weil sie ihm schon mal aus dem Auto herausgehüpft und quer über eine stark befahrene Straße gelaufen ist. Fred sagte sich aber, dass sie mit ihren knapp dreißig Jahren eine erwachsene Frau sei und gut auf sich selbst aufpassen konnte. Er fuhr dann wieder nach Hause und nahm an, dass sie den nächsten Zug nach Stuttgart genommen hat. Dann hörte er ein paar Wochen nichts von ihr.

Freddy freute sich jeden Tag über sein Bitcoin-Vermögen, aber die ganze Zeit hatte er latent die Geschichte mit der wundersamen Verwandlung des Schwarzgeldes in Bitcoins im Hinterkopf. Er wurde das einfach nicht los. Meistens hatte er zwar was anderes zu tun, war abgelenkt, aber immer, wenn etwas Ruhe einkehrte, dann beschäftigte ihn das.

Er las, dass man in der Schweiz eventuelle Kursgewinne von

Bitcoins aus Verkäufen gar nicht versteuern musste, nur sollte man am Jahresende den Wert des Portfolios angeben und dafür Vermögenssteuer zahlen. Die war allerdings sehr niedrig. Freddy hat darüber nachgedacht, ob ihm ein Umzug in die Schweiz irgendwie bei seinem Problem helfen würde, aber der würde die Verwandlung des Schwarzgelds in Bitcoins auch nicht ungeschehen machen. Er bräuchte einfach eine plausible Erklärung, wo er die fünfundsiebzigtausend damals hergenommen hat. Fred hat schon überlegt, ob er irgendeinen windigen Geldverleiher finden könnte, der zwischenzeitlich verstorben ist. Einen lebenden Mitwisser wollte er sich nicht schaffen. Das Problem war nur, er kannte keine windigen verstorbenen Geldverleiher.

Dass Barbara plötzlich wieder aus seinem Leben verschwunden ist, belastete ihn wenig. Er hat von ihr gehört, dass sie wohl keine so leichte Jugend hatte, ihr Vater sei früh verstorben. Nach den ersten gefühlten fünfzig Streitereien hat Fred sich jedes Mal vorgenommen, die Ursache dafür herauszufinden. Der Ablauf war ja immer der gleiche und er hat bei einigen der letzten Auseinandersetzungen versucht, ihn im Kopf zu dokumentieren. Es war meistens so, dass sie nach irgendeinem seiner locker dahin geschmissen Sprüche sprichwörtlich einschnappte. Wenn er versuchte, zu rekapitulieren, was er jetzt gerade gesagt habe und warum sie danach beleidigt war, dann ging es erst recht los. Wenn Fred dagegen gar nichts mehr sagte, war alles in Ordnung. Für ihn war dieses Verhalten völlig unerklärlich. Einmal hat er gesagt, sie hätte vielleicht ein Problem, das sie mal mit einem Fachmann besprechen sollte. Daraufhin ist sie völlig ausgerastet. Sie erklärte ihm, dass das natürlich genau umgekehrt sei und er in Behandlung müsse. Freddy hat sich das tatsächlich reiflich überlegt, aber sich gesagt, dass er in seinem bisherigen Leben nicht durch übermäßige Ausraster und auch nicht durch sonstige geistige Störungen aufgefallen sei.

Drei Wochen später stand sie honigsüß lächelnd vor seiner Tür. Es war Freitag Abend, er hat sich gerade etwas gekocht, ließ sie rein und nach einer Stunde hatten sie wieder Krach. Er ließ sie dann in seinem Bett schlafen, zog auf das Sofa, was ziemlich unbequem war. Nach einigen Stunden schlechten Schlafes stand er auf, machte ziemlich viel Krach, bereitete zwei Kaffee und wärmte ein paar Brötchen vom Vortag auf. Sie stand auf, er servierte ihr das Frühstück und sagte:

„Barbara, das hat alles keinen Sinn. Wir verstehen uns einfach nicht. Ich habe keine Ahnung, wie du tickst, warum es bei uns immer kracht und es ist das Allerbeste, wenn wir die Sache jetzt beenden."

Er brachte sie noch zum Bahnhof und das war dann auch das Ende ihrer Beziehung. Auf der Fahrt zurück vom Bahnhof ernannte er sich selbst zum größten Hornochsen aller Zeiten, denn am Vorabend hat er ihr in einer leicht weinseligen Laune erzählt, dass er ein paar Bitcoins besäße. Er war nur froh, dass er nicht die richtige Stückzahl erwähnt hat. Er ist noch nüchtern genug gewesen, um zu sehen, dass sie diese Äußerung mit großem Interesse zur Kenntnis genommen hat. Er fragte sich sowieso, ob die Zimmerei und sein dickes Auto eine Stütze für ihr Interesse an ihm gewesen seien. Auf jeden Fall würde er nie wieder einer Frau von seinen Bitcoins erzählen. Niemals, niemals, niemals! Am Bahnhof ist er ausgestiegen, hat die Heckklappe geöffnet und ihre Tasche herausgeholt. Als er sie ihr übergeben hat, stellte sie sie zwischen ihnen beiden auf dem Boden ab und ballerte ihm wieder eine. Er ließ es sich gefallen und fragte sich auf der Rückfahrt, was das denn nun wieder gewesen sein sollte. Irgendwie war sie von Anfang an böse auf ihn gewesen. Sie hasste scheinbar seine Sprüche, auf der anderen Seite war sie aber scharf auf ihn und sie machte ihn offensichtlich für ihre Probleme verantwortlich. Fred fiel ein, dass sie einmal zu ihm gesagt habe, wenn er doch nur ein wenig anders wäre, dann würde das wunderbar funktionieren. Er dachte sich, *Mädchen, Mädchen, du musst noch viel lernen – zum Beispiel, dass Menschen leider so sind, wie sie sind.*

Schon in der Schule hat er sich amüsiert, wenn die Teenager bei nicht funktionierenden Liebesbeziehungen darüber sprachen, wie sehr sich der oder die jetzt schon geändert hätten. Fred ist auch da schon der Meinung gewesen, dass Menschen sich nicht so leicht änderten. Ihm fiel noch ein, dass Barbara zu ihm einmal gesagt hat, sie stellte sich eine Beziehung so vor, dass der Mann die unangenehmen Aufgaben übernehme und die Frau die angenehmen. Das sah Freddy irgendwie anders.

4 – WEGZUGSTEUER

In diesem Jahr hat er einen Auftrag aus der Schweiz ergattert und gemerkt, dass die dortigen Behörden den Handwerksbetrieben aus Deutschland ziemliche Knüppel zwischen die Beine schmissen, denn die Deutschen waren durch die Bank billiger als ihre Schweizer Kollegen und das sah man dort natürlich nicht so gerne. Er erinnerte sich daran, dass sein Vater ihm mal vor ein paar Jahren geraten hat, in die Schweiz zu ziehen, denn speziell deutsche Finanzbehörden machten ihnen das Leben immer schwerer. Auf der Schweizer Baustelle hörte er von einem angeblich völlig heruntergewirtschafteten Holzbaubetrieb im gleichen Ort und suchte den Besitzer auf. Der Mann erzählte ihm, dass er an multipler Sklerose erkrankt sei. Fred merkte im Lauf des Gesprächs, dass der Mann völlig offen und ehrlich war und nicht versuchte, ihm einzureden, er hätte noch jede Menge andere Interessenten, um den Preis hochzutreiben. Sie einigten sich sehr schnell. Freddy lieh sich von seiner Mutter noch etwas und der Laden gehörte ihm. Vom Schwarzgeld hatte er die Nase voll.

Kurz danach bewerkstelligte er seinen Umzug in die Schweiz, was ihn sinnbildlich gesagt Blut, Schweiß und Tränen in einem Ausmaß kosten würde, das er nicht geahnt hat. Er hat seinen deutschen Steuerberater gefragt, was das steuerlich für Konsequenzen habe, und der hat ihm gesagt, das habe überhaupt keine Konsequenzen, nur dass er künftig sein Einkommen in der Schweiz versteuern müsse. Also schritt Fred zur Tat und fing an, sich auf dem schöneren Teil des Betriebsgrundstücks ein kleines, aber erweiterungsfähiges Holzhaus zu bauen, immer so peu à peu. Die Pläne hat er sich bei dem Kreuzlinger Ableger des Konstanzer Architekturbüros mit der netten Architektin machen lassen. Zu seinem Leidwesen war die Architektin zu der Zeit im Urlaub.

Dann kam das deutsche Finanzamt auf ihn zu und er lernte den Begriff *Wegzugsteuer* kennen. Im Gegensatz zu den Ausführungen seines Steuerberaters muss nämlich jemand, der in Deutschland zum Beispiel eine Gesellschaft mit beschränkter Haftung besitzt und ins Ausland zieht, einen fiktiven Veräußerungserlös für die Firma versteuern. Er muss also so tun, als habe er die Firma verkauft, auch wenn dem nicht so ist. Der Steuerberater konnte sich an ihr Gespräch auf einmal nicht mehr erinnern, als Fred ihn mit den neuen Erkenntnissen konfrontiert hat. Die Mitarbeiterin des Steuerberaters verweigerte schlicht jede Aussage. Mit der hat er die ganze Sache im Vorfeld in allen Details erörtert. Fred war stinksauer, jetzt schon auf den zweiten Steuerberater.

Als Erstes warf er in der Werkstatt einen Hammer an die Wand, was allerdings außer einem hässlichen Loch nichts brachte, auf keinen Fall irgendeine Form der Erleichterung. Es kam aber noch dicker. Das Finanzamt teilte ihm mit, dass er zehn Jahre lang das, was er in Deutschland mehr an Steuern gezahlt hätte als in der Schweiz, weiterhin in Deutschland abrüsten müsste.

Fred hatte Glück im Unglück. Er ging zu einem Steuerberater, der etwas vom Umzug in andere Länder verstand und der errechnete ihm die zu zahlende Wegzugsteuer und da Fred nur ein Teil der Zimmerei gehörte und ihr Gewinn in den Jahren, die zur Berechnung herangezogen wurden, eher gering ausgefallen war, ging das Ganze glimpflich über die Bühne. Sein neuer Steuerberater befragte dann einen noch qualifizierteren Spezialisten als sich selbst und der fand heraus, dass er nur fünf Jahre lang die Steuerdifferenz bezahlen musste, und so biss er dann auch in diesen sauren Apfel hinein. Dabei lernte er, dass diese steuerlichen Fragen in zwei verschiedenen Gesetzen geregelt sind, die sich gegenseitig widersprechen. Die Kunst war nur, herauszufinden, welches Gesetz in seinem Fall zutraf. Danach war Fred mit der deutschen Steuergesetzgebung endgültig fertig.

Freddy war so sauer, dass er seinen Steuerberater verklagte. Die ganze Steuer-Geschichte beschäftigte ihn insgesamt mehrere Monate lang und er hatte ja auch noch einen Job in seinem deutschen Betrieb. Daneben gab es jetzt auch die marode Firma in der Schweiz und er wusste zeitweise kaum noch, wo ihm der Kopf stand. In der Schweiz arbeiteten nur noch zwei Leute, ein Zimmermann und eine Halbtagsbürokraft. Aber es kamen immerhin regelmäßig Anfragen herein. Er hat schnell herausgefunden, dass die ganze Bürokratie in der Schweiz deutlich einfacher und viel entspannter funktioniert. Nach und nach stellte er in der Schweiz wieder Mitarbeiter ein und zum Ende des Jahres waren sie da schon wieder bei vier Köpfen.

Zu der Zeit gewann er den Prozess gegen seinen ehemaligen Steuerberater, was ihn sehr freute. Seit der Übernahme des väterlichen Betriebes hat er schon öfter darüber nachgedacht, ob ihn dieser Job wirklich glücklich mache. Fred ist der Typ, der sich sagt, dass bei ihm etwas dann nicht stimme, wenn er anfängt, über ein Thema nachzudenken. Das ist ihm bei Beziehungen immer so ergangen. Wenn er anfing, über eine Beziehung nachzudenken, dann war sie eigentlich schon beendet. So hat es sich jedenfalls im Nachhinein bis jetzt immer herausgestellt.

Aber in diesem Fall gab er sich immer wieder die gleiche Antwort. Er war sehr gerne Handwerker, er liebte die Bewegung, den rauen Ton, er liebte es, wenn sie auf der Baustelle Dinge diskutierten. Neulich hatten sie es vom Gendern. Die allgemeine Meinung unter ihnen war ja klar: Das war nichts, von dem ein typischer Handwerker etwas hielt, blanker Unsinn.

5 – WILDWEST

Wenn Fred in Deutschland arbeitete, dann benutzte er manchmal noch seine Behausung in der Halle. Er fand das praktisch, gerade dann, wenn er am nächsten Morgen wieder hier sein musste. Er brauchte zu seinem Dorf in der Schweiz etwa vierzig Minuten mit dem Auto. Es war Ende des Winters, eher zu warm für die Jahreszeit, der Flügel des einen Fensters stand leicht offen und Fred lag schnarchend in seinem Bett. Er spürte etwas an der Schläfe, wachte auf und wurde auf der Stelle von einer Lichtquelle so geblendet, dass er die Augen gerade wieder zukniff. Freddy war einer, der nach dem Aufwachen selten überlegen musste, wo er war, auch wenn er sich nicht zu Hause aufhielt. Ihm wurde schlagartig klar, dass ihm jemand mit einer Taschenlampe ins Gesicht leuchtete.

„Halt die Klappe, das hier ist eine Pistole mit Schalldämpfer und wenn du irgend etwas riskierst, dann werde ich dir zuerst ins Bein oder in den Arm und danach in den Bauch und den Kopf schießen."

Freddy nickte und sah, wie die Taschenlampe sich etwas von ihm entfernte, zur Seite schwenkte und eine Pistole mit Schalldämpfer beleuchtete.

„Falls du glaubst, das sei eine Schreckschusspistole, dann hör jetzt mal hin!"

Die Pistole bewegte sich mit dem Lauf nach oben und gab ein spuckendes Geräusch von sich und er hörte von der Decke ein Geräusch, das wohl der Einschlag des Projektils gewesen sein musste.

„Ich will bloß deine Bitcoins. Setz dich an den PC, ich gebe dir eine Wallet-Adresse und du überträgst alle deine Bitcoins dahin. Wenn du nicht spurst, tritt das ein, was ich eben gesagt habe. Wie viele Bitcoins hast du eigentlich?“

„Weiß ich nicht genau, ich muss nachschauen.“

Fred hatte in dem Moment, in dem der Typ *Bitcoin* sagte, überlegt, wie er sich verhalten sollte und beschlossen, der Drohung mit der Waffe nachzugeben.

Er stand nur mit Shorts bekleidet auf, ging in das Wohnzimmer rüber, knipste die Schreibtischlampe ein, öffnete die Schublade und entnahm ihr eine Hardware-Wallet. Er schaltete seinen PC ein, suchte in der Schublade nach dem richtigen Kabel und schloss die Hardware-Wallet an den PC an. Er startete die Software für die Wallet, loggte sich in sein Konto ein und sah auf den Bildschirm.

„Schau, da steht es. Ungefähr dreißig Stück.“

„Ja gut, hier ist die Wallet-Adresse. Du überträgst sie und ich bin schon wieder weg.“

Der Typ gab ihm einen Zettel. Fred tat, wie ihm geheißen und schickte die dreißig Bitcoins ab. Das ging relativ schnell. Er spürte die ganze Zeit, wie der Schalldämpfer der Pistole auf seinem rechten Schulterblatt lag. Wenn der Mann jetzt abdrücken würde, dann wäre das eine ganz dumme Stelle. Der Mann trug eine schwarze Skimaske, Fred konnte nichts von ihm erkennen. Er hatte ein langärmeliges schwarzes Poloshirt, eine lange schwarze Hose und Turnschuhe an. Nach kurzer Zeit war die Transaktion abgeschlossen, er ließ Fred sein Konto noch mal mit der Hardware-Wallet synchronisieren und da stand nur noch ein kleiner Rest von weit unter einem Bitcoin drauf.

„Steh auf!“

Er schob ihn in Richtung Badezimmer und dort hinein. Fred lauerte auf eine Gelegenheit, zuzuschlagen, denn er war dem Kerlchen sicher körperlich überlegen. Er fand aber keine Chance. Der zog den Schlüssel von innen ab, steckte ihn von außen rein und schloss Fred ein.

„Wenn du zu früh rauskommst, schieße ich sofort.“

Das Badezimmer hatte kein Fenster. Die einzige Möglichkeit, raus zu kommen, war, die Tür zu demolieren. Fred wartete nicht lange, dann trat er die Tür ein. Vorsichtig verließ er das Badezimmer, ging von da in den großen Wohnraum, an den sich das Schlafzimmer anschloss. Die ganze Bude bestand aus Wohnzimmer mit Kochecke, dem Schlafzimmer und dem Bad.

Der Typ war weg.

Fred fragte sich, wie er wohl reingekommen sei. Er ging zum Fenster, beugte sich nach draußen, lauschte und hörte nichts. Aber am Balkon stand die alte Leiter, die sonst unten an der Halle lag. Morsch war die. Dann ging er zur Eingangstür und stellte fest, dass der Schlüssel von innen steckte und die Tür abgeschlossen war. Also ist er über die Leiter verschwunden. Er ging runter. Fred wusste noch, dass er auf der Leiter ein paar Bretter platziert hat und dass auf diesen Brettern ein paar große Eimer mit irgendwelchen Farben standen. Das war nicht schön, aber so sah es halt bei einer Zimmerei aus. Er kam um die Ecke und sah die Bescherung. Die Bretter waren weg und die Dosen standen ein Stückchen weiter. Dann hat er also diese Leiter genommen, sie angelehnt und hatte überhaupt kein Problem, in seine Bude hineinzukommen. Mutig von ihm, denn die Leiter war alt und Fred hat sie irgendwann einfach da hingelegt und seinen Mitarbeitern verboten, sie noch mal zu benutzen. Er ging wieder hoch, schaute auf die Uhr, es war jetzt kurz vor zwei Uhr. Er holte sich aus der Küche ein Glas Rotwein, setzte sich auf einen Campingstuhl, der auf dem Balkon stand. Dachte erst mal nach. Er hat einen ziemlichen Schrecken bekommen und sich gewundert, dass der über die Bitcoins Bescheid wusste. Davon wusste lediglich seine Mutter und er hat ihr eingeschärft, kein Wort darüber zu verlieren. Er war sich sicher, dass sie sich auch daran gehalten hat, aber er würde sie morgen fragen. Der einzige Mensch, dem er sonst davon erzählt hat, war Barbara. Und deren Umgang war wohl nicht der Beste. Gott sei Dank hat er nicht genau erzählt, wie viele von den Dingern er hat und zum Glück hat er seine Bitcoins auf Dutzende von Wallets verteilt. Er hat auch Coins auf Bitcoin-Börsen in Polen, in den USA und auf weiteren. Die dreißig Bitcoins selbst kratzten ihn wenig.

Viel wichtiger war, zu entscheiden, ob er die Polizei benachrichtigen sollte? Wenn er sie rufen würde, dann würden die fragen, ob etwas geklaut worden sei. Dann könnte er sagen, es sei nichts gestohlen worden. Es war aber äußerst unglaubwürdig, dass ein Mann ohne Ergebnis in eine Wohnung einstieg, wenn jemand da war, denn da musste jeder Einbrecher mit Gegenwehr rechnen. Er überlegte, was er über den Einbrecher wusste und das war sehr wenig. Der Mann hatte einen schwäbischen Akzent, Fred tippte auf die Gegend um Stuttgart. Er war etwas kleiner als er, also etwas unter einsachtzig, schlank und er musste zu Fuß gekommen sein, denn Fred hatte kein Motorgeräusch gehört. Könnte auch mit dem Fahrrad gefahren sein. Wenn er hingegen zugeben würde, dass der ihm dreißig Bitcoins geklaut hat, dann wüsste die Obrigkeit, dass er eine ganze Menge Bitcoins besaß. Es könnte dann sein, dass die das Finanzamt informieren und dann hätte er einen Erklärungsnotstand, woher er denn das Geld für die Anschaffung der Bitcoins genommen habe. Allerdings könnte er dreißig Bitcoins locker erklären. Wenn dann aber ein Fachmann seinen PC sehen wollte, würde er sofort erkennen, dass er eine ganze Reihe von Konten hatte. Dann käme vermutlich schnell heraus, wie viele von den Dingern er hatte. Fred beschloss, die Klappe zu halten. Er fühlte sich außerstande, in kurzer Zeit eine plausible Legende für das Kapital zur Anschaffung der Bitcoins zu erfinden. Sollte der Typ doch mit Barbara diese Bitcoins genießen.

Da kam ihm eine Idee. Er schloss die Fenster, zog sich eine Hose an, schnappte sich seinen Geldbeutel und sein Handy, trank einen Schluck Mineralwasser, ging zu seinem Auto runter, setzte sich rein und fuhr los. Er gab mächtig Gas und raste nach Stuttgart. Bei Vollgas schluckte der Cherokee ganz schön und Fred war froh, dass er am Vortag vollgetankt hat. Jetzt in der Nacht kam er sehr schnell durch, er wollte schauen, ob der Typ bei Barbara war. Er war sich ziemlich sicher, dass der Tipp von ihr kam.

Nach deutlich unter zwei Stunden war er da. Er suchte nach einem Parkplatz gegenüber von dem Haus, in dem sie wohnte. Er war vorher nie da gewesen, kannte aber die Adresse. Offensichtlich waren die beiden der Meinung, dass auch noch andere Leute über seine Bitcoins Bescheid wussten, sonst hätten sie es wohl kaum riskiert. Insgeheim hoffte er, dass er den Kerl irgendwo überholt hat. Viel mehr als fünfzehn Minuten Vorsprung konnte er nicht gehabt haben. Aber fünfzehn Minuten vom Bodensee nach Stuttgart ist ein Vorsprung, den man nur schwer aufholen kann. Fred würde um acht Uhr morgens seine Leute anrufen und ihnen sagen, dass sie diesen Tag ohne ihn verbringen müssten und abwarten, was passierte.

Er fand einen wunderbaren Platz schräg gegenüber von dem Mehrfamilienhaus, in dem sie wohnte. Es war jetzt kurz vor fünf Uhr. Warten zählte nicht unbedingt zu Freddys Stärken, aber es blieb ihm nichts anderes übrig. Nach halb sechs wachte die Stadt langsam auf. Erst kam alle zwei Minuten ein Auto vorbei, dann jede Minute und so weiter. Freddy hatte das Glück, dass in der Nähe eine Bäckerei ihm nicht nur leckere Croissants, sondern auch noch einen *Cappuccino to go* verkaufte und dass sie so gelegen war, dass er keine Sekunde den Blick auf den Eingang verlor. Freddy nahm an, dass vierzehn bis sechzehn Parteien in dem Haus wohnten, und so würden bis halb neun Uhr wahrscheinlich etwa fünfundzwanzig Personen das Haus verlassen. So war es. Immer öfter ging die Haustür auf und irgendwer kam heraus. Um zwanzig nach sieben Uhr ging wieder mal die Tür auf und heraus kam Barbara, aber nicht alleine. Ein blonder Typ in schwarzen Klamotten mit länglichem Gesicht und etwas längeren Haaren folgte ihr und die beiden eilten zu einem an der Straße geparkten etwas älteren VW Golf mit Stuttgarter Nummer. Freddy schrieb sich sofort die Nummer auf und startete den Cherokee, um die beiden zu verfolgen. Das war kein großes Problem. Er verlor den Golf zwar mal ganz kurz aus den Augen, fand ihn aber gleich wieder. Er schaffte es, eine Position zwei bis drei Autos hinter ihm zu halten. Sie fuhren zu einem Bürogebäude, parkten davor, stiegen aus und gingen zusammen hinein. Freddy stieg aus und als er näher kam, erkannte er auf einem Firmenschild den Namen des Unternehmens, bei dem Barbara arbeitete. Den hatte sie ihm genannt. Nach einer halben Stunde kamen sie wieder raus. Freddy schoss durch den Kopf, dass sie jetzt wegen des plötzlichen Reichtums ihren Job gekündigt hätte. Er dachte, das sei wie angeblich in der Bibel mit den Heiligen Drei Königen: *Legten die Arbeit nieder, zogen feine Gewänder an und eilten zur Krippe.* Der nächste Schritt wäre dann wohl die Anschaffung eines größeren Autos gewesen. Er kannte mal einen, der hatte eine Million im Lotto gewonnen und genau ein Jahr gebraucht, um sie zu vernichten. Teure Autos, rauschende Feste und freundliche Gaben an notleidende Freunde ermöglichten es ihm, die Million im Laufe von zwölf Monaten zum Fenster rauszuschmeißen. Das würde er den beiden hier auch zutrauen. Sie enterten den Golf und fuhren in ein Parkhaus in der Innenstadt. Freddy folgte. Parkte sein Auto etwas entfernt von dem Golf und stieg aus, machte sich zu Fuß an die Verfolgung. Sie wandelten über die Königstraße und verschwanden in einem Reisebüro. Aha, da wurden die Lustreisen gebucht. Anschließend schlenderten sie zu einem Restaurant und Freddy wurde es jetzt zu blöd. Er fuhr zurück zu dem Haus, in dem Barbara wohnte und schaute nach den Namen an der Klingel und am Briefkasten und fand tatsächlich ein kleines Etikett mit einem zweiten Namen. Mario Engstenfeld. Aha, so hieß jemand, der mit einer Leiter in eine Wohnung einstieg und einem eine Pistole an die Schläfe hielt, um sich dreißig Bitcoins zu erpressen. Über den würde er sich mal schlau machen.

Freddy rief Barbaras Freundin Bea aus Radolfzell an und fragte sie, ob sie später Zeit hätten, er würde sie gerne zum Essen einladen, müsste mal mit jemanden über Barbara sprechen. Zu seiner Freude hatten sie und ihr Mann Zeit und Lust. Freddy besuchte dann noch einen Architekten in Stuttgart, um dem Nachmittag noch etwas zu Sinn geben. Mit dem wollte er sich schon lange treffen. Am frühen Abend trafen Fred und Barbaras Freunde sich in einem Restaurant in Radolfzell.

„Leute, Leute, wir sind ja jetzt schon einige Wochen getrennt aber ich wollte eigentlich ganz gerne verstehen, warum das so schnell so schief gegangen ist."

„Freddy, du bist nicht der erste. Und du wirst auch nicht der letzte sein. Barbara hat so eine On-Off-Dauerbeziehung mit einem ziemlich schrägen Typen. Sie versucht schon lange, ihn loszuwerden, aber irgendwie schafft sie es nicht. Wir wissen auch nicht allzu viel."

„Wir hatten ständig Streit und ich weiß bis heute nicht, warum wir gestritten haben, aber es verging in der Regel keine Stunde und wir hatten Krach. Am nächsten Morgen war alles wieder gut, aber wenn ich dann mal versucht habe herauszubekommen, was los gewesen ist, dann ging es gerade wieder von vorne los. Ich habe so etwas noch nicht erlebt und ich bin ehrlich erleichtert, dass es vorbei ist."

Freddy schaute die beiden erwartungsvoll an.

„Wir verstehen sie auch nicht. Wir haben mal ihre Schwester kennengelernt und die hat so ein paar Andeutungen gemacht. Sie hat erzählt, es sei in ihrer Jugend irgendetwas vorgefallen. Freddy, mach dir keinen Kopf. Wahrscheinlich kannst du ihr nicht helfen. Das kann vermutlich nur ein Psychologe."

„Genau das habe ich mal vorgeschlagen. Da ist sie wie eine Furie auf mich losgegangen und hat gesagt, ich hätte einen Dachschaden."

Sie unterhielten sich noch den ganzen Abend über Barbara, aber wesentlich schlauer wurde Freddy davon auch nicht. Es beruhigte ihn aber, das Gespräch gesucht und gefunden zu haben.

Freddy stürzte sich am nächsten Tag wieder in die Arbeit und dachte erst am Nachmittag wieder an seine dreißig Bitcoins. Das war zwar eigentlich ein ganzer Haufen Geld aber im Vergleich zu den knapp zwölfhundert, die er immer noch besaß, war das eine Lachnummer. Freddy ging dann noch mal hinter die Halle und betrachtete die Holzleiter, die er noch in der Nacht wieder an ihren Platz gelegt hat. Sie war gut sechs Meter lang, das brauchte man auch, um zu ihm hochzukommen. Ihm fiel ein, dass er Barbara am letzten Abend gesagt hat, er hätte eine dreistellige Anzahl an Bitcoins. Da ist er wohl nicht mehr ganz nüchtern gewesen und wollte ein wenig angeben. Aber das würde ja bedeuten, dass sie irgendwann merken würden, dass er sie geleimt hat. Überhaupt war es unglaublich unprofessionell, den Typ loszuschicken und fragen zu lassen, wie viele Bitcoins er denn besitze. Lausige Verbrecher. Hat Barbara wohl vergessen. Aber das war ja gut für ihn. Freddy wurde an diesem Tag immer wieder von Telefonaten oder kurzfristig notwendigen Besuchen auf Baustellen unterbrochen und erst am Abend, als alle seine Mitarbeiter nach Hause gegangen sind, kam er wieder dazu, über das Thema nachzudenken. Falls Barbara sich daran erinnerte, dass er was von einer dreistelligen Zahl erzählt hat, dann könnte der Typ noch mal aufkreuzen. Bei solchen Leuten ist die Gier ein besonders starkes Gefühl. Freddy stand von seinem Schreibtisch auf, ging um die Halle herum und hob die Leiter hoch. Betrachtete sie. Dann lehnte er sie mit dem oberen Ende auf eine Fensterbank der Halle und betrachtete sich die Sprossen einzeln. Die im unteren Drittel waren fest, so etwa in der Mitte der Leiter waren sie nicht mehr ganz so fest, hatten etwas Spiel in ihren Löchern, und die obersten Sprossen waren schon ziemlich morsch, eierten stark in den Löchern umher. Freddy dachte nach, setzte sich auf einen Holzklotz, stand wieder auf, ging zu der Leiter und nahm die dritte Sprosse von oben in die Hand, zog fest daran, das Holz knirschte. Freddy betrachtete die Sprosse, die hatte nach dieser Behandlung eindeutig in der Mitte einen Knick. Wenn einer seine achtzig Kilo auf einem Bein auf diese Sprosse setzte, dann würde die garantiert brechen. Er grinste schmutzig.

„Dir werde ich beibringen, in anderer Leute Wohnungen einzubrechen."

Er wiederholte die Prozedur auch an der vierten und fünften Sprosse von oben, aber weniger stark. Nach seiner Einschätzung müssten die halten, wenn sich einer vorsichtig hochschob, aber brechen, wenn jemand mit Schmackes von oben kam. Hoffentlich sah er das richtig. Dann legte er die Leiter wieder genau an den Platz, wo sie immer lag. Freddy sah zu seiner Wohnung hoch, schnappte sich die Leiter wieder und stellte sie so an, wie er meinte, dass der Einbrecher das gemacht haben müsste. Er suchte die Stelle, wo der Gauner wahrscheinlich aufschlagen würde. Da stand ziemlich hohes Gras, er drückte mit dem Fuß auf den Boden. Der gab nach, war ziemlich weich. Er wollte ja keinen umbringen. Aber bei ihm einfach einsteigen ging auch nicht.

Fred marschierte zurück in sein Büro und googelte diesen Mario. Dummerweise fand er gar nichts über ihn. Der Typ existierte schlichtweg nicht. Freddy kratzte sich am Kopf, hirnte. Da fiel ihm etwas ein. Einer von seinen alten Kumpels aus der Schule war bei der Kriminalpolizei. Er rief ihn einfach an.

„Hallo Max, hier ist Fred."

„Mann, von dir habe ich ewig nichts gehört. Zuletzt warst du auf der Walz, wie man gehört hat. Mit der Yacht nach Amerika gesegelt. Wie Greta. Immer exklusiv unterwegs, gell?"

„Ach wo, das war ziemlich spartanisch. Aber auch sehr schön. Ich bin schon länger wieder hier, habe zuletzt in Frankreich gearbeitet, aber dann ist mein Vater gestorben."

„Davon habe ich gehört, tut mir leid."

„Ja das ist auch schon eine Weile her. Ich habe den Betrieb übernommen, wer sonst."

„Du, es gibt Schlimmeres. Ich beneide Handwerker wie dich. Ich muss mich immer nur mit irgendwelchen kriminellen Idioten herumschlagen. Schlechter Umgang drückt auf die Stimmung."

„Was hältst du denn davon, wenn wir uns mal zum Essen treffen oder so? Soweit ich weiß hast du ja Frau und Kind."

„Kinder. Zwei Stück mittlerweile. Und du?"

„So weit bin ich noch nicht. Meine letzte Kurzzeitbeziehung war eine Katastrophe."

„Aber das mit dem Treffen ist eine gute Idee. Wir waren ja früher ziemlich dicke miteinander. Das machen wir. Deinem Tonfall entnehme ich, dass du von mir noch was anderes wolltest?"

„Stimmt. Ist bei euch ein gewisser Mario Engstenfeld aus

Stuttgart aktenkundig? Ich habe herausgefunden, dass meine letzte Freundin mit ihm eine Dauerbeziehung hatte, während sie gleichzeitig mit mir rummachte. Daher habe ich den Kerl gegoogelt, aber den gibt es gar nicht. Und da hat es mich interessiert, ob der bei euch schon mal aufgefallen ist."

„Sowas darf ich eigentlich nicht."

„Ist mir klar."

Einen Moment Stille.

„Na gut, Moment.. Mario Engstenfeld. Ja, den gibt es. Der saß sogar schon mal ein Weilchen im Knast wegen Trickbetrügereien. Zweiunddreißig Jahre alt. Wohnt auch in Stuttgart. Ist dort geboren, gelernter Friseur. Mehr habe ich nicht. Hilft dir das weiter?"

„Ja, das ist hilfreich. Ich danke dir. Und jetzt lass uns was abmachen. Was hältst du von nächster Woche Freitag? am Abend?"

„Ja, das passt. Weißt du was, du kommst einfach zu uns. Zur Not haben wir ein Gästezimmer."

Freddy dachte nach. Viel weiter war er dadurch nicht, aber immerhin wusste er jetzt, dass er es mit keinem unbeschriebenen Blatt zu tun hatte.

Er fuhr danach mit dem Fahrrad bei seiner Mutter vorbei und wurde natürlich sofort zum Essen eingeladen. Er sprach sie auf die Sache mit den Bitcoins an und sie schwor alle heiligen Eide, zu denen sie fähig sei, dass sie zu niemanden auch nur ein Sterbenswörtchen darüber gesagt habe. Natürlich fragte sie, warum er das wissen wolle. Etwas widerwillig erzählte er ihr die ganze Geschichte. Sie kriegte einen Mordsschrecken und fragte ihn, warum er die Polizei nicht geholt habe. Er erklärte ihr den Zusammenhang. Einfach aus Schiss, weil er die Bitcoins mit Schwarzgeld gekauft habe.

„Das klebt so richtig an mir. Ich habe keine Ahnung, wie ich es loswerden kann."

Fred schaute seine Mutter an. Sie war jetzt dreiundsechzig Jahre alt, etwa genauso alt wie sein Vater, als er gestorben ist. Die beiden hatten eine wunderbare Ehe geführt, sein Vater war ein sehr gut aussehender Typ und auch seine Mutter sah trotz ihrer Jahre immer noch fantastisch aus. Sie hatte graue halblange Haare, war etwa einsfünfundsiebzig groß, so ein sehniger Typ, längliches Gesicht.

„Freddy, ich habe mich etwas mit Frank angefreundet."

„Welcher Frank?"

Freddy und seine Geschwister waren sich einig, dass sie heilfroh wären, wenn ihre Mutter noch mal einen netten Mann finden würde. Es sollte ja andere erwachsene Kinder geben, die jeden Nachfolger ihres Vaters nach Kräften bekämpften. So waren sie nicht.

„Frank, unser Anwalt. Ein Witwer in meinem Alter." Freddy sagt nichts.

„Er hat mir schon immer gefallen. Dein Vater hat mir immer besser gefallen. Aber jetzt.."

Fred stand auf, ging zu ihr rüber, gab ihr ein Küsschen auf die Wange.

„Würde mich sehr für dich freuen. Ich mag ihn."

„Ich habe ihm neulich mal die Geschichte mit dem Schwarzgeld erzählt."

„Scheiße!"

„Er ist unser Anwalt, auch privat. Er muss schweigen."

„Okay!"

„Wir sollten uns von dem Schwarzgeld trennen, sind sonst erpressbar. Es besteht immer das Risiko der Entdeckung und es könnte sein, dass dein Vater noch jemanden eingeweiht hat. Frank sagt, das Zeug macht nur Ärger. Sieht man ja an dir. Wir haben uns das mal ganz genau angeschaut. Wir wissen nicht mal, wie viel von dem Geld er übernommen hat und wie viel von ihm ist. Er rät uns zu einer strafbefreienden Selbstanzeige. Das geht auch nachträglich. Dann zahle ich halt die Steuern, denn es ist ja mein Konto. Und ich habe dir eben die fünfundsiebzigtausend geliehen. Du hast ja mittlerweile genug Geld, dann zahlst du sie mir halt zurück. Es ist ein Darlehen zwischen uns beiden und das ist nicht verboten. Dann haben wir unsere Ruhe. Mich beschäftigt die Geschichte seit seinem Tod. Marie kriegt von mir das Geld geschenkt, was sie sich geholt hat. Frank meint, es könnte sogar noch etwas übrig bleiben. Und ich glaube kaum, dass Frank mich so berät, dass ich im Knast lande. Wenn ich ihn richtig verstehe, möchte er in Zukunft mehr Zeit mit mir verbringen und ich kann mir nur sehr schwer vorstellen, dass er sich als Ort dafür den Besucherraum des Gefängnisses vorstellt."

Sie lachten beide herzlich.

„Das klingt gut. Sag Frank, er hat recht. Mich belastet die Kiste auch die ganze Zeit. Ich hatte befürchtet, dass sie mir dann meine ganzen Bitcoins abnehmen, aber ich glaube, die wollen nur die hinterzogenen Steuern haben."

Sie schaute ihn fragend an.

„Ich habe mich da mal etwas schlau gemacht. Es gibt bei den Juristen so eine *Infizierungstheorie.* Wenn du auf einem Konto tausend schwarze Euros liegen hast und neuntausend anständige Euros, dann sind die gesamten zehntausend vom Schwarzgeld infiziert. Wenn ich es richtig verstanden habe, will der Gesetzgeber das aber so nicht, denn dann gäbe es in nicht allzu langer Zeit nur noch infiziertes Geld, weil es einfach zu viel Schwarzgeld auf der Welt gibt. Du könntest ja mal bei Gelegenheit Frank fragen, ob ich das richtig sehe."

Sie nickte.

„Frank sagt, es sei gar nicht mehr nachvollziehbar, wann Papa das Geld auf das Konto gebracht hat. Wir haben das bei der Bank gecheckt und die haben uns die Kontoauszüge für die letzten zehn Jahre geschickt. Mehr haben sie nicht, sagen sie. Und daraus ergibt sich, dass er in den letzten Jahren gar nichts mehr auf das Konto gebracht hat. Frank meint, das ginge als einfache Steuerhinterziehung durch. Da gibt es eine Geldstrafe. Er muss noch klären, wie wir das ganz genau machen, aber ich denke, wir bleiben dabei."

Später radelte Freddy zur Halle und ging in seine Wohnung hoch. Er hat einige Vorsichtsmaßnahmen ergriffen. Er ließ nur noch ein Fenster halboffen stehen, die anderen blieben geschlossen oder gekippt. Die Balkontür blieb zu. Er hatte eine Angelschnur mit einem daran befestigten Glöckchen so gespannt, dass jemand, der das Fenster ganz aufschieben würde, das Glöckchen zum Bimmeln bringen müsste. Um in das Fenster hineinzukommen, war es notwendig, es weiter zu öffnen. Die dünne Schnur sah man nicht. Außerdem hat er sich einen Druckluftnagler mit einer vollen Kartusche bereitgestellt. Er hat ihn so umgebaut, dass man ihn nicht aufsetzen muss und auf einfaches Nageln eingestellt. Hat er ausprobiert und es hat tierischen Spaß gemacht. Eigentlich rechnete er jede Nacht mit Besuch, aber es passierte nichts. Er schlief schlechter als früher, wachte häufig vom kleinsten Geräusch auf. Und so eine Halle knackte ganz schön. Passend zu ihrem Gewerbe war sie natürlich aus Holz und Holz arbeitet, es reagiert auf Schwankungen der Temperatur. Nur hat ihn das früher nicht gestört, jetzt schon.

Das Glöckchen bimmelte. Fred war schon wach, geweckt

von einem schabenden Geräusch. Er nahm seinen Druckluftnagler, der neben dem Bett stand, schaltete ihn ein und schlich zum Fenster. Er steckte den Kopf hinaus, sah, wie sich ein Mensch auf der Leiter von unten sehr vorsichtig auf ihn zu bewegte. Fred sah ihn nur von oben, sah eine Mütze auf seinem Kopf, das könnte aber auch eine Maske sein. Er nahm den Druckluftnagler, richtete ihn von oben auf den Menschen und sagte:

„Kuckuck!"

Das ist angeblich ein alter aus dem Französischen stammender Ausruf des Erstaunens. Der Kopf war vor dem *Kuckuck* vielleicht noch zwei Meter von ihm entfernt. Er schoss ruckartig nach hinten und starrte ihn an. Er hatte wieder eine Skimaske auf.

„Du..du..du," stotterte der Mensch, männliche Stimme.

„Das ist ein Druckluftnagler. Er ist auf dich gerichtet. Zieh deine Kanone langsam raus und lass sie fallen, sonst kommt er zum Einsatz. Bleib stehen, wo du bist!"

Der Mann machte keine Anstalten, dieser Bitte nachzukommen und zog sich mit den Armen hoch, wurde rasch schneller auf seinem Weg nach oben. Das war ein großer Fehler. Es knirschte. Freddy überlegte gerade, wohin er ihm den ersten Nagel setzen sollte, denn er würde das auf keinen Fall akzeptieren. Da knirschte es nochmals und er sah, wie der Kopf ruckweise nach unten beschleunigte. Dabei krachte es mehrmals. Es war eine schier unwirkliche Szenerie, beschienen von relativ hellem Mondlicht. Es war ohne Zweifel Mario, dessen Füße schon einige Sprossen durchschlagen haben. Beide Beine waren gestreckt und die Füße prallten für Fred von oben unsichtbar auf immer neue Sprossen auf und durchschlugen sie. Mit den Händen hielt er sich an den Wangen der Leiter und versuchte, so zu bremsen. Das dürfte ihm aber jede Menge Holzsplitter in die Pfoten getrieben und furchtbare Schmerzen verursacht haben. Aber jetzt prallten die Füße offenbar auf eine Sprosse, die hielt. Der Körper hatte noch eine ganz beachtliche Geschwindigkeit drauf und nachdem jetzt von unten Widerstand kam, musste die Energie ja irgendwo hin. Es schleuderte ihm den Oberkörper schräg nach hinten, er konnte sich nicht mehr an den Wangen der Leiter halten, ruderte mit den Händen frei in der Luft und fiel die letzten Meter zu Boden. Freddy gab der Leiter einen Stoß, sie fiel nach hinten um und er hörte von unten noch einen

Schmerzensschrei. Hat ihn wohl getroffen. Freddy zog sich hastig ein T-Shirt an und schob seine Füße in ein paar Adiletten, die er schon immer hatte wegschmeißen wollen, schnappte sich den Nagler, wetzte zur Tür und schoss die Treppe runter. Es dauerte einen Augenblick, bis er draußen war.

Da, wo der Typ hingefallen ist, war niemand. Er war weg. Freddy schaute sich um, der war tatsächlich fort. Er musste also noch in der Lage gewesen sein, sich zu bewegen. Ihm kam eine Idee. Er rannte zu dem Hallentor, schob es ein Stück weit auf, sprang auf einen mitten in der Halle stehenden gasbetriebenen Gabelstapler, schmiss den Motor an und raste aus der Halle raus. Von der Halle zur Straße gab es nur einen gut befestigten Weg. Den hoppelte er mit dem Stapler entlang und erblickte ein paar hundert Meter weiter einen älteren schwarzen VW Golf. Von Mario weit und breit keine Spur. Fred nahm an, dass er sich irgendwo auf dem Weg zwischen der Halle und seinem Auto vermutlich mehr kriechend als gehend fortbewegte und versuchte, die Flucht zu ergreifen. Freddy fiel auf, dass der Golf mit der Schnauze direkt an einem Baum stand. Er manövrierte den Gabelstapler direkt hinter den Golf, so dass das Auto vielleicht vorne noch zehn Zentimeter Luft zum Baum hatte, aber hinten gar keine. Freddy zog den Schlüssel ab, stieg vom Stapler und versteckte sich hinter einem Baum. So, nun wollte er mal sehen, was Mario veranstaltete. Er musste nicht lange warten, nach ein paar Minuten kam Mario über die Wiese angehumpelt. Er hielt seine Pistole in der linken Hand und sah schlimm aus, wie Freddy im Schein des Mondes erkennen konnte. Die Klamotten hingen teilweise in Fetzen an ihm runter, die Brust war frei, das ganze Gesicht und die Brust waren verschmiert und er konnte wirklich kaum laufen. Er hatte sich eine Dachlatte genommen und benutzte die auf der rechten Seite als notdürftige Krücke. So wie es aussah, konnte er das rechte Bein überhaupt nicht belasten. Das schleifte er hinter sich her. Als er näher kam, sah er die Bescherung mit dem Stapler, blieb stehen, schwenkte die Pistole mit der linken Hand in der Gegend herum und rief:

„Komm raus du Sau, sonst erschieße ich dich."

Die Pistole hat er bei seinem Sturz also nicht verloren, schade. Freddy konnte nicht anders. Er trat mit seinem Druckluftnagler in der Hand hinter dem Baum hervor, stand jetzt ungefähr fünfzehn Meter von Mario entfernt.

„Da müsstest du mich erst mal treffen. Du kannst dich doch kaum noch rühren. Und wieso bezeichnest du mich als Sau? Wer ist hier die Sau?"

Die Szene hatte durchaus etwas von einem Western. Freddy fühlte sich in der besseren Position. Er lachte. Mario wollte mit der rechten Hand nach der Pistole greifen. Mit links schießen war wohl nicht so einfach. Das Problem war nur, dass er dazu die Krücke loslassen musste. Er versuchte, gleichzeitig die Krücke in die linke Hand und die Pistole in die rechte Hand zu manövrieren. Das ging jämmerlich schief und während er noch probierte, seinen Oberkörper auszubalancieren, ging ihm unten die Stabilität durch die behelfsmäßige Krücke verloren, denn die konnte er einen Moment lang am oberen Ende nicht festhalten. Er geriet in eine bedrohliche Schieflage, instinktiv versuchte er noch, das rechte Bein zu belasten, aber das tat wohl sehr weh und gab nach. Der ganze Kerl bekam rasend schnell Schlagseite und es haute ihn um. Dabei schlitterte die Pistole auf dem Feldweg ein Stück von ihm weg. Freddy machte ein paar flinke Schritte auf ihn zu, schnappte sich die Knarre und schaute auf den am Boden Liegenden, der schwer stöhnte.

„Super Aktion", kommentierte Freddy hämisch. „Du bist wirklich voll der Revolverheld."

Mario beschimpfte ihn weiter mit einem Haufen Begriffen, von denen *Drecksack* und *Arschloch* noch die netteren waren.

„An deiner Stelle wäre ich etwas zurückhaltender. Ich hole dir vielleicht besser mal die Polizei und vielleicht auch einen Krankenwagen. Du müsstest dringend einen Arzt sehen. Du bist doch Mario Engstenfeld?"

„Woher weißt du denn meinen Namen?", giftete Mario hasserfüllt.

„Das herauszubekommen, war nicht so schwer. Ihr seid ja dermaßen blöd. Mir war von Anfang an klar, dass Barbara dahintersteckt."

„Kannst du nicht auf die Polizei verzichten?"

Jetzt klang er schon zahmer.

„Warum sollte ich das tun? Du weißt ja scheinbar, dass ich noch ein paar Bitcoins habe und die willst du mir auch noch klauen. Du wirst wahrscheinlich genauso weitermachen wie bisher."

„Nein, ich verspreche es."

„Versprechen eines Trickbetrügers, wie lange warst du

eigentlich im Knast?“

„Mein Gott, woher weißt du das alles?“

„Da staunst du. Zimmerer sind pfiffige Leute. So, was machen wir denn nun mit dir?“

Er schaute nun schon fast mitleidig auf den ramponierten Mario Engstenfeld herunter.

„Viele Trümpfe hast du gerade nicht im Ärmel, oder? Ich meine, wie soll ich einem wie dir ein Versprechen abkaufen? Hältst mir eine Knarre an den Schädel und erpresst mich. Die Information hast du von Barbara. Die hat es vermutlich mit dir und mir gleichzeitig getrieben? Hoffentlich habe ich mir da nichts eingefangen. Dann schickt sie dich noch mal los, um mehr zu holen und diesmal geht's schief. Nee, du wanderst als Wiederholungstäter diesmal etwas länger in den Knast. Barbara kann dich ja dort besuchen. Vielleicht lernst du was draus.“

Freddy legte eine längere Sprechpause ein. Könnte ja sein, dass dem hilflosen Bündel am Boden noch irgendetwas einfällt.

„Du Sau hast die Sprossen angesägt.“

Freddy lachte schallend. Er konnte sich gar nicht mehr einkriegen.

„Musste ich gar nicht, du Idiot. Die Sprossen sind morsch gewesen und zwar schon lange. Ich habe meinen Leuten verboten, die Leiter zu benutzen. Dreimal darfst du raten, warum. Nicht alles, was am Boden liegt, ist zur Verwendung bestimmt. Dämlich.“

Fred schüttelte den Kopf.

„Verkackt alles und wird auch noch frech. Hätte ich dem Herrn vielleicht eine neue Leiter parat legen sollen, damit er in meine Bude einsteigen kann? Weißt du was, ich sehe gar keine Alternative dazu, die Polizei zu holen. Wenn ich dich laufen lasse, dann probierst du es morgen gerade wieder. Was bitteschön sollte dich davon abhalten, mich wieder zu bedrohen?“

„Ich kann es dir versprechen.“

„Versprechungen von dir, vergiss es!“

„Aber du bist neulich nicht zur Polizei gegangen? Also hat Barbara doch recht, du hast irgendwo Dreck am Stecken und kannst deswegen gar nicht zu den Bullen gehen. Vielleicht hast du die Bitcoins mit Schwarzgeld gekauft?“

„Aha, der Herr fängt an zu denken. Nein, das ist nicht so. Ich wollte erst mal herausfinden, wer es gewesen ist.“

Fred sah, dass Mario grinste. Er grinste nicht so richtig von Herzen, er grinste etwas schief, leicht schmerzverzerrt. Fred fragte sich, was es zu grinsen gab.

„Du hast wahrscheinlich recht, du hast keine Alternative dazu, die Bullen zu rufen. Natürlich wirst du mich nicht mehr los. Ich will auch noch den Rest von deinen Bitcoins. Wenn du erst Frau und Kind hast, dann wirst du jeden Tag die Hosen voll haben, dass ich dieses Kind entführen könnte. Oder du zahlst und hältst uns die Bullen vom Hals. Hast du ein Handy dabei?"

Fred schüttelte den Kopf.

„Das habe ich in zwei Minuten geholt und du kriechst in der Zeit auch nicht allzu weit."

Fred überlegte, wie er an sein Handy käme. Er könnte fünfzig Meter weiter laufen und bei seinen Nachbarn klingeln. Diese Situation hier würde eine nächtliche Störung rechtfertigen. Er könnte auch den Schalldämpfer von der Kanone abbauen und damit ballern, dann kämen sie schon.

„Fred, ich bin bloß nicht so ganz sicher, ob du noch dazu kommst."

Fred verspürte etwas in seinem Genick. Es haute ihm den Kopf nach vorne, es knirschte irgendwo in seinem Hinterkopf und bei ihm gingen die Lichter aus.

Etwas rüttelte an ihm. Fred versuchte, die Augen zu öffnen. Er spürte einen gewaltigen Schmerz im Kopf und im Genick. Langsam bekam er ein Auge ein Stück weit auf. Er sah ein Gesicht, neben ihm kniete ein Mann. Er kam ihm bekannt vor. David, sein Nachbar. Fred hörte eine Sirene, dann kamen Leute in so einer Art Uniform in Rot und Weiß und dann war er wieder weg.

Fred wachte auf. Er konnte sich an die Unterredung mit diesem Mario erinnern, er konnte sich auch an David erinnern und daran, dass Mario versucht hat, bei ihm einzusteigen, und dann die Leiter runter gekracht ist. Er wusste auch noch, dass er ihm gedroht hat, er müsse entweder zahlen und ihm die Bullen vom Hals halten oder er würde ihn auf immer und ewig mit Entführungen bedrohen. Das war keine schöne Überlegung. Fred versuchte, zu denken, aber das war in dem jetzigen Zustand sehr schwierig. Eine Krankenschwester kam herein, erzählte ihm, dass er einen dicken Schädel und noch ziemlich viel Glück gehabt habe und auf den ersten Blick gar nicht so viel passiert sei. Sie müssten ihn aber noch genauer untersuchen. Nachher würde ein Arzt vorbeikommen. Sie gab ihm etwas zu trinken. Fragte ihn, ob er Hunger habe, hatte er aber nicht. Fred schlief wieder ein, wachte erst auf, als sie ihn in eine Röhre hineinschoben. Dann schlief er wieder ein und als er aufwachte, kam die Krankenschwester und erzählte ihm, dass er jetzt zwanzig Stunden geschlafen habe. Er müsste sich eigentlich besser fühlen. Sie brachte ihm etwas zu trinken und zu essen und dann fühlte er sich tatsächlich besser.

Sollte er das Traumpärchen nun anzeigen oder nicht. Auf jeden Fall. Er hatte genug von dem Stress mit dem Schwarzgeld. Er dachte daran, wie sehr die Äußerung seiner Mutter zum Schwarzgeld ihn befreit hat. Frank hat auch schon mal für ihn privat gearbeitet. Das war so ein Anwalt, der es nicht mehr nötig hatte, jeden aussichtslosen Prozess an sich zu reißen, nur um etwas Geld damit zu verdienen. Fred hatte ihn wegen des Kaufs eines gebrauchten Autos gefragt und Frank hat ihm rundweg erklärt, er solle zahlen und die Sache vergessen, denn es wäre sehr schwer, dem Verkäufer zu beweisen, dass er Frank beschissen habe. Er sagte, *Recht zu haben sei nicht das Gleiche wie vor einem Gericht Recht zu bekommen.* Nein, er wollte sich auf gar keinen Fall jahrelangem Druck von irgendwelchen Erpressern unterziehen. Und wer hat ihn denn niedergeschlagen? Er ging davon aus, dass es Barbara gewesen ist, könnte aber auch sein, dass Mario einen anderen Komplizen dabei gehabt hat. Er wusste noch, dass er ungefähr da aufgewacht ist, wo sie ihn niedergeschlagen haben, aber er wusste nicht mehr, ob der VW Golf noch da parkte.

Eine Stunde später stand dann seine Mutter an seinem Bett.

„Junge, was machst du für Sachen?“

„So richtig jung bin ich auch nicht mehr. Und ich mache gar nichts. Ich wurde überfallen. Könntest du mir vielleicht mein Handy vorbeibringen? Ich muss die Polizei anrufen.“

„Dein Handy habe ich doch dabei. Ich habe auch ein paar Klamotten dabei, was zu lesen, ein paar Zeitungen und was Süßes.“

„Typisch Mutter, typisch Glucke.“

„Wenn du mal Kinder hast, dann wirst du mich verstehen. Das kapiert nur, wer welche hat, so viel Fantasie hast selbst du nicht.“

Freddy erzählte seiner Mutter die ganze Story. Sie konnte ihm berichten, dass sie zusammen mit Frank und ihrem neuen

Steuerberater beim Finanzamt waren, dass sie ein Gespräch geführt haben und dass die Sache zwar noch nicht endgültig erledigt sei, aber soweit ganz gut aussah.

„Wäre froh, wenn das mit dem Schwarzgeld hinter uns läge. Genau deswegen hast du den Typen beim ersten Mal vermutlich nicht angezeigt.“

Fred nickte.

„Mir ist ein Stein vom Herzen gefallen. Und genau deswegen werde ich mich von diesem Pärchen jetzt auch nicht erpressen lassen.“

Seine Mutter war irgendwas zwischen erstaunt und entsetzt, dass Fred mit dieser Barbara ein paar Wochen liiert war.

„Ja Mütterchen, in der Not frisst der Teufel Fliegen.“

„Aber so grausliche Fliegen hast du doch gar nicht nötig!“

Als sie gegangen ist, rief Freddy seinen Freund Max von der Kripo an.

„Du kannst dich doch erinnern, dass ich dich nach diesem Mario Engstenfeld gefragt habe?“

„Klar, ist ja nicht so lange her.“

Freddy erzählte ihm die ganze Geschichte von Anfang an. Max meckerte ein bisschen herum, dass er den ersten Überfall nicht sofort angezeigt habe.

„So wie ich das sehe, ist es räuberische Erpressung und die hättest du sofort anzeigen müssen. Na gut, da wird vermutlich nicht allzu viel passieren. Die wissen aber jetzt, dass du weißt, wer sie sind. Also werden sie untertauchen. Aber wir fahnden nach ihnen, klar.“

Am nächsten Tag kam Fred aus dem Krankenhaus und fuhr sofort zur Polizei, um seine Aussage dort noch mal zu wiederholen. Max erzählte ihm, dass sie Barbara und Mario wie erwartet nicht angetroffen hätten.

„Mehr können wir eigentlich im Moment nicht tun.“

Er empfahl Fred, weiterhin auf der Hut zu sein und sich sofort bei ihm zu melden, wenn ihm irgendetwas Ungewöhnliches auffalle. Und er solle bitte keine Alleingänge mehr machen.

„Ja ich weiß, der Mord muss erst geschehen sein, bevor ihr was unternehmen könnt“, knurrte Freddy noch.

Max zog bedauernd die Schultern hoch.

„Ich verstehe euch, ihr könnt nicht jeden festnehmen und ihr könnt die beiden auch nicht herzaubern. Die könnten ja sonst wo sein. Soweit ich weiß, liefern die Philippinen, die Dominikanische Republik, Guatemala und ein paar andere Länder nicht aus. Und da lässt es sich überall gut leben. Ein bisschen Geld haben sie ja. Vielleicht kommen sie erst zurück, wenn sie es verjuxt haben."

Fred fuhr dann zu der Halle und fand heraus, dass seine Leute am Morgen nach dem Überfall den Stapler ein paar Meter weiter gefunden hätten. Sie haben ihn vermutlich mit dem Golf weggeschoben.

„So ein Stapler wiegt was, die müssten ganz schöne Dellen im Auto haben."

Dann fuhr er zu seiner Mutter und warnte sie, sie sei potentiell auch gefährdet.

„Freddy, ich wohne zum Teil schon bei Frank. Der ist ja nicht ganz unvermögend und hat sein Haus mit einer sehr aufwändigen Alarmanlage gesichert. Da musst du dir keine Sorgen machen. Und danke für die Rückzahlung des Darlehens!"

Freddy war weitgehend wiederhergestellt und tat das, was man *Verarbeitung eines traumatischen Erlebnisses* nennt. Allerdings musste er gar nichts dazu tun, das Erlebte beschäftigte ihn von selbst. Es wanderte von links nach rechts durch sein Gehirn, von rechts nach links und rundherum im Kreis, kurz, er wurde es nicht los. Wie hat er sich nur in dieser Szene, die so ausgesehen hat wie der Showdown im Western, so dämlich verhalten können. Er musste zähneknirschend zugeben, dass dieser Lackl von Mario das besser angestellt hat als er. Einfach clever, jemanden dabei zu haben, der zur Not eingreifen konnte. Hätte er nicht so lange rumgelabert, sondern gleich sein Handy mitgenommen oder diesen blöden Schalldämpfer abgeschraubt und rumgeballert, dann wären die Bullen schon gekommen. Dann hätten sie die Nummer zwei im Team Mario Engstenfeld vielleicht auch gleich mit hops nehmen können.

Ob er allerdings jemals wieder an seine Bitcoins kommen würde, das war zu bezweifeln. Die haben sie in Geld umgetauscht. Wer weiß, wo sie das versteckt haben. Freiwillig würden sie es niemals rausrücken. Fred überlegte, wie er sich Leuten gegenüber verhalten sollte, die von dem Überfall wussten. Ach was, sollten sie doch wissen, dass er ein paar Bitcoins hatte. Er musste ja nicht die ganze Dimension verraten.

Freddy war genau genommen stinksauer – auf sich selbst. Er rief Max an, aber der konnte auch nichts Neues berichten. Er hat ihm erzählt, dass sie mit einigen Leuten gesprochen hätten, die Mario kannten. Als er auflegte, kam ihm eine Idee. Er hat zwar versprochen, auf Alleingänge zu verzichten, aber da musste er sich ja nicht unbedingt dran halten. Freddy rief Bea an.

„Du Bea, hier ist Freddy."

„Ist ja furchtbar Freddy, was dieser Mario mit dir gemacht hat. Die Polizei war hier und hat uns alles erzählt. Schrecklich zugerichtet hat er dich. Du Armer!"

Diese Ansprache beinhaltete eine Sicht der Ereignisse, die Fred nicht ganz gefiel. Das wollte er jetzt doch ein bisschen zurechtrücken.

„Also ihr hättet ihn mal sehen sollen. Ich Idiot habe bloß nicht vorausgesehen, dass er einen Komplizen dabei hatte, eventuell Barbara. Der oder die hat mir von hinten eins drüber gezogen. Aber könnten wir uns noch mal treffen? Ich habe da noch ein paar Fragen. Und dann kann ich euch das auch alles im Detail erzählen. War wie im Wilden Westen."

Bea lud Freddy für den Abend zu ihnen nach Hause ein.

„Komm doch so nach acht, dann sind die Kinder im Bett. Vielleicht ist es nicht die richtige Geschichte für fünf- und siebenjährige."

Freddy traf pünktlich ein und klingelte an der Haustür. Ralf, Beas Mann, machte auf, bat ihn rein und klopfte ihm auf die Schulter.

„Wir sind froh, dass dir nichts Ernsthaftes passiert ist."

„Ja, so wie der oder die zugehauen hat, hätte es mich auch schlimmer erwischen können."

Freddy erzählte die ganze Geschichte in allen Details und fragte sie dann, was die Polizei von ihnen wissen wollte.

„Die haben eigentlich nur gefragt, ob wir die beiden kennen und ob wir eine Ahnung oder eine Vermutung haben, wo sie sich aufhalten könnten."

Freddy schüttelte den Kopf.

„Die zwei mussten ja abhauen. Zuerst haben sie nicht bedacht, dass nur Barbara von den Bitcoins gewusst haben konnte. Mario hat gedacht, ihn bringe kein Mensch mit mir in Verbindung. Also was sollten sie tun, warten bis die Polizei an ihrer Tür klopft? Ich frage mich bloß, wohin sie geflohen sind. Geld haben sie für eine Weile genug. Habt ihr eine Idee? Haben sie jemals Pläne geäußert?"

„Barbara hat immer von der Karibik und vom Surfen

geschwärmt. Sie war mal in der Dominikanischen Republik und sie hat uns immer erzählt, wie einfach es sei, dort zu leben. Man müsste sich noch nicht mal anmelden. Sie hat oft von einem Surfkurs gesprochen, den sie gerne machen würde. Dann haben sie halt die üblichen Spinnereien von sich gegeben, Kneipe aufmachen, Surfbretter verleihen, kurzum alles, was man mit den Füßen im Sand und der Birne in der Sonne machen kann", erinnerte sich Bea.

„Was ist der Mario eigentlich für ein Typ. Ich hatte ja eine Weile das Vergnügen, mit ihm etwas zu teilen. Aber ich weiß gar nichts über ihn, außer dass er mal Friseur gelernt hat."

„Ja, der Mario, der hat immer was Neues im Kopf gehabt, aber so richtig funktioniert hat nichts. Zuletzt hat er als Türsteher in irgendeinem Club in Stuttgart gearbeitet. Da hat er Glück gehabt, das war so ein angesagter Club, wo die Leute den Türstehern ziemliche Summen in die Hand gedrückt haben, damit die sie reinließen. Er hat es wohl übertrieben und von Freunden des Besitzers Geld gefordert. Dann haben sie ihn rausgeschmissen. Dumm ist er aber nicht, nur unstet. Leider. Barbara ist eigentlich solider, die hat wenigstens ihren festen Arbeitsplatz gehabt und zwar schon seit vielen Jahren. Wenn ich mich richtig erinnere, war sie in einem Textilgroßhandel und hat sich da um den Einkauf gekümmert. Ich glaube, sie hat ganz gut verdient. Mario hat sie immer in seine seltsamen Ideen reingezogen. Er hat ihr nicht gut getan. Wir haben alle nicht verstanden, warum sie mit ihm zusammen ist. Sie hat uns immer wieder erzählt, dass sie versuche, von ihm los zu kommen, aber jedes Mal, wenn sie einen Neuen hatte, hat sie sofort derart geklammert, dass sie alle Leute abgeschreckt hat. Wie bei dir. Ich glaube einfach, sie hat überhaupt kein Selbstbewusstsein. Dabei sieht sie gut aus, hat wenigstens eine anständige Ausbildung und doof ist sie auch nicht. Wir denken alle, da sei irgendwas in der Kindheit schief gelaufen. Ihr Vater ist früh gestorben und ihre Mutter ist irgendwie seltsam. Komische Familie", erklärte Ralf.

Jetzt tat sie Freddy fast schon wieder leid.

„Wusstet ihr, dass er kriminell ist?"

„Nein, keine Ahnung, ich habe noch nie gehört, dass er krumme Sachen gemacht hat, nur vermutet haben wir es immer. Aber dass sie dabei mitgemacht hat, das kann ich mir nur schwer vorstellen", meinte Bea.

6 – SURFSPOT

Als er wieder zu Hause war, kam Freddy etwas in den Sinn. Er fand es enttäuschend, dass die Polizei Bea und Ralf einfach nur gefragt hat, ob sie eine Ahnung hätten, wo die beiden sein könnten. Auf die Idee, ein wenig zu hinterfragen, was sie früher an Reiseplänen geäußert haben, sind die wohl nicht gekommen. Schade.

Er setzte sich zuhause an seinen PC und googelte *Dominikanische Republik* und *surfen und* fand heraus, dass der beste Surfspot im Norden der Insel sei und dass der nächstgelegene Flughafen Puerto Plata sei. Dann suchte er nach Direktflügen. Da aber zu der Zeit die ganze Welt unter einem gewissen Coronavirus ächzte, fand er nur einen Flug mit Air Canada über Toronto. Kurzerhand buchte er in der Businessclass und den Rückflug eine Woche später. Endlich mal Geld rauswerfen. Er freute sich, dass er sich mit seiner Größe nicht in die Economy quetschen müsste. Außerdem reservierte er sich noch ein Zimmer in einem mittelgroßen Hotel und einen kleinen Leihwagen. So! Dann ging er ins Bett. Am nächsten Morgen rief er bei dem Textilgroßhandel in Stuttgart an, bei dem Barbara gearbeitet hat, und fragte nach ihr. Man sagte ihm, die Frau Ekinger würde nicht mehr bei ihnen arbeiten. Dann hat er wohl doch bei der Kündigung zugeschaut. Wahrscheinlich hat sie sich noch ein paar schöne neue Klamotten in der Königstraße gekauft und jetzt sind sie in irgendein tropisches Paradies geeilt. Nun gut, das würde er sich mal ansehen.

Er fragte sich, wie man dorthin käme, wenn man mit einem internationalen Haftbefehl gesucht wurde. Soweit er wusste, musste man nur den Schengen-Raum verlassen, dann war das kein Problem mehr, vielleicht auch über ein Land, in dem man Leute schmieren konnte oder aber mit einem falschen Pass. Vielleicht hatten sie ihre Flucht auch vorbereitet und waren schon weg, bevor die Polizei von ihnen wusste.

Freddy hat sich gedacht, bei seinem derzeitigen Vermögen könnte er sich mal etwas gönnen. Er hat bisher kein Geld ausgegeben, das er nicht auch sonst ausgegeben hätte, nur eben diesen Business-Class-Flug. Den hätte er sich normalerweise nicht gegönnt. Für Kurzstrecken war sowas für ihn ein alberner Witz, aber auf Langstrecken war das Vergnügen unbezahlbar, sich hinlegen und komplett ausstrecken zu können. Er ist sonst bei solchen Flügen immer völlig gerädert angekommen, war schon begeistert, wenn er mal eine Stunde am Stück geschlafen hat. Auf diesem Flug pennte er die ganze Zeit bis zum Umsteigen. Wunderbar. Bei der Ankunft in Puerto Plata beschloss er auf der Stelle, diese Angewohnheit ab sofort beizubehalten. Am Flughafen fand er eine Karibin, die ein Pappschild mit seinem Namen hochhielt und die fuhr ihn zur Autovermietung. Freddy sprach leider außer ein paar Floskeln kein bisschen Spanisch, aber mit Englisch kam er gut durch. Er nahm sein Auto, fuhr zunächst mal zum Hotel und legte sich ins Bett. Wenn er es jetzt schaffen würde, halbwegs bis zum Morgen zu schlafen, dann würde er vielleicht kein Problem mit dem Jetlag haben. Und so kam es. Beim Aufwachen sah er zu seiner Freude, dass es schon sechs Uhr morgens war. Er fühlte sich gut, er konnte zum beliebtesten Surfspot auf dieser Insel von hier aus zu Fuß gehen. Freddy stand auf und lief etwas später ans Meer runter.

Der Strand war sicher mehr als zwei Kilometer lang. Hinter dem Strand lag ein lichtes Palmen-Wäldchen, in dem ein paar hingewürfelte Bretterbuden standen. An einer stand hochtrabend *Surfclub* dran. Andere waren so etwas wie Cafés. Fred klapperte den ganzen Strand langsam ab, schaute auf seine Uhr, stellte fest, dass es erst neun Uhr war und dachte, das könnte eventuell zu früh sein. Da, wo es keine Surfer mehr gab, setzte er sich in den Sand, wartete etwa eine Stunde und lief dann ganz langsam wieder zurück. Er fand nichts, wäre ja auch ein Wunder gewesen. Flog er einfach hierher, nur weil Barbara ihrer Freundin erzählt hat, dass sie gerne in die Dominikanische Republik reisen würde. Auf der anderen Seite war es so, dass bei weitem die meisten Leute ihren Urlaub immer wieder an denselben Stellen verbrachten. Menschen liebten offensichtlich Plätze, die ihnen vertraut waren. Freddy war da anders. Er fuhr selten zweimal an den gleichen Ort. Er wollte ja was sehen. Aber die Interessen waren eben unterschiedlich. Dann schlenderte er so gegen halb elf ganz langsam am Strand zurück. Er beobachtete die Leute in seiner Umgebung genau, hatte keine Lust, plötzlich vor Barbara oder Mario zu stehen. Und er hatte auch noch überhaupt keinen Plan. Was würde er denn machen, wenn sie tatsächlich hier wären. Keine Ahnung. Da er noch nichts gefrühstückt hat, ging er zu einer der Buden, bestellte sich was. Er kam mit einem Amerikaner in seinem Alter ins

Gespräch, der ihm erzählte, dass er ein Digitalnomade sei. Freddy hat schon mal gelesen, dass das meist junge Leute waren, die sich irgendwo an einem schönen Plätzchen auf der Welt aufhielten und von Dienstleistungen wie Programmieren, Übersetzen oder sonst etwas lebten, was man aus der Ferne machen konnte. So hatte er mal einen vor sich. Tom hieß er. Tom wollte natürlich auch wissen, was er hier mache, und er erzählte ihm, dass er einfach nur eine Woche Ferien mache. Und nein, er wollte nicht surfen lernen. Er hat sich bei dem Spaziergang mal angeschaut, wie lange denn die Anfänger auf ihrem Brett verweilten, und hat gesehen, dass es bei den meisten im besten Falle zwischen einer und drei Sekunden waren, während derer sie stehend unterwegs waren und dann lagen sie schon wieder im Bach. Aber er konnte sich vorstellen, dass das ein sehr schöner Sport sei, wenn man ihn beherrschte. Wie bei den meisten Sportarten.

Freddy fuhr im Winter gerne Ski und ist früher viel auf dem Windsurfer und auf dem Segelboot unterwegs gewesen. Als Kind hatte es ihm die Reiterei angetan. Diese Gedanken kamen ihm, als er sich nach einer Weile von Tom verabschiedet und wieder seine Beobachtungsposition etwa einen Kilometer westlich von den Bretterbuden eingenommen hat. Vielleicht sollte er mal wieder zu dem Reitstall seiner Jugend gehen, denn bei dieser Sportart lag der Frauenanteil irgendwo zwischen siebzig und neunzig Prozent, soweit er sich erinnerte.

Freddy saß und saß und nach einer Weile tat ihm der Hintern weh. Er wollte aber noch bis zum Nachmittag hierbleiben. Ihn überkam so ein leichtes Gefühl von Müdigkeit und er legte sich ein bisschen vom Meer entfernt auf den Rücken und war nach kurzer Zeit eingeschlafen. Als er aufwachte, war es zwei Uhr. Er musste zwei Stunden in der Sonne geschlafen haben. Er hat sich immerhin vorher Sonnencreme ins Gesicht und auf die Arme geschmiert. Hoffentlich langte das, um einen Sonnenbrand zu vermeiden. Nun, er würde es sehen. Er rappelte sich auf, ging noch mal ganz ans Ende des Strandes und dann langsam zurück, aber er fand sie nicht. Vermutlich hockten die auf einer ganz anderen Insel weit weg von hier, dachte er.

Etwas später leerte sich der Strand und Freddy lief zu seinem Hotel zurück, nahm etwas später sein Auto und fuhr zu dem nahegelegenen Ort Cabarete. In dem lauten Städtchen hielt er weiterhin Ausschau nach seinen beiden Zielpersonen. Er aß in einem Restaurant zu Abend, gegen zehn Uhr lief er noch mal bei den Restaurants am Strand entlang, durchquerte einige der Gassen des Ortes, aber er wurde nicht fündig und fuhr zum Hotel. Nach dem Schlaf am Strand brannte sein Gesicht, aber er spürte keinen Jetlag. Konnte ja noch kommen.

Am nächsten Morgen begann er mit der gleichen Prozedur wie am Vortag, fand wieder nichts. Dann fuhr er nach Cabarete, sah dort ein Gebäude, an dem schon wieder *Surfclub* dran stand. Er ging vorsichtig rein, wollte ja nicht gesehen werden. Nichts. Langsam begann sich das Gefühl in ihm zu verfestigen, dass er niemanden finden würde, egal wie lange er hier noch rumlungern würde. Aber egal, er war nun mal da und hatte Zeit. Also marschierte er zum Surfspot, klapperte alles ab. Nichts. Das Einzige, was er fand, war ein Haufen hübscher Mädchen, so sportliche Typen mit sehnigen Beinen. Aber er war leider nicht zum Spaß hier, außerdem wäre er hier als Nicht-Surfer ziemlich chancenlos, so vermutete er. Es sei denn, er fände eine mitleidige Seele, die einen wie ihn in die Grundzüge des Wellen-Surfens einweisen würde. Später verschwand er wieder in seinem Hotel. Sechs Tage hatte er insgesamt Zeit. Davon waren schon zwei Tage vergangen. Am nächsten Tag fuhr er zu ein paar anderen Surfspots in der Gegend, aber auch hier fand er sie nicht und so ging es weiter. Am Abend des fünften Tages saß er in Cabarete in einem der vielen Restaurants direkt am Strand, die Tische und Stühle standen im Sand. Er hat gerade bestellt. Im benachbarten Restaurant ging es relativ laut zu. Er blickte von seinem Teller hoch, drehte den Kopf leicht in diese Richtung und sah Barbara. Nicht zu fassen. Er prüfte zunächst, ob sie ihn sehen könnte, aber erstens waren sie mit sich selbst viel zu beschäftigt und zweitens saß er in einem etwas ruhigeren Restaurant mit weniger heller Beleuchtung. An Barbaras und Marios Tisch saßen acht Personen, die sich laut unterhielten. So wie es aussah, hatten sie es ziemlich lustig. Auf dem Tisch stand eine ganze Reihe von Flaschen und sie waren fröhlich am Futtern. Selbst Barbara sprach. Freddy dachte daran, wie sie mit ihm bei Einladungen immer stumm wie ein Fisch bei Tisch gesessen ist und dabei nur huldvoll gelächelt hat. Seine Freunde haben ihn mal gefragt, ob sie denn auch manchmal was sage. Mit ihr könnte man ja gar nichts anfangen. Aber heute erblickte Freddy eine ganz andere Barbara. Offensichtlich fühlte sie sich hier mit Mario wohl. Aber warum hat sie mit ihm dann übers Heiraten geredet. Er schüttelte den Kopf. Vielleicht hat sie heute auch ordentlich gebechert. Der Tisch der beiden war vielleicht zwanzig Meter von seinem entfernt und er hat sich so hingesetzt, dass sie ihn nur von schräg hinten sehen konnten und sich eine Basecap aufgesetzt. Sie waren fünf Frauen und drei Männer, der eine davon war Mario, völlig verändert. Er war braun gebrannt, trug modische Klamotten und hatte ein hübsches Stirnband um den Kopf gebunden. Barbara trug ein Strohhütchen und ein buntes Kleidchen. Freddy bestellte sich noch ein Glas Rotwein, es sah ja so aus, als müsse er noch länger ausharren. Es war jetzt zehn Uhr abends. Aber tatsächlich hatten sie eine halbe Stunde später genug. Freddy sah, wie Mario seinen Geldbeutel herausnahm und die Rechnung für alle bezahlte. Nobel, nobel, dachte Freddy.

„Das ist meine Kohle. Hoffe, es hat geschmeckt", murmelte er.

Sie verabschiedeten sich mit Küsschen und Umarmungen und liefen in verschiedene Richtungen davon. Mario humpelte.

„Das hast du verdient."

Barbara und Mario gingen Richtung Hauptstraße, Freddy hat schon vor einiger Zeit vorsichtshalber bezahlt. Nachdem sie in einer Gasse verschwunden sind, stand er auf. Er war sich ziemlich sicher, dass sie ihn nicht so schnell identifizieren würden, denn mit ihm würden die hier nicht rechnen. Er war noch gar nicht dazu gekommen, darüber zu staunen, dass er sie wirklich gefunden hat. Und es ist so einfach gewesen. Geradezu lächerlich einfach. Er folgte ihnen in eine Gasse, sah, wie sie auf der Hauptstraße nach links abbogen, und folgte in gehörigem Abstand. Dann sah er, wie sie zu einem unbebauten Grundstück abbogen, das als Parkplatz genutzt wurde, lief an der Einfahrt vorbei, schaute nur leicht nach links und sah, wie die beiden einen schwarzen Jeep Wrangler bestiegen. Sein Auto hat er auf einem ähnlichen Parkplatz ungefähr hundert Meter weiter geparkt. Er rannte zu seinem Parkplatz, hatte auch hier schon vorher bezahlt, sprang in sein kleines Leihauto rein, startete und fuhr zur Einfahrt. Gerade als er dort ankam, sah er einen schwarzen Jeep von links kommen. Glück! Er bog in die Hauptstraße ein, hängte sich an das hochbeinige Vehikel dran. Er musste nicht weit fahren, denn sie bogen in die Garage eines ziemlich teuren Hotels ab. Das reichte, er kehrte zu seinem Hotel zurück.

Kurz vor dem Einschlafen rechnete er nach. Sie haben dreißig Bitcoins gehabt und je nachdem, wann sie die verkauft haben, lag der Preis damals um die sechstausend Dollar. Das wären dann hundertachtzigtausend Dollar. Das langte eine Weile. Auf der Suche nach einer Bleibe hier hat er auch mal deren Hotel gegoogelt und wusste, dass sie da pro Woche knapp zweitausend liegen lassen würden. Sie müssten jetzt seit zwei Wochen hier sein und wenn er sich das so zusammen rechnete, dann kam er auf irgendeinen Betrag von um die zehntausend, der mittlerweile weg sein müsste. Wenn man dann noch ein bisschen shoppen ging, dann schaffte man auch mehr. Okay, sie schmissen sein Geld mit vollen Händen zum Fenster hinaus. Eigentlich hat er Barbara auch nichts anderes zugetraut. Und dieser Mario scheint ja ein Mann mit vielen Ideen aber geringer Konsequenz in der Umsetzung zu sein, so dass die wahrscheinlich hier noch ein paar Wochen herumhängen würden. Dann würden sie vermutlich in wenigen Monaten die Kohle auf den Kopf gehauen haben und danach wäre guter Rat teuer. Freddy schüttelte den Kopf und dabei schlief er ein.

Sein Handy gab laut. Der Wecker! Er musste diesmal einen Moment überlegen, wo er war, dann drehte er sich schwungvoll nach rechts, die Beine nach unten und gleichzeitig den Oberkörper nach oben und stand auf. Er musste noch ein bisschen genauer wissen, was das Pärchen machte. Auf der einen Seite gefiel ihm, dass die hier mit Geld um sich schmissen. Er hätte es eher bedauert, wenn sie es in irgendein halbwegs seriöses Geschäft gesteckt und sich bemüht hätten, davon vielleicht in Zukunft zu leben. Aber es gab offensichtlich solche Spinner auf der Welt, und zwar nicht zu knapp. Er stand auf, duschte, ging in den Frühstücksraum seines recht bescheidenen Hotels, nahm einen Kaffee und ein Croissant und fuhr los. Er parkte um kurz nach acht seinen kleinen geländegängigen Suzuki schräg gegenüber des Luxushotels von Barbara und Mario in einer Seitenstraße, so dass er mit der Schnauze in Richtung Hauptstraße stand und einen guten Blick auf die Garagenausfahrt hatte. Seine Geduld wurde wieder mal auf die Probe gestellt. Um halb elf Uhr kamen sie mit dem schwarzen Jeep aus der Garage heraus. Das war so ein Geländewagen ohne Dach, die blonden Haare von Barbara wehten im Wind, Freddy schüttelte wieder mal den Kopf. Seit er sie gestern Abend gefunden hat, schüttelte er sowieso laufend den Kopf. Es ging einfach über sein einfaches Verständnis von Wirtschaften hinaus, dass jemand, der nun überhaupt keinerlei materiellen Güter besaß, nach so einem Zufluss nicht versuchte, irgendetwas damit auf die Beine zu stellen, von dem er vielleicht künftig angenehm leben könnte. Hätten sie sich doch hier eine kleine Strandbar gekauft, ein paar Spielzeuge wie Surfbretter oder Windsurfer vermietet, morgens Kaffee und Croissants verkauft, abends Bier und einfache Speisen und schon hätten sie sich unbehelligt ein Leben aufbauen können. Manche Leute schafften es ja tatsächlich, aus einer Strandbude zwei Strandbuden und später ein Hotel zu machen und am Ende gut dazustehen. Aber diese beiden Früchtchen feierten, verprassten die Kohle sinnlos, spielten ein paar Wochen in einer bestimmten Gesellschaft mit und hinterher waren sie wieder genauso arm wie vorher. Wie konnte man nur. Aber Freddy sagte sich immer nur, anscheinend konnte man.

Diesmal fuhren sie zu dem Strand, den er die letzten Tage hauptsächlich abgesucht hat, parkten den Jeep, gingen zu einer Bretterbude, an der *Surf School* dran stand und trafen auf ein paar offensichtlich Einheimische. Sah so aus, als nähmen sie privaten Surfunterricht. Freddy saß am Strand und beobachte die Szenerie. Heute war sein sechster Tag und er hatte nur noch einen halben vor sich. Hätte zwar den Flug umbuchen können und auch das Hotel verlängern, aber er hatte eigentlich keine Lust mehr, hier noch länger abzuhängen. Er wusste bloß immer noch nicht, was er mit den beiden machen sollte. Er brauchte nicht zur Polizei zu gehen, denn die würde das Ganze kein bisschen interessieren. Freddy schaute auf das Meer, die Wellen, er schaute nach rechts, er schaute nach links. Das war eine wahrhaft paradiesische Rundumsicht, hinter sich die Palmen, die Füße auf dem Sand, vor sich das Meer, wenn er leicht nach links schaute, dann würde er in Richtung zu den Turks- und Caicosinseln schauen, wenn er den Kopf noch weiter nach links drehen würde, dann wäre da Kuba. Er war wirklich in einer paradiesischen Gegend gelandet, in der nach seinen Informationen jede Menge Lumpen ihr ergaunertes Geld verschleuderten. Und zwei von den Lumpen sah er jetzt gerade zu, wie die armen Lehrer versuchten, ihnen das Surfen beizubringen. Mario war zwar mittlerweile ziemlich braun gebrannt, aber er war eher ein dürres Kerlchen. Im Vergleich zu dem muskelbepackten dunkelhäutigen Surflehrer, der versuchte, ihnen die richtige Position auf dem Brett beizubringen, war er so ein richtiger Hänfling. Und Barbara war fast gleich groß wie er, aber sie war ziemlich frei von weiblichen Rundungen, wie Freddy durch das mitgebrachte Fernglas sah. Mein Gott, er stand doch gar nicht auf so dürre Hasen. Fred wollte die ganze Zeit über seine nächsten Schritte nachdenken, aber stattdessen dachte er darüber nach, warum er mit ihr überhaupt etwas angefangen hatte. Das war doch gar nicht sein Geschmack.

Er begann, seine Optionen zu kalkulieren. Das war schon immer sein Ansatz gewesen, um Entscheidungen zu treffen. Zuerst sammelte er die Möglichkeiten, dann überlegte er, was er wollte und entschied. Meistens ging das schnell. Hier ging nichts schnell. Er hatte sogar Mühe, sich zu konzentrieren. Das kannte er sonst nicht. Ja, welche Optionen hatte er denn? Er versuchte, sich zu klaren Gedanken zu zwingen.

Erstens könnte er gar nichts machen, sich das Schauspiel ansehen und dann verschwinden. Wie sähe denn deren Zukunft aus? Wenn das Geld verbraten wäre, dann könnten sie weiterhin hier leben, allerdings dann eher auf der Schatten- als auf der Sonnenseite. Sie könnten sich – jeder für sich – von Reisenden anmachen lassen, optisch machten sie ja einigermaßen was her. Davon könnte man vermutlich auch leben, wenn man denjenigen oder diejenige dann auch noch ein bisschen beklaute. Sie könnten auch mit dem letzten Geld nach Deutschland zurückfliegen, aber sie wussten sicher, dass sie dort gesucht würden. Oder Mario könnte noch mal probieren, ihn zu beklauen. Jetzt wusste er ja, dass da noch mehr zu holen war. Das wäre für Freddy die unangenehmste Variante. Er traute ihnen nicht zu, dass sie demnächst mit der Verschwendung aufhören würden. Dazu war dieses Pärchen offenkundig nicht in der Lage.

Er könnte sich zeigen und ihnen damit demonstrieren – ja was eigentlich? Das brächte gar nichts. Dann würden sie sich vermutlich ein besseres Versteck suchen. Dass er sie hier gefunden hat, da war ja auch viel Glück dabei. Freddy könnte sich einen suchen, der den Mario ordentlich verprügelt oder es selbst machen. Das könnte dazu führen, dass Mario ein bisschen Angst vor ihm bekäme, was ihn wiederum vor weiteren Erpressungsversuchen schützen könnte. Könnte, ja, aber sicher war das auch nicht. Mario könnte genauso gut die nächste Attacke auf ihn reiten, ganz gleich, ob er ihn jetzt verprügeln würde oder auch nicht.

Freddy musste an die Schmerzen denken, die ihm die Person beschert hat, die ihn von hinten angegriffen hat. Er musste daran denken, dass der Arzt gesagt hat, das sei knapp gewesen. Wenn sie oder er etwas besser getroffen hätte, dann hätte er auch tot sein können. Er musste an die Frechheit denken, mit der ihm dieser Mario weitere Erpressungen angedroht hat.

Er schaute aufs Meer, seine Augen fanden Barbara und Mario, die Surfstunde schien für heute beendet zu sein, der Surflehrer war weg. Die beiden paddelten immer wieder ein Stückchen raus, warteten, bis eine Welle kam, versuchten aufzustehen, was bei Mario sogar für eine Sekunde funktionierte, aber dann lag er schon wieder im Meer.

Freddy schaute nach rechts und nach links, an einem Baumstamm rechts von ihm lehnte ein völlig vergammeltes Surfbrett, das so aussah, als ob es seit Jahren kein Mensch mehr angefasst hätte. Solche Dinger lagen hier übrigens überall herum. Er stand auf, zog sich das T-Shirt und die Hose aus, hatte die Badehose drunter, schnappte sich das Surfbrett, ging zum Strand runter, lief ins angenehm warme Wasser rein, bis es tief genug war, haute sich mit dem Oberkörper auf das Brett und paddelte los. Er steuerte in ihre Richtung. Das Gefühl hier draußen war doch unerwartet anders, als es vom Strand aussah. Die Wellen wirkten viel höher, als sie vom Ufer schienen. Er war froh, das Brett zu haben. Er kam schon mit dem Surfbrett nicht so schnell voran wie erwartet, schwimmend hätte er eine Ewigkeit gebraucht. Er kam in ihre Nähe, sie waren beide so mit sich beschäftigt, dass sie nicht auf ihn aufmerksam wurden. Um sie herum tummelten sich auch noch einige andere Surfer. Freddy wunderte sich sowieso, dass die Leute nicht öfter zusammenstießen. Die meisten hatten diese kurzen Surfbretter, aber es gab auch noch Leute mit so genannten Longboards, die, wenn sie mal drauf standen, noch elegant nach vorne zur Spitze des Brettes tippelten und wieder ein paar Schritte zurückmachten.

Freddy war jetzt nahe bei Mario, Barbara war hinter einer Welle verschwunden. Mario paddelte gerade eifrig, um vor einen Wellenkamm zu kommen, schaffte es, versuchte, auf allen vieren zu stehen, und nahm dann die Hände vom Brett, um sich aufzurichten. Manche dieser Surfer hier hatten das perfekt drauf. Mario nicht so ganz.

Er hatte die Hände gerade mal zehn Zentimeter vom Brett wegbekommen, da ist Freddy von hinten an ihn heran gepaddelt, hatte Marios Brett in Reichweite, holte mit der Hand aus und griff es sich. Er konnte es zwar nicht halten, aber er bremste es massiv ab. Mario flog in hohem Bogen ins Wasser. Freddy sah, dass er am Bein eine Leine hatte, die ihn mit dem Brett verband, *Leash* sagten die dazu. Mist, so etwas hatte er nicht.

Mario ging unter. Sekunden später tauchte sein nasser Blondschopf aus dem Wasser auf, Freddy schaute sich noch mal um, Barbara war jetzt bestimmt fünfzig Meter entfernt. Freddy lag noch auf seinem Brett, der Blondschopf schaute in die entgegengesetzte Richtung aufs Meer hinaus. Freddy kam von hinten, packte seine Haare, tauchte ihn für dreißig Sekunden unter, ließ ihn dann wieder los. Japsend kam Mario an die Wasseroberfläche, Freddy packte ihn am Oberarm.

„Kennst du mich noch?"

Mario blinzelte, nahm die freie Hand, rieb sich das Salzwasser aus den Augen, riss die Augen auf.

„Ja, ja."

„Du hast mich fast umgebracht. Wer hat mir den Knüppel an den Kopf geschlagen?"

Mario schüttelte den Kopf. Er dürfte so etwa siebzig Kilo gewogen haben und gut einssiebzig groß gewesen sein, Freddy hingegen war knapp einsneunzig und wog fünfundneunzig Kilo. Er ließ den Arm los, packte ihn an den Haaren und tauchte ihn wieder unter. Diesmal etwas länger. Mario versuchte, sich freizukämpfen, schlug um sich, aber Freddy hielt seinen Kopf eisern fest. Dann ließ er ihn los, Mario tauchte wieder auf, Freddy vergewisserte sich, dass immer noch keiner in der Nähe war. Freddy war jetzt so sauer, dass er ernsthaft darüber nachdachte, diesen Mistkerl noch etwas länger auf Tiefe zu schicken, vielleicht für immer.

„Du weißt, was passiert, wenn du's mir nicht sagst."

Mario nickte. Er schaute sich nach seinem Brett um, das war neben ihm. Er versuchte, an sein Bein zu greifen, um die Leine zu erwischen. Freddy sah das, tauchte ihn sofort wieder unter. Ließ ihn aber relativ schnell wieder hoch.

„Wenn du das noch mal machst, dann nehme ich dir das Brett weg und binde es an mein Bein."

Zur Bestätigung tunkte er ihn gleich noch mal für zwanzig Sekunden unter. Mario kam heftig schnaufend wieder hoch.

„Barbara."
„Dachte nicht, dass sie so kräftig ist."
Freddy hatte eine Idee:
„Weiter jetzt. Wo ist das Geld?"
„Auf einem Konto, hier."
Mario redete jetzt sehr abgehackt. Nachdem Freddy ihm immer wieder die Luft abgestellt hatte, schnaufte und hechelte er. Er sah nicht sehr glücklich aus. Aber Freddy hat kapiert, dass er ihm kein bisschen trauen konnte, denn wenn jetzt jemand hinter ihm wäre und zuschlagen würde, dann würde sich Marios Gesicht wieder abrupt verändern. Vorsichtshalber drehte Freddy sich um, aber da war niemand.
„Komisch, wenn wir beide allein sind, dann bist du immer anders als wenn du einen Komplizen hast. Du bist einfach ein Arschloch. Wie viel von dem Geld ist noch übrig?"
Mario machte schon wieder ein Gesicht, als ob er nichts sagen wollte. Freddy hob die rechte Hand aus dem Wasser. Mario wollte den Mund aufmachen, aber Freddy hat ihn schon wieder an den Haaren gepackt und untergetaucht, ließ ihn aber nach geschätzten zehn Sekunden wieder hoch.
„Mario, ich hätte Lust dich umzubringen. Das merkt hier draußen keine Sau. Und mich hat keiner erkannt."
„Es ist aber nicht mehr sehr viel übrig. Ich hatte Schulden."
„Das glaube ich dir fast. Bei wem?"
„Dealer, Geldverleiher."
Freddy drehte sich wieder um, sah in einiger Entfernung lange nasse blonde Haare auftauchen, die sich in ihre Richtung bewegten.
„Mario, ihr wisst, wo ihr mich findet, wenn ihr einen Vorschlag für mich habt. Und wenn du mir noch mal zu nahe kommst, dann musst du mich sofort umbringen, denn sonst bist du dran."
Freddy paddelte in Richtung Strand. Dort angekommen schnappte er das Board und brachte es an seinen Platz am Baum zurück. War jetzt schon viel sauberer als vorher. Er trocknete sich ab, zog sich wieder an. Er sah die beiden immer noch an der Stelle im Wasser, wo er eben selbst noch war. Freddy streifte sich seine Flipflops über und lief zum Parkplatz.
Im Handschuhfach des Autos lag eines seiner alten Mobiltelefone, für das er sich kurz nach seiner Ankunft hier eine Prepaid-SIM-Karte gekauft hat. Auf dem Telefon hat er eine

Wanzen-App installiert, er hat es ausgiebig getestet und es hat einwandfrei funktioniert. Er startete die Wanzen-App und ging zu dem schwarzen Jeep. Er platzierte das Handy unter dem Beifahrersitz. Da würden sie wohl nicht so schnell hinschauen. Dann schlug er die Tür wieder zu, ging zurück in Richtung Strand und sah die beiden auf den Brettern langsam angepaddelt kommen. Er verzog sich ein paar hundert Meter den Strand weiter nach Osten und beobachtete, wie das Pärchen heftig diskutierend den Strand hochlief, seine Sachen holte und zum Auto ging. Die Bretter gaben sie bei der Surfschule ab. Freddy hatte genug gesehen. Er setzte sich wieder an den Strand und schaute aufs Meer. Dann holte er sich in einer der Buden etwas zu essen und ein Bier und setzte sich wieder an den Strand. Er nahm sein Telefon aus dem Rucksack und startete die Lausch-App.

„..hängst du mir sowas von zum Hals heraus. Lässt sich um ein Haar ersäufen. Wie hat er uns gefunden?“, hörte er Barbara schimpfen.

„Du hast ihn direkt auf unsere Spur geführt. Du bist daran schuld, nicht ich. Mich hat er vorher nicht gekannt. Du bist mit dem Tipp gekommen und hast gesagt, dass garantiert noch andere Leute von den Bitcoins wissen. Und du hast mir gesagt, er habe nur ein paar. Ich hätte ihm schon beim ersten Mal viel mehr abknöpfen können. Dann hätten wir jetzt ausgesorgt“, wehrte sich Mario.

Seine Stimme war eh schon ziemlich hoch und jetzt war sie noch höher.

„Ja, immer ich. Nein, du machst Fehler. Wie kommt der Kerl hierher. Das kann doch kein Zufall sein. Vielleicht hat er dich verfolgt, vielleicht ist er uns hinterher geschlichen und ins Reisebüro gegangen“, wendete Barbara ein. Auch ihre Stimme war hoch. Die beiden schienen in heller Aufregung zu sein. Freddy grinste. Das freute ihn.

„So ein Blödsinn, ins Reisebüro zu gehen. Das ist sowas von dämlich von dir. Das hat vielleicht deine Mutter noch gemacht, wenn überhaupt. Heute bucht man Flüge online und Hotels auch. Aber du musst ja alles so machen wie deine Mutter.“

Barbara schien gerne das letzte Wort zu haben:

„Es ist doch sowas von dämlich von dir, beim zweiten Mal wieder über die Leiter hoch zu steigen. Hättest du dir ja denken können, dass die dumme Sau die Leiter angesägt hat. Der ist wirklich cleverer als du. Er hat mir damals gesagt er hätte ein paar Bitcoins. Und dann hat er noch was von dreistellig gefaselt. Wie soll ich denn da verstehen, dass er irgendwas zwischen hundert und tausend Bitcoins meint."

Sie holte Luft und machte gleich weiter:

„Was du nicht alles wolltest, zuerst eine ganze Kette von Friseurläden. Bist aber schon mit dem Ersten pleite gegangen. Dann hast du angefangen, zu dealen. Hat auch nicht geklappt. Da habe ich jetzt halt auch mal einen Fehler gemacht. Einen einzigen. Habe das mit dem *dreistellig* falsch verstanden. Und du machst alles falsch. Seit wir zusammen sind, also seit zehn Jahren."

„Ich kann es nicht mehr hören."

Mario wurde jetzt noch lauter. Seine Stimme überschlug sich fast, aber Barbara stand ihm in nichts nach. Sie holte tief Luft und machte gleich weiter:

„Hättest du besser mal deinen Meister selbst gemacht, als einen anzustellen. Aber du hattest ja keine Geduld."

„Da bist allein du dran schuld. Seit wir zusammen sind, setzt du mir das Messer an den Hals. Du willst unbedingt reich sein. Wir können ja auch ganz normal leben. Aber das geht bei dir nicht. Du brauchst ewig teure Reisen, Schmuck, Kleider, Autos."

Marios Stimme ist jetzt schrill geworden, er schrie.

Freddy war entsetzt. Er ist ja froh gewesen, als er Barbara vom Hals hatte, aber jetzt tat ihm Mario schon fast wieder leid. Der schien ja in einer fürchterlichen Abhängigkeit von ihr zu leben. Er glaubte, sowas nenne man toxische Beziehung. Sein altes Handy funktionierte wunderbar. Es war, als ob er mitten drin säße in diesem schrillen und schrecklichen Kinofilm.

Jetzt war sie wieder dran:

„Ich habe dir nicht gesagt, du solltest in deinem Salon anfangen, mit Kokain zu dealen. Auf die glorreiche Idee bist du selber gekommen. Und dann lässt er von dem Zeug was rumliegen, während er einem Polizisten die Haare schneidet. Mein Gott, wie kann man so blöd sein."

„Natürlich stehe ich unter Druck. Seit ich dich kenne, stehe ich unter Druck. Ich weiß gar nicht mehr, wie es ist ohne Druck zu leben."

„Oder wie du angefangen hast, in Versicherungen zu machen. Nach ein paar Monaten war wieder Schluss. Du hast nur Scheiße gebaut. Schau dir den Martin an, bei dem funktioniert das wunderbar. Wäre ich lieber bei ihm geblieben."

Die beiden schienen großes Vergnügen daran zu haben, gegenseitig mit den Fingern in ihren offenen Wunden herumzuwühlen, so tief wie möglich. Das war ja schrecklich.

„Natürlich setzt du mir die Pistole auf die Brust, wenn du am laufenden Band mit jedem hergelaufenen Typ verschwindest. Wie mit diesem Zimmermann."

„Der war aber nicht schlecht im Bett. Auf jeden Fall besser als du."

„Dann geh doch zurück zu ihm. Er wird dich mit offenen Armen empfangen. Vielleicht sollte er dich mal tunken. Bin fast ersoffen da draußen auf dem Scheiß-Meer. Diese Scheißgegend hier mit diesen Scheiß-Palmen und dem Scheiß-Sand und der Scheiß-Sonne. Und du nervst die ganze Zeit. Andere Leute versuchen, gemeinsam etwas zu erreichen. Du setzt dich immer nur hin und schubst mich rum, weil du genau weißt, dass ich an dir hänge. Und dann bescheißt du mich noch ständig mit irgendwelchen Typen und man weiß nie, ob du nach einem, nach zwei oder nach drei Monaten zurückkommst. Und weißt du, was ich dir schon immer mal sagen wollte? Du bist eine völlig abgefahrene blöde Ziege und nur deswegen kommst du wieder zurück. Weil die Jungs dich nämlich rausschmeißen. Vielen Dank, dass du mir so eine Szene machst. So traue ich mich endlich mal, das zu äußern."

In dem Moment hörte Freddy einen dumpfen Schlag, dann hörte er, wie die Auto-Tür aufging, wie Mario ausstieg, dabei ständig *Scheiße* schrie, er hörte ein Durcheinander von spanischen Stimmen und da kapierte er, dass Mario mit dem Leihwagen in seiner Aufregung einen Unfall gebaut hat. Nun ja, dachte Freddy, bei diesen Verkehrsverhältnissen hier einen Unfall zu bauen, ist nicht sehr schwer. Wenn man in der Verfassung wie Mario auch noch Auto fährt, dann kann man ihm kaum einen Vorwurf machen.

Freddy hat schon einige Male den Blinker rechts gesetzt und wollte auch rechts abbiegen. Die Motorradfahrer überholten ihn selbst dann noch rechts, wenn er schon rollte. Bisher haben sie immer Glück gehabt, dass sie sich noch rechtzeitig mit einem Schlenker retten konnten und ihm nicht in die rechte Tür rein geknallt sind. Sie hupten dabei wie die Wilden. Das Gleiche ist ihm vor ein paar Tagen beim Links-Abbiegen passiert. Er hat den Blinker gesetzt, hat den linken Arm aus dem Auto gehalten, da er schon einigermaßen Bescheid wusste. Dann hat er das Auto langsam in Bewegung gesetzt und hörte ein Motorrad in einem Affenzahn von hinten heranpfeifen. Der Idiot konnte sich mit einem wilden Schlenker gerade noch der Kollision mit seinem vorderen linken Kotflügel entziehen. Die fuhren hier wie die Irren. Rote Ampeln wurden in diesem schönen Land bestenfalls als Empfehlungen betrachtet. Er beobachtete, dass bei Rot die Leute genauso über die Ampel zwitscherten wie bei Grün. Und das von beiden Seiten. Kollisionen waren an der Tagesordnung. Ein Dominikaner hat ihm vor ein paar Tagen gesagt, hier gäbe es fast keine Verkehrsunfälle. Pustekuchen. Freddy hat nachgesehen. Diese schöne Karibik-Insel war bei den Verkehrstoten pro hunderttausend Einwohnern ganz vorne mit dabei. Weltweit betrachtet. Das wunderte ihn nicht. Er war neugierig, war schon auf dem Weg zu seinem Hotel, suchte sich aber jetzt eine Stelle, an der er abbiegen und umdrehen konnte, und fuhr den Weg zurück in Richtung zu Barbara und Marios Hotel. Es gab nur eine Straße, auf der es passiert sein konnte. Das wollte er sehen.

Er fuhr im üblichen Tempo die Straße entlang, bis er vor sich den Stau erkannte. Freddy lenkte sein Auto rechts auf den Randstreifen, hielt an und stieg aus. Die Schlange war sicher vierzig Autos lang. Freddy lief langsam an dem Stau vorbei, bis er die Bescherung sah. Da stand ein schwarzer Jeep, der auf ein vorsintflutlich anmutendes Gefährt mit einer offensichtlich selbst zusammengenagelten Holzpritsche aufgefahren war. Solche Dinger hat er hier schon öfter herumfahren sehen. Das war im Prinzip irgendein uralter Kleinwagen, dem man die Karosserie hinter den vorderen Seitenscheiben abgetrennt und hinten drauf eine selbst gebaute Ladefläche aus Brettern montiert hat. Diese Dinger schlichen meistens mit nicht mehr als zwanzig oder dreißig Stundenkilometern ganz rechts über die Landstraße. Auf der Pritsche der Karre lag ein gemischtes Obst- und Gemüseangebot, Melonen, Papayas, Bananen, Maniok und Avocados, allerdings hatte ein Großteil der Ware das Auto in Richtung Straße verlassen, lag überall herum. Etwas weiter vorne stand noch ein ziemlich neuer schwarzer SUV. Freddy blieb stehen, betrachtete die Szene und überlegte, wie das wohl passiert sein könnte. Vielleicht hat ja der SUV die alte Nuckelpinne überholt und der wild gestikulierende Mario dahinter hat sie zu spät entdeckt. Im Kühler seines Jeeps steckten einige Holzfragmente und Teile der Pritsche fehlten am gegnerischen Fahrzeug. Unter der Front des Jeeps stand eine Pfütze. Freddy stand da und musste laut lachen.

„Das wäre jetzt eher ein Job für mich als für eine Autowerkstatt. Mit Holz kann ich umgehen."

Vor dem teilhölzernen Gefährt stand ein schick angezogener Einheimischer mit einem ordentlichen Bauch, neben ihm ein dürrer abgerissen aussehender Mann und sie redeten beide in einem Höllentempo auf den armen Mario ein. Der stand da wie ein begossener Pudel. Der Abgerissene war offensichtlich der Fahrer der völlig verdreckten alten Schleuder und dem Beleibten war sicher der glänzende SUV zuzuordnen. Der Farmer babbelte Spanisch und verstand offensichtlich nicht, dass Mario ihn nicht verstand und der geschniegelte Mann in dem zu engen gelben Lacoste-Poloshirt hatte auf spanisch gefärbtes Englisch umgestellt. Mario sah so aus, als ob er auch das nicht wirklich gut verstünde.

„Soll ich helfen?", fragte Freddy, der sich der Runde genähert hatte.

Marios Kopf schoss herum. Er sah Freddy mit weit aufgerissenen Augen an. Freddy schaute ein bisschen in die Runde, sah Barbara in dem Jeep sitzen. Typisch, wenn es Probleme gibt, dann sollen ihre Männer die auslöffeln. Er schüttelte den Kopf. In dem Moment schaute sie auf, sah ihm direkt in die Augen und erbleichte unter ihrer frischen Bräune. Freddy schüttelte noch mal den Kopf und wandte sich dem SUV-Fahrer zu und fragte ihn auf Englisch, was denn geschehen sei. Der erklärte ihm, dass er die alte Scherbe überholt habe und dann im Rückspiegel gesehen habe, wie Mario in einem ziemlichen Tempo von hinten gekommen sei und offensichtlich nicht gesehen hätte, dass er einen Grund zum Überholen gehabt hätte und direkt in die alte Holzkiste hineingedonnert sei. Sie versuchten, ihm jetzt zu erklären, dass er seine Vermietungsfirma anrufen sollte, damit die sich darum kümmerte.

„Mario, ruf den Auto-Vermieter an. Erkläre ihm, was passiert ist."

Mario starrte ihn kurz an, dann drehte er sich um und ging zum Auto zurück und kam sogleich mit seinem Handy in der Hand zurück. Er war außerdem tatsächlich geistesgegenwärtig genug, um den Mietvertrag mitzubringen, damit er die Telefonnummer hatte. Er rief an und gab das Handy dem

Beleibten. Der schnatterte in einem Höllentempo in das Handy hinein und erklärte dem Bauern danach irgendwas. Daraufhin setzte sich der Farmer auf den Kotflügel seines Autos, der Beleibte bedankte sich bei Freddy und erklärte ihm, dass er ja nichts mit der Sache zu tun habe. Er habe nur angehalten, weil er im Rückspiegel gesehen habe, was passiert sei. Freddy drehte sich zu Mario um:

„Wenn du mich nicht hättest, gell!"

Der sah ihn hasserfüllt an. Freddy bemerkte, dass Barbara mittlerweile aus dem Auto ausgestiegen ist und sich neben Mario gestellt hat. Freddy ging zu dem Pritschenwagen. Er schaute darunter und sah, dass die Pritsche mindestens einen Meter über das Chassis des Fahrzeuges hinausragte und dass dieses offensichtlich nicht beschädigt war. Dann ging er zu Mario und Barbara und sagte:

„Tja wenn ihr nett zu mir gewesen wäret, dann könnte ich euch den Schaden jetzt fast umsonst reparieren. Der Kollege würde sich freuen, weil die Karre hinterher viel schöner aussähe als vorher. Aber ihr seid ja nicht nett zu mir. Der Typ überfällt mich in der Nacht, sowas Ekelhaftes!"

Als Freddy sah, dass sie Luft holte, nahm er an, dass sie jetzt eine Tirade starten wollte und ihr lieber Mario vermutlich solchermaßen angefeuert in den Kanon einstimmen würde. Da drehte er sich um und ging davon. Er hatte nicht die geringste Lust, sich auf dieses Niveau zu begeben. Auf dem Weg zu seinem Auto dachte er, dass es wahrscheinlich wirklich so war, dass die beiden minderbegabt waren. Und er hatte sich auf sie eingelassen. Er schüttelte wieder den Kopf, fuhr zu seinem Hotel. Am nächsten Tag gönnte er sich noch ein ausgiebiges Sonnenbad, ging ein bisschen im Meer schwimmen, brachte sein Auto zum Vermieter und ließ sich zum Flughafen fahren. Der Rückflug war wieder ein Genuss, startete so gegen acht Uhr abends und bevor er einschlief, dachte er natürlich noch mal über seine Aktion nach. Was hätte er anders machen können? Er hatte schon vorher gewusst, dass er nicht in der Lage wäre, einen Menschen umzubringen. Und mal ganz profan zu Ende gedacht, hätte es auch nichts genützt, wenn er Mario ersäuft hätte, denn Barbara hätte sich dann in kürzester Zeit den nächsten schrägen Vogel gekrallt und dem wiederum erzählt, dass sie eine Quelle unerschöpflichen Reichtums mit in die Beziehung einbringen könnte, nämlich das Wissen über einen harmlosen Zimmermann mit einem Bitcoin-Vermögen. Er war nur froh, dass sie keine Ahnung von den tatsächlichen Dimensionen hatte. Das wäre wohl verheerend. Dann würde sie ihn vermutlich bei der Mafia verpfeifen und mit denen wollte er nichts zu tun haben. Also hätte er beide ersäufen müssen. Als Kind hat er mal gesehen, wie ein Bauer Katzen ersäuft hat. Da ist ihm klar geworden, dass er trotz seiner damals schon recht kräftigen Statur bei solchen Sachen ein ziemliches Sensibelchen war.

Die Polizei brauchte er ihnen auch nicht auf die Fersen zu hetzen und nach Deutschland würden die wohl nicht so schnell zurückkehren. Selbst wenn er dem guten Mario ein paar Fingerchen gebrochen hätte, wäre nicht garantiert, dass Mario in Zukunft einen solchen Schiss vor ihm hätte, dass er ihn nie wieder behelligen würde. Dieses Pärchen würde seine Zukunft belasten und er hatte zum Teufel noch mal nicht die geringste Ahnung, was er dagegen unternehmen sollte. Er hat schon mal überlegt, ihnen Geld anzubieten. Aber ihm war ziemlich klar, dass selbst wenn er das täte und selbst wenn es ein großzügiges Angebot wäre, sie garantiert nach Verbrauch des Geldes wieder bei ihm vor der Tür gestanden hätten. Auf der anderen Seite dachte er, es könnte doch nicht sein, dass so ein Pärchen einem sein Leben ruiniert.

Am letzten Tag seines Aufenthaltes war ihm noch was eingefallen und er hat im Hotel nach einem guten Privatdetektiv gefragt. Die haben ihm einen Namen und eine Adresse gegeben und er ist sofort hingefahren.

Es war eine Privatdetektivin, eine wahre Inselschönheit namens Carmen Gonzales, die ihre Kurven rein kleidungstechnisch viel mehr hervorhob, als nötig gewesen wäre, um Freddys Augen etwas hervortreten zu lassen. In Freddy erregte das zwar gewisse Gefühle, aber es kamen ihm zuerst männlich-chauvinistisch bedingte Zweifel an ihrer Qualifikation.

Carmen sprach hervorragend Englisch. Fred hat ihr von Mario und Barbara erzählt, hat auch das mit den Bitcoins nicht weggelassen, allerdings seinen Bestand stark reduziert. Dann hat er ihr die Überfälle geschildert und seine Erlebnisse hier.

Sie hat ihm ein paar Dinge über diese Insel erzählt, die ihm vorher nur zum Teil bewusst gewesen sind. Es sei ihre Heimat, es sei eine sehr schöne Insel, der Tourismus laufe vorzüglich und das Land entwickele sich auch in die richtige Richtung, aber auf der anderen Seite wäre das Land auch für Gangster jeglicher

Couleur ein attraktives Ziel. Sie erzählte von Pädophilen, die sich hier ziemlich ungestört amüsieren würden, sie erzählte ihm von jeder Menge Besitzern von dreckigem Geld, die das hier völlig ungehindert ausgeben könnten. Leute aus Ost- und West-Europa, aus Nordamerika, aus Russland und sonst woher würden hier Geld waschen, indem sie sich mit Bargeld Immobilien kauften und diese nach ein paar Jahren mit Gewinn verkaufen würden. Sie bekäme teilweise auch Polizei-Aufträge aus verschiedenen Ländern, um wenigstens herauszubekommen, ob die Leute hier warm und im Trockenen saßen. Sie sagte wörtlich:

„Wir sind eine Verbrecher-Insel. Zum Glück benehmen sich die Verbrecher hier manierlich, denn wenn sie sich hier daneben benähmen, dann bekämen sie mit unserer Polizei Ärger und das wollen sie nicht. Es gibt bestimmt Orte, an denen man sich lieber aufhält, als bei uns im Gefängnis."

Sie schlug Freddy vor, das Personal von Barbara und Marios Hotel ein wenig zu schmieren, damit die ihr Bescheid sagten, wenn die beiden abreisen würden. Dann würde sie versuchen, herauszufinden, wohin die Reise ginge oder, falls sie das Land gar nicht verließen, was sie als Nächstes unternähmen. Freddy gab ihr einen großzügigen Vorschuss und verließ ihr Büro mit einem guten Gefühl. Die Frau schien rechtschaffen und ziemlich fähig zu sein.

7 – PICKNICK

Zu Hause kämpfte er dann doch ein paar Tage gegen einen Jetlag an, tauchte aber natürlich gleich nach seiner Ankunft bei seiner Schweizer Firma und am Nachmittag auf der anderen Seite der Grenze bei seiner deutschen Firma auf. Auch am nächsten Morgen war ihm noch etwas seltsam, aber da stand er schon wieder auf dem Dach und haute Nägel in Latten rein. Er hat direkt nach der Ankunft noch mal versucht, ob sein altes Handy im Jeep von Mario weitere Eindrücke ihrer Beziehung vermitteln könnte, aber das blieb stumm. Vermutlich war der Akku leer.

Freddy rief Max von der Kripo an und erzählte von seinen karibischen Erlebnissen. Max bat ihn, gleich bei ihm vorbeizukommen. Das fand Freddy auch sinnvoll, fuhr hin und erzählte alles, auch dass Mario zugegeben hat, dass Barbara ihm eins übergezogen hat.

„Das nützt nur leider nicht so viel, denn es gibt nur deine Aussage. Und du könntest ihn ja im Wasser vielleicht ein bisschen unter Druck gesetzt haben.“

Freddy musste lachen, genau das hat er mit Marios Kopf ja gemacht. Max lud ihn dann für den nächsten Tag nochmal zu sich nach Hause ein, die letzte Verabredung war ja an Freddys Zusammenstoß mit Mario und Barbara gescheitert.

Ein paar Tage später kreuzte die Architektin aus Konstanz überraschend auf. Er hat ihr beim letzten Treffen gesagt, sie könnte sich ja mal ein paar Gedanken über die für irgendwann geplante Aufstockung seines Holzhäuschens machen. Das war vor über einem Jahr. Sie kam in einem chicen dunkelbraunen Käfer Cabrio angebraust, kurvte schwungvoll auf den Hof seiner Schweizer Zimmerei und parkte vor der kleinen Halle. Freddy sah sie, spürte wieder so ein seltsames Gefühl in sich und beendete sein laufendes Telefonat mit dem Hinweis, ihm sei was ganz arg Wichtiges dazwischen gekommen. Er versprach noch, später zurückzurufen, und stürmte aus seinem Büro. Sie begrüßten sich coronakonform mit diesem seltsamen Faustgruß und sie hielt dabei mit der anderen Hand eine Maske hoch und machte dabei ein fragendes Gesicht. Freddy schüttelte bloß den Kopf.

„Ich habe davor nicht so wahnsinnige Angst. Vielleicht denke ich ja falsch, aber es ist mir zuwider, mich deswegen jetzt in meiner Bude einzuschließen.“

Sie nickte.

„Sehe ich genauso.“

Mit diesen Worten schob sie die Maske wieder in die Tasche.

„Du, Freddy, wir haben uns jetzt schon länger nicht gesehen. Irgendwer hat mir erzählt, du hättest eine unglückliche Beziehung hinter dir.“

Er lachte schallend.

„Mein Gott, bin ich froh, dass ich die vom Hals habe. Unglücklich war ich höchstens während der Beziehung. Aber als sie in Radolfzell in den Bahnhof reingelaufen ist, da ist das Unglück gleich mit verschwunden. Die hat einfach gesponnen. Und die spinnt immer noch, soweit ich weiß.“

Er erzählte ihr die ganze Geschichte mit Barbara und mit Mario, ließ aber wohlweislich die Bitcoins weg. Er hat sich ja geschworen, niemals wieder einer Frau davon zu erzählen. Er ersetzte die Bitcoins einfach durch Bargeld im Safe. Sie hatten tatsächlich in der deutschen Firma einen Kunden, einen wohlhabenden älteren Herren, der seine Rechnungen bei ihnen immer persönlich und in bar beglich. Als sie ihm mal sein ziemlich großes Dach neu gemacht haben, da lagen halt am Abend vierzigtausend Euro in seinem Safe. Ihm war es gleichzeitig unangenehm, Stephanie, so hieß die Architektin, zu belügen. Aber so passte die Geschichte ja einigermaßen. Dann hat er von seiner Reise in die Karibik erzählt und von seinen dortigen Erlebnissen und der Erkenntnis, dass er entgegen seinen Erwartungen doch kein Mensch sei, der zu einem Mord fähig sei.

Sie hat ihn gebeten, eine Leiter zu besorgen, sie wollte sich gern mal das Holzhäuschen von oben anschauen. Er beschaffte eine Leiter, stellte sie ans Haus und sie stiegen rauf aufs Flachdach. Es war ziemlich warm, sie standen da, schauten über den See, es war einfach ein sehr schöner Platz. Die flache Halle von seinem Unternehmen nebenan störte kein bisschen. Sie ging kurz mal über die kiesbedeckte Dachfläche, schaute prüfend nach unten.

Freddy grinste.

„Suchst du Löcher?"

„Nein, aber man sollte ja immer in alle Ecken schauen. Bei allem!"

Sie grinste zurück.

„Tolles Plätzchen", kommentierte sie. Freddy nickte bloß.

„Freddy, mein Magen knurrt. Ich habe uns was zu essen mitgebracht. Hast du auch Hunger?"

„Ja, habe schon überlegt, ob ich dich irgendwo einlade."

„Nicht nötig, alles dabei!"

Sie stiegen die Leiter runter und sie holte einen Korb aus ihrem Auto, den er ihr höflich abnahm und auf das Dach hochtrug. Freddy ging noch zu seinem Auto und holte zwei im Kofferraum liegende Decken. Sie breiteten die Decken vorne an der Dachkante aus und setzten sich hin. Aus ihrem Korb holte sie zwei Quiche Lorraine, ein paar Oliven, eine Flasche Mineralwasser, vier Becher und eine Flasche kühlen Weißwein. Des Weiteren gab es noch Brezeln, dunkle Brötchen, Käse und Schinken.

„Na, ist das was?", sagte sie lächelnd.

„Bin begeistert", antwortete Freddy, „sehr begeistert!"

Sie nahmen ein paar Bissen. Freddy sagte zu ihr:

„Aber erzähl mal, was ist dir im Lauf des letzten Jahres so passiert?"

„Ich lebe jetzt getrennt von meinem Mann."

Das seltsame Gefühl in Freddy verbreitete sich weiter in seinem Körper, er fühlte sich so leicht wattig. Freddy kiffte ab und zu mal. Das hier war besser.

„Wie da..das?", stotterte er.

„Weißt du, wir hatten so eine Kindergarten-Beziehung und irgendwann haben wir nach ein paar Jahren Ehe gemerkt, dass die Luft raus ist. Wir haben uns friedlich getrennt, er hat schon wieder eine Neue."

Freddy musste seinen ganzen Mut zusammen nehmen:

„Und du?"

Er schaute sie an und sie schüttelte den Kopf.

„Wir könnten ja mal zusammen ausgehen, gell Freddy?"

Freddy nickte.

„Ich habe damals in unserem Konstanzer Büro gehört, dass du dich nach meinem Zivilstand beziehungsweise meinem Beziehungsstatus erkundigt hast", setzte sie hinzu.

Er sah zu ihr rüber, sie grinste breit. Er fand sowieso, dass sie ein wunderschönes Lächeln hatte.

„Ich?"

„Ja, hat mir der Kollege brühwarm erzählt. Und er habe dich gefragt, ob du interessiert seist und du wärest rot angelaufen. Und gestottert hättest du."

„Nein das kann nicht sein. Der Mann verwechselt mich mit jemand anderem."

Jetzt lachten sie beide.

Ungefähr zwei Stunden dauerte dieses kleinen Picknick auf dem Dach. Freddy ging ab sofort nicht mehr durch sein Leben, er schwebte. Von diesem Zeitpunkt an war alles anders. Stephanie war eine gut einssiebzig große Brünette mit etwas zwischen kurzen und halblangen Haaren. Freddy fand, dass sie toll aussah, und sie war alles, was er sich je erträumt hat. Irgendwie hatte er das Gefühl, am Ziel angekommen zu sein. Er fühlte sich in ihrer Gesellschaft sofort zuhause. Sie verstanden sich verbal wunderbar, sie verstanden sich sexuell wunderbar. Sie hatten ähnliche Interessen. Sie lachten zusammen, gelegentlich zofften sie sich auch. Aber sie nahmen die Streiterei von Anfang an nicht sehr ernst.

Im Laufe des Jahres 2020 verkaufte er noch mal zum richtigen Zeitpunkt eine Menge Bitcoins und kaufte später neue. Immerhin hat ihm das einen Sprung von zwölfhundert auf eintausendsechshundert Bitcoins beschert. Fred fragte sich gelegentlich, warum er sich eigentlich Tag für Tag auf Baustellen abrackerte. Aber er hatte immer die gleiche Antwort parat, weil es ihm Spaß machte.

Freddy ging jetzt den Ausbau des Hauses an. Es bekam einen Stock obendrauf gesetzt. Alles wurde deutlich großzügiger gestaltet als ursprünglich angedacht. Am Ende hatte das Haus mehr Platz und eine sehr große Terrasse im Obergeschoß.

Die Sache mit der Selbstanzeige seiner Mutter war durch, sie hatte sogar ein bisschen von Papas Schwarzgeld übrig behalten und eine kleine Spende an ihre drei Kinder gemacht. Fred hat sie allerdings gebeten, seinen Anteil auf die beiden anderen zu übertragen und ihr bei der Gelegenheit erzählt, wie viel seine Bitcoins mittlerweile wert waren. Bei der Summe sind ihr die Züge entglitten. Er meinte, es sei ihm peinlich, bei dieser Vermögenslage von ihr etwas anzunehmen. Aber er sagte auch, das sei reine Spekulation und der Wert könnte jederzeit in den Keller fallen. Man wisse das nicht so genau. Als er seinen Bestand wahrheitsgemäß in seiner Schweizer Steuererklärung angab, führte das zu einem erstaunten Anruf eines Steuerkommissärs. Das ganze Jahr eierte der Bitcoin wieder vor sich hin, erst zum Jahresende hin begann er, stark anzuziehen. Freds Kopf hat schon bei siebzehntausend wieder angefangen, den Verkauf zu empfehlen, aber Freds Bauch hat beschlossen, weiter zu warten. Und so ging das Jahr 2020 rum, der Bitcoin erreichte zum Jahresende über fünfunddreißigtausend Dollar, womit Fred jetzt theoretisch über ein Vermögen von um die sechzig Millionen verfügte.

Freddy wohnte schon länger in der Schweiz, schlief nur noch gelegentlich in seiner alten Behausung in der Halle. Die meiste Zeit verbrachte er neben der Arbeit mit Stephanie. Nach zwei Monaten sprachen sie übers Zusammenziehen. Freddy war jetzt dreiunddreißig, sie war zwei Jahre jünger.

Zum Jahresanfang 2021 schoss der Bitcoin durch die Decke auf über fünfzigtausend Dollar. Freds Kopf und sein Bauch waren sich einig, er verkaufte weit mehr als drei Viertel seiner Bitcoins. Jetzt besaß er immer noch jede Menge davon und außerdem über siebzig Millionen Euro. Sein Problem war, dass er keinen Schimmer hatte, was er mit dem Geld anfangen sollte. Er hatte von Unternehmern, Sportlern und Schauspielern gehört, die es geschafft hätten, viele Millionen zu verprassen, und er fragte sich, wie die das denn angestellt hätten. Er las von einem, der an seine Ex-Frauen Millionen verteilt, nur noch mit Privatjets geflogen ist und überall Häuser hatte. Dann hat er noch Finanzberatern Geld in den Rachen geschmissen, die es sofort zum großen Teil in ihre eigenen Taschen gelenkt und den Rest in irgendwelche Firmen investiert haben, die kurz danach pleite gegangen seien, weil sich niemand darum gekümmert hat. Das würde ihm nicht passieren. Was also zum Teufel sollte er mit den Millionen anfangen.

8 – BOTE

Freddy stand in der Werkstatt seines Schweizer Betriebes mit einem seiner Zimmerleute. Sie diskutierten ein Bauprojekt, für das sie gerade die Holzteile fertigten. Der Plan des Architekten war nicht ganz eindeutig. Freddy sah es ein und sagte ihm, er werde den Architekten gleich mal anrufen und um Klärung bitten.

„Da hast du völlig recht. Wenn wir das jetzt so fertigen, wie wir denken, dann können wir es wegschmeißen, wenn er es eben doch anders gemeint hat. Ich kläre das."

Freddy wollte gerade die Nummer des Architekten auf seinem Handy suchen, als ein Lehrling aus dem Aufenthaltsraum kam und mit dem *Boten* wedelte. Er schwenkte ihn über seinem Kopf hin und her. Der Bote war eine Lokalzeitung aus dem Ort Steckborn und hieß genau genommen *Bote vom Untersee und Rhein*. Es war eine richtige kleine Zeitung, gut gemacht und berichtete über Lokales, war gleichzeitig auch ein offizielles Publikationsorgan für einige Gemeinden. Als Freddy das Blatt das erste Mal gesehen hat, hat er sich gewundert, wie solche Zeitungen bis heute überleben konnten.

„Chef, gibt's Gehaltserhöhung für alle?"

„Wieso?"

„Du bist achtzig Millionen schwer."

Freddy erbleichte. Er wusste zwar, dass dem so war, aber er fragte sich, woher der Lehrling das hatte. Man durfte übrigens in der Schweiz tatsächlich noch *Lehrling* sagen.

Freddy hat es die Sprache verschlagen. Ihm fiel nichts anderes ein als:

„Was?"

„Steht im Boten."

Fred war entsetzt und schockiert. Was sollte er dazu sagen? Er dachte blitzartig nach, entschied sich für die Flucht. Wortlos ging er in sein Büro. Er knallte die Tür hinter sich zu. Mein Gott, woher hatte der Bote das. Gut, der Steuerkommissär wusste es und so einer trank auch mal einen zu viel und quatschte. Irgendwie verbreitete sich das dann und jetzt stand es im lokalen Blättchen. Er musste genau wissen, was die geschrieben haben. Freddy verließ sein Büro wieder, ging in die Werkstatt. Die drei anwesenden Mitarbeiter beugten sich gerade über den auf der Werkbank ausgebreiteten Boten.

„Könnt ihr mir das Blatt bitte mal ausleihen?"

„Einmal lesen kostet bei deinem Vermögen zehntausend." Freddy lächelte gequält, als sie ihm die Zeitung zusammengefaltet überreichten. Er verschwand in seinem Büro.

Deutscher Zimmerer vom Untersee wird mit Bitcoins zum Multimillionär lautete die Überschrift. Der Artikel berichtete darüber, dass zu hören sei, dass der deutsche Inhaber eines Zimmerei-Betriebes vom Untersee mit geschickten Bitcoin-Spekulationen zu einem riesigen Vermögen gekommen sei. Es sei ja bekannt, dass am schweizerischen Bodensee-Ufer viele Promis und Sportler wohnten, die über deutlich größere Vermögen verfügten, aber dass ein normaler Zimmermann es so geschickt angestellt habe, dass er achtzig Millionen zusammen habe, das sei doch eine Sensation. Freddy stöhnte. Es gab außer ihm hier in der Gegend keinen Deutschen mit einem Zimmerei-Betrieb.

Bisher ist es ihm gelungen, unter dem Radar zu fliegen. Aber das musste ja eines Tages passieren. Bisher war der Überfall von Mario die einzig negative Auswirkung seines Reichtums gewesen. Von Mario und Barbara hat er lange nichts gehört. Er hat einige Male Kontakt mit Carmen, der Privatdetektivin aus Cabarete gehabt und die hat ihm erzählt, dass die beiden aus dem Hotel ausgezogen, sich eine kleine Wohnung in Strandnähe gemietet und einen Friseursalon eröffnet hätten. Sie schienen damit recht erfolgreich zu sein, hätten sich ein kleines Auto gekauft und es sähe so aus, als ob sie dort ganz normal lebten und ihrem Broterwerb nachgingen. Außerdem wusste sie noch zu berichten, dass sie in der Nähe von seinem Friseurgeschäft Räumlichkeiten für eine Bar gemietet hätten. Sie würden gerade umbauen. Freddy hat es dann doch gefreut, dass die beiden vernünftig geworden seien. Carmen wusste nicht, ob sie eine Niederlassungserlaubnis hätten oder ob sie dort illegal lebten. Sie klärte Freddy darüber auf, dass es dort ganz normal sei, illegal zu leben. Das machten viele. Die müssten dann bei jeder Ausreise eine Art Gebühr berappen und damit sei der Staat zufrieden.

Das freute Freddy sehr, denn das Gaunerpärchen ist seine größte Sorge gewesen. Nun gut, dann könnte diese Sorge jetzt verblassen. Freddy wollte nur noch ums Verrecken vermeiden, dass irgendjemand von seinem Bitcoin-Vermögen wusste, denn er wollte als ganz einfacher Zimmermann in Ruhe sein Leben genießen.

Freddy dachte intensiv nach. Wo war die undichte Stelle? Es könnte eventuell die Bank sein, es könnte irgendeiner bei der Steuer sein – entweder bei der Gemeinde oder beim Kanton. Natürlich wurde gequatscht. Müsste er da etwas unternehmen? Nein, müsste er nicht. Selbst wenn er es rausfinden würde, dann würde ihm das nicht nützen. Es stand nun mal in der Zeitung. Er hatte geschickt spekuliert? Nein, er hatte nur viel Glück gehabt. Und eigentlich war ja vorher klar, dass es herauskommen würde. Er wusste von einem Radrennfahrer aus der Gegend, der auch eine ganze Menge Millionen auf seinem Konto hatte und er wusste von mehreren Autorennfahrern mit ähnlichen Kontoständen, dass die trotz allem relativ unbehelligt lebten. Diese Nachricht war so etwas wie ein Springteufel. Er würde ihn nicht mehr in die Kiste zurückbringen. Er könnte es leugnen. Brächte das was? Dann würde die Presse weitersuchen. Mist. Solange es nur im Boten stand, würde es sich nicht in der Dominikanischen Republik herumsprechen. Es gab auch andere Zimmerei-Besitzer, die zweistellige Millionenbeträge auf ihren Konten hatten. Er hat sich extra bei einer Bank in Zürich ein Konto eingerichtet, damit die Kohle nicht hier bei irgendeiner Dorf-Sparkasse herum lag. Aber auch das hat wohl nichts genützt.

Ihm fiel siedend heiß ein, dass Steffi keine Ahnung davon hatte. Die ganze Zeit hat er immer mal wieder damit rausrücken wollen. Er log sehr ungern, aber sein Schwur, es niemandem zu erzählen, hat ihn davon abgehalten. So ein Mist. Er rief sie an und wurde mit einem Wortschwall willkommen geheißen:

„Sag mal Freddy, was haben wir eigentlich für eine Beziehung, dass ich aus dem Boten erfahre, dass du reich bist? Wir sind seit gut einem Jahr zusammen und ich weiß offenbar nichts über dich. Mein Lieber, so geht das nicht."

„Steffi, warte mal. Hör mir mal zu!"

„Mache ich doch."

„Ich habe mir damals bei Barbara geschworen, dass ich nie wieder einer Frau davon erzähle."

Freddy erwartete durchaus Verständnis für dieses Argument.

„Du hast wohl nicht mehr alle Latten am Zaun, vergleichst mich mit dieser Schreckschraube. Wenn du damit sagen willst, dass du Angst hast, dass ich dir einen schicke, der dich überfällt, dann sollten wir unsere Beziehung dringend überdenken. Oder hast du Angst davor, nur wegen deiner Kohle geliebt zu werden? Da kann ich dich beruhigen, was mich angeht. Als ich dich kennengelernt habe, hattest du eine Zimmerei und ich hätte dich auch ohne die Zimmerei genommen. Mir sind achtzig Millionen sowas von scheißegal. Frage mich sowieso, was du damit anstellen willst. Kannst ja gleich einen Ferrari bestellen oder ein fünfzehn Meter langes Boot, mit dem du ständig irgendwo auf einer Untiefe aufbrummst."

„Ja, das war sicher falsch von mir. Entschuldigung!"

„Ich muss mal überlegen, was ich davon halte. Habe es gerade eben erst erfahren. Ich bin auf jeden Fall sauer und möchte dich bis auf Weiteres lieber nicht sehen. Ich werde darüber nachdenken, was ich von deinem Verständnis von gegenseitigen Vertrauen halte. Im Moment denke ich, dass ich davon gar nichts halte. Das geht doch wohl nicht an, ich dachte, ich sei deine Vertrauensperson Nummer eins. Vor mir hältst du das geheim. Dann möchte ich mal wissen, was die Vertrauensperson Nummer fünf von dir erfährt. Vermutlich gar nichts. Wer weiß denn eigentlich davon?"

„Meine Mutter."

„Also bisher habe ich dich für kein Muttersöhnchen gehalten, aber jetzt bin ich mir nicht mehr so sicher. Da werde ich ja richtig eifersüchtig auf die gute Karoline."

Freddy kam jetzt ins Stottern.

„Die.. die.. die weiß es auch nur, weil ich mir damals Geld vom Schwarzgeld-Konto meines Vaters geholt habe und auf das hatte sie auch Zugriff."

„Schwarzgeld-Konten gibt es auch noch. Das wird ja immer

toller mit dir. Soll ich dich vielleicht bald mal im Knast besuchen? Oder darfst du demnächst nicht mehr nach Deutschland einreisen?“

Sie beendete das Gespräch abrupt, Freddy schaute auf das Handy, seufzte und schmiss einen auf dem Schreibtisch liegenden Schraubenzieher so in Richtung Wand, dass der dort mit der Spitze einen Zentimeter tief eindrang und stecken blieb. Nach dem Aufprall wackelte der Griff des Schraubenziehers noch etwas nach. Er verließ das Büro und ging in die Werkstatt, versammelte seine Leute dort und sagte:

„Gehaltserhöhung ja, aber bitte im vernünftigen Rahmen. Bisher hat mir die Kohle nur Ärger gebracht.“

Sie antworteten unisono, dass sie das Geld gerne übernehmen würden, falls er sich davon trennen möchte. Freddy fragte, ob noch irgendwas anläge und als er hörte, dass dem nicht so sei, schmiss er sich in seine Karre und fuhr zu seinem deutschen Laden. Auch dort wurde er mit der Frage nach einer Gehaltserhöhung begrüßt und sagte ihnen das auch zu. Die Mitarbeiter haben die Nachricht schon von ihren Kollegen im Schweizer Betrieb erhalten. Ab und an holte er Leute aus der Schweizer in die deutsche Firma, wobei er dabei höllisch aufpasste, dass das steuerlich alles korrekt lief. Sein Steuerberater hat ihm erklärt, dieses Gebiet sei im deutschen Steuerrecht ein gefährliches Minenfeld.

Er fuhr nach Hause, nahm keinen einzigen von den mindestens zwanzig Anrufen entgegen, die in den nächsten zwei Stunden eingingen, machte sich eine gute Flasche Roten auf und trank sie leer. Am nächsten Morgen wachte er um sieben Uhr auf und fühlte sich beschissen. Er ging später in sein Büro rüber und fand dort zwei Bettelbriefe vor. Der Erste kam von der Mutter einer Siebenjährigen, die eine seltene Krankheit hatte. Es gäbe dafür nur eine sauteure Behandlung in den USA, ohne die ihr Kind vermutlich im nächsten halben Jahr sterben würde. Sie hat es in allen Details geschildert und sogar die Adresse des behandelnden Arztes dazu geschrieben. Freddy überlegte, was er damit machen sollte. Ihm war schon klar, dass das hier kein Einzelfall war, er schaffte es aber auch nicht, den Brief einfach in den Papierkorb zu schmeißen. Er rief in der Praxis an und erklärte der Frau am Telefon, was für einen Brief er gerade eben bekommen habe. Die fragte nach, ob er ein Angehöriger sei. Er erklärte die Situation. Sie lachte kurz und erzählte ihm, dass sie ja eigentlich nichts sagen dürfte, er sich aber einfach keine Gedanken machen und sein Geld lieber an wahrhaft Bedürftige verschenken sollte.

Der zweite Brief kam von einem Restaurantbesitzer, dem die Pleite drohte. Der wollte, dass er mit einem Millionenbetrag bei ihm einstieg. Freddy nahm beide Briefe und schmiss sie in den Papierkorb. Dann fuhr er zu seinem deutschen Laden und fand dort drei Bettelbriefe. Eine Frau hat eine völlig neue Art von Babywindeln entwickelt, sie patentieren lassen und jetzt kam das Geschäft nicht in Schwung. Die wollte allerdings nicht, dass er bei ihr einstieg, die wollte von ihm nur eine halbe Million geliehen haben, die sie bei ihm abstottern wollte, wenn dieses sagenhafte Geschäft ins Laufen gekommen sei. Die beiden nächsten Briefe las er nicht mehr.

Am Tag danach waren es insgesamt acht Bettelbriefe. Freddy sagte sich, das würde vielleicht weniger werden und irgendwann aufhören, aber er glaubte nicht so ganz daran. Er saß im Büro der deutschen Firma. Das Telefon klingelte. Er nahm ab, meldete sich.

„Hier ist Stephanie."

„Freut mich, von dir zu hören."

„Du verstehst schon, dass ich mir verarscht vorkomme. Wir teilen jetzt seit einem Jahr einen großen Teil unseres Lebens und du verheimlichst so etwas vor mir."

„Du hast ja recht, aber ich habe mir nach der Sache mit Mario geschworen, nie wieder mit jemanden darüber zu reden. Daran habe ich mich gehalten. Und glaub' bitte nicht, dass mir das nicht die ganze Zeit auf der Seele gebrannt hätte, es war dumm von mir. In den letzten zwei Wochen habe ich bestimmt dreimal versucht, einen Anlauf zu nehmen, es dir zu sagen, aber irgendwie kam es wieder nicht dazu."

„Ja, ich glaube dir das. Aber es ist noch was viel Schlimmeres passiert."

„Ach, herrje, was denn?"

„Schau mal auf die Webseite vom *Blick,* da steht die Geschichte und du kannst davon ausgehen, dass sie kurz darauf in der Bild-Zeitung erscheint und dann kannst du damit rechnen, dass die Reporter vor deiner Tür herumlungern und dich fotografieren, wenn du rauskommst."

„Ach du Scheiße."

Er sah nach. Der Blick war das schweizerische Pendant zur

deutschen Bild-Zeitung.

„Ach je, ich hab's gesehen. Ja, jetzt ist sowieso alles zu spät. Da kann ich nichts mehr dagegen unternehmen. Können wir uns nachher treffen?"

„Ich komme später zu dir."

Freddy lehnte sich zurück. Wenigstens war die Sache mit Stephanie wieder im Lot, aber seine Prominenz passte ihm überhaupt nicht.

9 – HAARE

Mario kassierte bei einem jungen, blonden Amerikaner das Geld für den Haarschnitt, den er ihm soeben verpasst hat. Er sah auf die Uhr, es war jetzt sechs Uhr abends und er würde ungefähr in zwei Stunden schließen. Erfahrungsgemäß kämen noch ein paar Kunden. Im Moment war keiner da und er setzte sich selbst in einen der zwei bequemen Sessel. Er freute sich, dass er Barbara überzeugen konnte, es mit ehrlicher Arbeit zu versuchen. Sie haben sich erst diesen Raum gemietet, dann die Einrichtung von einem Friseur in Santo Domingo gekauft, der sein Geschäft aufgegeben hat. Sie haben in der Zwischenzeit einigermaßen Spanisch gelernt und sie haben ein paar Häuser weiter vor Kurzem noch eine Bar eröffnet. Um die kümmerte sich Barbara. Er fühlte sich ziemlich fertig. Er fing morgens um neun Uhr an, machte eine längere Mittagspause und dann stand er jeden Abend bis um sieben oder um acht in seinem Salon. Manchmal half Barbara beim Färben. Sie ging dann gegen Abend in die Bar rüber. Wenn er hier fertig war, dann half er in der Bar. Mit der Bar verdienten sie deutlich mehr als mit dem Friseurgeschäft und sie waren schon am Überlegen, ob sie nicht die Bar vergrößern und schon am Nachmittag öffnen sollten, aber soweit war es noch nicht. Immerhin haben sie in den letzten zwei Monaten gut von ihrem verdienten Geld leben können. Für ihn war es nach langer Zeit das erste Mal, dass er Haare geschnitten hat, und er hat sich gewundert, wie schnell er wieder reingekommen ist. Problematisch war hier das Preisniveau. In Santo Domingo kostete beim teuersten Friseur so ein Haarschnitt für Männer fünfzehn Dollar und irgendwo auf den Dörfern kostete ein ähnlicher Schnitt drei oder vier Dollar. Er lag so in der Mitte und an guten Tagen kam er tatsächlich auf hundertfünfzig Dollar. Sie hatten eine kleine Wohnung, die fünfhundert Dollar im Monat kostete. In den letzten vier Wochen konnten sie sogar ein bisschen Geld zurücklegen. Die Bar war schon am ersten Abend voll und das hat sich bisher nicht geändert. Am Saufen verdiente man einfach mehr als mit dem Handwerk.

Als bis halb acht immer noch kein Kunde gekommen ist, schloss er den Laden und ging zu Barbara rüber. Er machte noch einen Umweg über einen Imbiss, wo ein Mann preiswerte Hühnchen-Gerichte zum Mitnehmen verkaufte. Er nahm zwei Portionen und lief dann zur Bar. Die lag in einer der Gassen zwischen der Hauptstraße und dem Strand. Sie hatten Glück, die Miete war relativ niedrig und die Lage war sehr gut. Gegen Mitternacht schlossen sie und wenn sie nach Hause kamen, dann waren sie seit sechzehn Stunden auf den Beinen. Am Wochenende arbeiteten sie auch, aber sie hatten vor, sich irgendwann mal einen Ruhetag pro Woche zu gönnen.

Er traf bei Barbara ein, der Laden war schon voll und sie hatte alle Hände voll zu tun, um die Gäste nicht zu lange warten zu lassen. Mario stieg sofort ein, machte Drinks und brachte sie den Leuten an die Tische. Dabei schaute er traurig in die Ecke, wo das Fast Food stand und langsam kalt wurde. So ackerten sie weiter, bis sie nach zehn Uhr Gelegenheit hatten, das mittlerweile erkaltete Hühnchen zu essen. Im kleinen Nebenraum der Bar stand sein Notebook. Als es nach elf relativ ruhig war, ging er rüber, setzte sich kurz hin und schaute nach seinen E-Mails, aber der Posteingang war leer. Dann schaute er aus alter Gewohnheit in die deutsche Bild-Zeitung hinein, scrollte die ganze Online-Ausgabe durch. Bei einer Meldung blieb er hängen, rief nach Barbara.

„Schau mal da, die Drecksau!"

Barbara las, sah hoch.

„Achtzig Millionen, ich glaube es nicht!"

„Aber uns mit zweihunderttausend abspeisen."

„Also Mario, es ist ja nicht so, dass wir irgendein Recht auf Teile seines Vermögen hätten."

Mario sah sie erstaunt an.

„Du hast ihn überfallen und ich habe nicht genau gewusst, wie viele von den Dingern er wirklich hatte. Er hat achtzig Millionen und ein Bitcoin ist jetzt fünfzigtausend wert."

Sie nahm sich einen Zettel und dividierte achtzig Millionen

durch fünfzigtausend.

„Dann muss er jetzt über tausend Bitcoins haben. Der hat vermutlich wieder zum richtigen Zeitpunkt verkauft und neu gekauft. Clever ist er ja. Wie lange arbeiten wir jetzt mit unseren beiden Geschäften?"

„Sechs Wochen Friseur und zwei Wochen Bar."

„Und wir haben zweitausend Dollar gespart. Das ist gar nicht so schlecht. Die Einrichtung haben wir auch schon bezahlt. Wenn wir so weitermachen, haben wir irgendwann mal mehr als zwei Geschäfte und dann geht's uns richtig gut."

„Barbara, du erstaunst mich. Bisher war mein Eindruck, dass du immer ganz schnell reich werden wolltest."

„Nein, ich glaube an unsere Geschäfte."

„Das finde ich sehr schön. Ich war nämlich im Knast und ich habe mir in letzter Zeit überlegt, dass ich da nie wieder hin will. Da erlebt man Sachen, die ich dir gar nicht näher schildern möchte. Dieser Freddy hat mir mal gesagt, er verstehe nicht, warum wir uns mit seiner Kohle nichts Gescheites aufbauen, von dem wir leben können. Dieser Satz ist mir im Kopf hängen geblieben. Ich habe keine Lust mehr, mit irgendwelchen kriminellen Sachen zu versuchen, das schnelle Geld zu machen, nur damit du mir nicht fort läufst. Du weißt genau, dass ich auf eine Art an dir hänge, die nicht ganz normal ist. Aber es ist nun mal so. Du hast mich schon so oft zumindest für eine gewisse Zeit verlassen, dass ich mich daran gewöhnt habe. Für etwas Kriminelles bin ich nicht mehr zu haben und das auf die Gefahr hin, dass du mich verlässt. Ich finde unsere Situation jetzt besser als seit Langem. Wir dürfen zwar nicht nach Europa zurück, ohne dass ich in den Knast wandere. Auch du würdest wegen Beihilfe einfahren, da du dem Typ gewaltig eine aufs Hirn gehauen hast. Wir bekämen auch kein Doppelzimmer im Knast. Aber wir sind hier, wo uns keiner was anhaben kann und wir haben zwei Geschäfte, die von Anfang an ordentlich Geld eingebracht haben. Und wir haben außerdem von dem Geld noch eine ganze Menge übrig. Vielleicht müssen wir zur Zeit mal ein bisschen mehr arbeiten als sonst, aber ich bin tatsächlich ziemlich zufrieden."

Barbara sah ihn mit offenem Mund an.

„Aha."

„Das glaube ich, dass dir dazu nichts einfällt. Es wurde mal Zeit, dass ich dir meine Meinung sage. Ich bleibe auf jeden Fall in der nächsten Zeit hier. Wenn der Friseurladen so weiter läuft, dann werde ich bald versuchen, Personal zu finden und weiter expandieren, aber nur in ganz vernünftigem Rahmen. Ich Idiot habe doch hektisch eine halbe Sache nach der anderen ausprobiert und nichts hat hingehauen. Und ich wollte noch sagen, dass mein Kumpel Bernd in ein paar Tagen für zwei Wochen her kommt. Er will uns besuchen. Aber keine Sorge, er wohnt im Hotel."

„Ach so, woher kennst du den noch mal?"

„Aus dem Knast."

„Habe ich den schon mal getroffen?"

„Ich glaube nicht."

„Warum war der im Knast?"

„Wegen räuberischer Erpressung und zwar deutlich länger als ich, aber ich glaube, der ist auch geheilt."

10 – PERSONENSCHUTZ

„Liebe Steffi, hier in der Gegend leben so viele reiche Leute völlig unbehelligt und in Frieden ihr Leben. Ich sehe nirgendwo Stacheldraht und Personenschützer in schwarzen Anzügen mit Piloten-Brillen. Ich sehe die Leute auch nicht in gepanzerten Mercedes-S-Klasse-Fahrzeugen, sondern in ganz normalen Autos und die fahren selbst und haben offensichtlich keine Angst, gekidnappt zu werden. Außerdem frage ich mich, was ich machen soll. Soll ich die ganze Kohle verschenken? Könnte ich mir zumindest zum Teil vorstellen, aber das müsste ja ein Geschenk sein, das irgendeinen gesellschaftlichen Nutzen hat. Und wenn ich mir die Bettelbriefe von gestern anschaue, dann könnte ich jeden Tag eine Million ausgeben und brauche nicht allzu lange, bis die ganze Asche weg ist."

„Ich glaube nicht, dass diese Leute völlig frei in der Gegend herumlaufen. Ich kann mir nicht vorstellen, dass jemand, der so wie du achtzig oder hundert Millionen hat und von dem die Leute das wissen, seine Kinder so ganz einfach in eine normale Schule schickt. Apropos Kinder, magst du eigentlich Kinder?"

Freddy grinste ganz breit.

„Ich liebe Kinder."

„Dann schau mal in deinen Pass mein Lieber, da steht dein Geburtsdatum drin. Wenn du jetzt noch weißt, in welchem Jahr wir uns gerade befinden, dann kannst du dir ausrechnen, wie alt du bist. Also, falls du noch ein bisschen mehr Zeit mit mir verbringen möchtest und dir Nachwuchs wünschst, dann solltest du vielleicht irgendwann damit anfangen, bevor die alte Flinte nicht mehr funktioniert."

Fred lachte schallend, kriegte sich gar nicht mehr ein.

„Freddy, das ist mir ernst. Mir ist nicht wohl dabei und ich darf dich an dein Erlebnis mit der Leiter erinnern. Ich muss immer noch lachen, wenn ich daran denke, wie der Typ runtergerutscht ist. Die armen Hände. Aber was mit dir hinterher passiert ist, das war knapp am Tod vorbei. Also erzähl du mir nicht, dass man völlig frei leben kann, wenn man richtig viel Geld hat. Und ich glaube, dass die Leute, von denen du sprichst, die teuersten Alarmanlagen besitzen und sich vielleicht in öffentlichen Räumen ungehindert bewegen. Wenn die aber irgendwo in einer einsamen Gegend wandern gehen, dann haben sie wahrscheinlich jemanden dabei, der auf sie aufpasst. Und noch mal, wenn ich mir vorstelle, wir hätten ein oder zwei Kinder und der Papi ist achtzig Millionen schwer, dann weigere ich mich rigoros, diese Kinder in eine ganz normale Schule zu schicken. Da hätte ich keine ruhige Minute mehr."

„Na, dann bleibt mir ja nichts anderes übrig, als die Kohle zu verschenken."

Die beiden waren gerade am Frühstücken. Steffi hackte auf ihrem Handy herum.

„Genau wie ich gesagt habe, schau mal da!"

Sie hielt ihm das Handy vor die Nase.

Bild-Zeitung-Online: *Deutscher Zimmermann verdient achtzig Millionen mit Bitcoins.*

„Ach, das ist doch in ein paar Tagen wieder vergessen."

„Aber nicht bei den Leuten, die dich kennen und nicht bei den Leuten, die es bei dir schon mal probiert haben. Die haben ja gesehen, wie einfach das ist."

„Lass uns später weiterreden!"

Freddy fuhr in seine deutsche Firma, Steffi in ihr Kreuzlinger Büro.

Gegen neun Uhr kam bei Freddy die Post. Diesmal waren es elf Bettelbriefe. Ein Ehemann wollte für seine Frau eine hunderttausend Euro teure Operation, eine Frau wollte sich mit ihm mal zwecks näherem Kennenlernen treffen, er sollte bei drei Unternehmen mit jeweils mindestens einer halben Million einsteigen und sechs Anlageberater boten ganz fantastische Möglichkeiten an. In der ersten Stunde, die er im Büro verbrachte, kamen noch vier Bettel-Anrufe dazu, danach schaltete er das Handy aus und blockierte das Festnetz-Telefon.

„Genau genommen verbringe ich bis jetzt meine gesamte Arbeitszeit damit, Vorschläge abzuwimmeln, toll. Steffi hat schon recht, so geht es nicht weiter."

In der deutschen Firma lag schon die gedruckte Bild-Zeitung auf seinem Schreibtisch. Er hatte es sogar auf die Titelseite geschafft, zwar nicht ganz oben, aber so ungefähr in der Mitte. Hier waren es elf Briefe, acht Anrufe und dreizehn E-Mails. Freddy brauchte bis zum Mittag, bis er durch war. Die Zusammensetzung war immer die gleiche. Leute hatten ein schweres Problem, bei dem sie dringend finanzielle Unterstützung brauchten, Frauen posierten halbnackt auf Fotos, Unternehmen hatten dringenden Investitionsbedarf, es gab tolle Erfindungen, Patente, die nur wegen ein bisschen Geld ihre gewaltigen Marktchancen verpassten. Und bei all diesen Geschichten sollte er mitmischen. Er dachte gar nicht daran. Freddy begann zu verstehen, warum sich Leute mit richtig viel Geld große Schiffe kaufen, auf denen sie unbehelligt ihre Zeit verbringen konnten.

Er lehnte sich in seinem Bürostuhl zurück, legte die Füße auf den Tisch. Der hatte schon einige Kratzer, aber das war ihm egal. Ihm wurde klar, dass sich sein Leben gerade jetzt fundamental veränderte. Nicht in dem Moment, in dem er durch seine treffsicheren Bitcoin-Entscheidungen das Geld verdient hat, nein, in diesem Moment, in dem die Öffentlichkeit davon erfahren hat. Und wie er es auch drehte und wendete, es war nicht mehr rückgängig zu machen. Und ja, er würde künftig auf die Sicherheit der Leute, mit denen er verbunden war, verschärft achten müssen. Das bedeutete im Klartext, er konnte sich nicht mehr frei bewegen. Freddy fragte sich gerade, warum Leute eigentlich reich werden wollten. Er erinnerte sich an die Exfrau eines Milliardärs, die sofort nach der Scheidung und dem Erhalt der Milliarden begonnen hat, das Geld zu verschenken. Sie hat sich nichts Schönes dafür gekauft, nein, sie hat es verschenkt. Gut, das waren viele Milliarden und die gute Frau wird wohl noch ein bisschen was aufgehoben haben.

Er hat seine materielle Sicherheit mit einem Verlust an Freiheit erkauft. Und er konnte es sich noch nicht mal aussuchen. Die wohlhabenden Fürsten vor ein paar hundert Jahren konnten auch nicht unbewacht durch den Wald reiten, ohne dass sie Gefahr liefen, von Räubern überfallen zu werden. Vermutlich haben sich die freiheitsliebenden Reichen früher als Arme verkleidet. Auf irgendeinen Trick ist die Menschheit ja schon immer gekommen. Die Milliardärsfrau hat ihre Kohle einfach an soziale Organisationen verschenkt. Er hat gelesen, man musste dort nur anrufen oder eine E-Mail hinschicken, seine Organisation beschreiben und schon kam das Geld.

Das wäre doch eine Idee. Wenn er nur noch einigermaßen wohlhabend wäre, dann würde er sich als Erpressungsopfer viel weniger eignen als jetzt. Wenn ein Gangster wüsste, dass das potentielle Opfer bloß ein Haus oder eine Wohnung besaß, dann konnte er sich ausrechnen, dass derjenige viel Zeit brauchte, um an Bares zu kommen, und man ihm auch nicht allzu viel abknöpfen konnte.

11 – RUM

Bernd hat Mario im Knast kennengelernt, als er schon drei Jahre saß. Sie sind ungefähr zur gleichen Zeit entlassen worden, denn Mario haben sie nach einem knappen Jahr wieder gehen lassen. Bernd hat den Sohn eines wohlhabenden Metallbauunternehmers auf dem Schulweg in sein Auto gelockt. Der Junge war damals neun Jahre alt. Dann hat er ihn im Keller eines stillgelegten Industriegebäudes versteckt, den Vater per Prepaid-Handy angerufen und ihn angewiesen, eine halbe Million zu besorgen. Als der die beisammen hatte, hat er ihn zu einer Stelle am Neckar gelotst und ihm eine Drohne hingeschickt. Der Mann hat das Bargeld auf die Drohne geladen und Bernd hat sie ein paar Kilometer weiter auf die andere Seite des Flusses geflogen. Er hatte nur das Pech, dass der Mann zu dem Geld auch noch einen Tracker aufgeladen hat. Bernd hat das Päckchen nicht genau untersucht und so konnten sie ihn mühelos verfolgen und haben eine Stunde später bei ihm geklingelt. Er hatte in der Zwischenzeit das Kind aus dem Versteck geholt und in der Nähe seines Elternhauses abgesetzt. Da haben sie ihm fünf Jahre verpasst und er musste die auch fast komplett absitzen, da er sich im Gefängnis nicht mit allen Mithäftlingen so richtig gut verstanden hat. Bernd und Mario sind nach ihrer Entlassung in lockerem Kontakt geblieben.

Mario und Barbara haben Bernd am Flughafen abgeholt und zu seinem Hotel in Cabarete gebracht. Auf der Fahrt hat Barbara ihm noch das Hotel gezeigt, in dem sie die ersten paar Wochen verbracht haben. Bernd hat nur *nobel, nobel* dazu gesagt. Am übernächsten Tag wollte Bernd am Abend mit ihnen essen gehen, aber Barbara wollte nicht mit und so ist Mario alleine gekommen. Sie haben sich erst mal jeder ein Bier und das Essen bestellt. Dann hat Bernd noch mal zwei Bier und eine kleine Flasche Rum geordert.

„Hey, wir sind hier in der Karibik und da gehört Rum einfach dazu."

Mario wollte nichts davon.

„Ach, ich will nicht, ich muss noch Auto fahren."

„Hier kräht doch kein Hahn danach. Oder hast du hier schon mal eine Alkoholkontrolle gesehen?"

„Doch, habe ich schon. Aber ich weiß auch, dass man da nur ein paar Scheinchen hinlegen muss."

„Da siehst du es. Hier ist alles easy. Sag mal, wenn ihr in dem teuren Schuppen gewohnt habt, woher hattest du denn das Geld dafür? Du warst doch eigentlich immer pleite."

Mario druckste herum.

„Ach, ich habe mir was gespart."

Bernd goss zwei Gläser Rum ein und schob Mario eines davon hin.

„Jetzt musst du aber mit mir trinken, das macht man so, wenn alte Freunde sich wieder treffen."

Mario nahm das Glas und trank einen Schluck davon. Bernd kippte es in einem Zug runter.

„So macht man das, Mario!"

„Nein, nein, ich habe schon Dominikaner gesehen, die den Rum in ganz kleinen Schlucken genießen. Man kippt vielleicht irgendwelchen billigen Obstler in Deutschland, damit der schlechte Geschmack möglichst schnell an der Zunge vorbeirauscht."

„Ja und, wir sind schließlich Deutsche und die machen es halt so."

Mario musste aufs Klo. Als er zurückkam, waren sowohl die Rum- als auch die Biergläser wieder voll. Mario wehrte ab.

„Für mich bitte nicht mehr. Ich vertrage nicht soviel."

Bernd schob das volle Rumglas zu ihm rüber und nahm einen Schluck von seinem Bier.

„Dann stoß wenigstens mit dem Bier an."

Mario tat ihm den Gefallen. Er fühlte sich schon beschwipst und das Bier schmeckte seltsam. Aber er trank es. Sie tauschten weiter Knast-Erfahrungen aus. Bernd erinnerte ihn daran, dass er ihn im Knast vor einer Vergewaltigung durch einen Mithäftling gerettet hat.

„Mario, du hast doch noch nie Geld gespart. Wenn du was gehabt hast, dann hast du es sofort rausgefeuert, das hast du mir im Knast erzählt und das ist noch gar nicht so lange her."

Mario zögerte, dann zuckte er mit den Achseln.

„Ich habe einem Typen dreißig Bitcoins abgeluchst, bin bei ihm eingestiegen und habe ihn mit der Pistole in der Hand gezwungen, sie mir zu überweisen. Das ist unser Startkapital gewesen und jetzt dürfen wir nicht mehr nach Deutschland, weil sie nach uns suchen."

Bernd holte tief Luft.

„Du machst mir aber Sachen. Hätte ich dir gar nicht zugetraut. Du bist einfach so bei dem ins Haus eingestiegen?"

„Mit einer Leiter durchs Fenster und dann hat er mir dreißig Bitcoins gegeben, dabei hat der Scheißkerl weit über tausend." Mario berichtete ihm alle Details, war jetzt eh egal.

„Mein Gott das sind ja Millionen."

„Stand vor paar Tagen in der Bild-Zeitung. Achtzig Millionen hat der Typ mit den Bitcoins verdient. Zimmermann ist er. Wohnt am Bodensee."

„Das muss ich nachlesen. Und du willst nicht versuchen, noch mehr davon zu bekommen?"

„Ich habe vom Knast die Schnauze voll. Du hast es dir doch auch ganz einfach vorgestellt und schwupps hatten sie dich. Willst du wieder in den Knast?"

„Nein, möchte ich nicht, aber ich habe auch wenig Lust, für vierzehnhundert Euro netto den ganzen Monat zu buckeln und mich noch von irgendwelchen Chefs herumschubsen zu lassen."

„Was machst du denn momentan?"

Mario hat das Bier leer getrunken. Er spürte, dass er lallte, und er wunderte sich darüber. Er hat doch nur zwei Bier und einen kleinen Schluck von dem Rum getrunken. Seine Zunge gehorchte ihm nicht mehr. Er würde jetzt auch kein Bier mehr trinken, sondern ein Wasser.

„Ich arbeite bei einem Gerüstbauer. Das ist ein Scheiß-Job, aber meine Firma nimmt wenigstens Leute, die im Knast waren.

Ich muss mich ja resozialisieren. Da kommt es gut, wenn man einen festen Job hat. Du kannst natürlich auch morgens um zehn beim Bewerbungsgespräch schon mit einer Fahne auftauchen, dann kannst du weiterhin von der Stütze leben. Aber glücklich macht das auch nicht. Mario, was ist mit dir los?“

Bernd sah, wie Mario mit dem Oberkörper auf den Tisch gesunken ist und offensichtlich schlief. Bernd rief die Kellnerin und bezahlte. Dann weckte er Mario auf, zog ihn hoch, legte dessen Arm über seine Schulter und schleppte ihn in Richtung Hauptstraße, wo er gleich ein Taxi fand. Die Adresse von Mario schrieb er auf einen Zettel, den er dem Taxifahrer zeigte. Er bezahlte das Taxi auf der Stelle. Als es weg war, machte er sich auf den Weg zu seinem Hotel und dachte, er wolle ja wirklich nicht, dass der Mario auch noch seinen Führerschein verliert. Könnten die Dominikaner einem Deutschen überhaupt dessen Führerschein abnehmen?

Mario wachte in der Nacht einmal auf, musste sich dringend erleichtern. Er fühlte sich grauenhaft. Er wusste auch nicht mehr, wie er in die Wohnung gekommen ist. Als er morgens erwachte, fühlte er sich schlecht, richtig schlecht. Der Schädel tat ihm weh und langsam erinnerte er sich an den gestrigen Abend. Leider. Bernd hat ihn abgefüllt und ausgequetscht. Im Knast haben sie sich eigentlich immer gut verstanden, Bernd ist in der Knast-Hierarchie über ihm gestanden. Er hatte ja auch ein hartes Verbrechen auf dem Kerbholz, Mario hingegen hat Rentner beschissen. Dazu war Bernd auch deutlich größer und breiter als er und in der Rangordnung spielte natürlich so eine halbe Portion wie Mario schon eher am unteren Ende der Skala mit. Bernd war ein vierschrötiger Typ mit jeder Menge Tattoos, hatte eine fleischige Nase, sah eigentlich nicht schlecht aus, aber mit seiner Glatze, seinen Preisboxer-Muskeln und der stetig anwachsenden Fettschicht auch irgendwie einschüchternd.

Mario war sich nicht ganz sicher, ob Bernd wirklich keine weiteren kriminellen Ambitionen mehr hatte. Er ist zwar bisher davon ausgegangen, aber das war vielleicht pures Wunschdenken. So, wie der ihn gestern Abend ausgequetscht hat, könnte es tatsächlich sein, dass Bernd mit diesem Wissen versuchen würde, Freddy zu erpressen. Achtzig Millionen waren sehr verlockend. Freddy war schon deswegen ein geeignetes Ziel, weil er keiner von den Reichen war, der sich mit Alarmanlagen und Bodyguards umgab. Solche Leute wurden so überwacht, dass ein Überfall oder eine Erpressung ein hohes Risiko barg. Freddy war ein neuer Reicher, ein Anfänger, bei denen war es leichter.

Jetzt kam Barbara rein und fing sofort an, auf ihm rumzuhacken. Ihm fiel wieder ein, dass er gestern Abend total besoffen aus dem Taxi getorkelt ist. Da hat sie ihn schon zusammengestaucht. Jetzt kriegte er wieder sein Fett ab.

„Du solltest längst in deinem Laden sein. Hast du irgendwelche Termine abgemacht?"

Mario musste sein Gehirn mächtig anstrengen, aber er hatte keine. Er schaute auf seine Uhr, es war jetzt zehn Uhr.

„Ach, weißt du, wenn ich einmal erst um halb elf Uhr im Laden stehe, dann langt das auch noch. Keine Ahnung, ob ich heute in der Lage bin, einen gescheiten Schnitt hinzubekommen. Aber ich werde es schon schaffen."

„Was hat denn dieser Bernd mit dir gemacht? Hat dich wohl abgefüllt, sonst säufst du ja wenig."

„Ja, hat er. Er wollte wissen, wie wir uns das hier alles leisten können."

„Und du hast ihm erzählt, wie du zu dem Geld gekommen bist?"

„Ja, habe ich. So ein Mist. Der hat mir Rum ins Bier geschüttet, als ich auf dem Klo war."

„Ach je, da bekommt Freddy es jetzt mit einem hartgesottenen Verbrecher zu tun. Der ist ja richtig kriminell, da bin ich froh, dass du nicht so bist."

„Barbara, du sagst was Nettes zu mir?"

„Doch, darüber freue ich mich wirklich. Das, was du neulich gesagt hast, das stimmt. Wir haben hier die Chance, uns ein Leben aufzubauen. Wann verjährt eigentlich so eine räuberische Erpressung?"

„Da muss ich mal nachschauen. Freut mich, dass du ausnahmsweise mal etwas gut findest, was wir machen."

„Aber es ist schon ungerecht, wenn der Bernd jetzt von dem Freddy zehn Millionen erpresst und wir nichts abbekommen."

„Nee Barbara, ich will nichts davon. Lass ihn nur machen. Beim ersten Versuch ging es bei ihm schief. Das ist sein zweiter Versuch. Glaubst du im Ernst, dass der so clever ist, dass er es hinkriegt? Der schafft es noch nicht mal, dem Freddy eine Wallet-Adresse zu geben, wo er seine Bitcoins hinschicken kann. Außerdem hat Freddy auch keine Bitcoins mehr, er hat das Geld auf der Bank. So stand es in der Zeitung. Bernd kann es sich ja schlecht auf sein Konto überweisen lassen. Also muss er den Freddy auf die klassische Weise zwingen, das Geld in bar abzuholen und dann hat er ein Übergabe-Problem. Ich glaube nicht, dass sich Freddy nicht wehren wird. Vielleicht sollten wir ihn warnen."

„Dann bringt Bernd uns um!"

„Ich weiß nicht, ob der zu einem Mord fähig ist und er müsste das erstmal erfahren."

„Mario, er könnte doch Freddy zwingen, sich wieder Bitcoins zu kaufen und die dann auf diese Adresse zu schicken, von der du immer sprichst?"

„Ja, das ginge, aber das kann der nicht. Dazu braucht er jemanden. Dann hat er schon wieder einen Mitwisser. Du siehst, Verbrechen ist nicht so einfach. Was meinst du, was ich für einen Schiss gehabt habe, als ich die Leiter hochgeklettert bin. Tagelang habe ich davor gezittert. Ich kann beurteilen, was Lampenfieber ist. Vielleicht sollten wir noch mal mit Bernd reden, ihn einfach warnen, versuchen, ihm klarzumachen, dass man auch ohne Verbrechen was auf die Beine stellen kann."

„Ja, das sollten wir versuchen. Er ist ja noch ein paar Tage hier."

12 – AUSWANDERN

„Steffi, wir könnten ganz woanders hinziehen. Irgendwohin, wo uns keiner kennt."

„Tolle Idee!"

„Nein, ich meine das ernst!"

„Wird ja immer schlimmer. Wohin möchtest du denn?"

„Tja, vielleicht nach Neuseeland?"

„Ich habe mir schon immer gedacht, dass die Neuseeländer froh sein können, dass sie nicht wissen, wie viele Deutsche gerne zu ihnen ziehen würden. Die wären entsetzt, wenn da Millionen Deutsche aufkreuzen würden. Aber klar, es muss dort sehr schön sein, aber vielleicht sollten wir erst mal dahin reisen, bevor wir gleich die Umzugskartons packen. Was willst du da machen?"

„Vielleicht wieder eine Zimmerei eröffnen?"

„Und du glaubst, dass keiner merkt, dass du mit einem Sack

voll Kohle ankommst?“

„Soweit ich weiß, schließen die Leute auf dem Land die Türen ihrer Häuser nicht ab, wenn sie verreisen. Es gibt sehr wenig Kriminalität dort.“

„Du hast doch schon einen, der dich auf dem Kieker hat. Wenn der spitz kriegt, dass du in Neuseeland wohnst, dann kann der dir auch dorthin folgen und dir dort die Knete abnehmen.“

„Wenn du auswandern wolltest, wohin würde es dich ziehen?“

„Also gut, überfliegen wir doch einmal unseren Planeten und denken über schöne Plätzchen zum Niederlassen nach. In Asien gefällt es mir an manchen Stellen sehr gut, aber ich glaube kaum, dass ich dort leben möchte. Australien und Neuseeland kämen für mich in Frage. In Afrika gibt es wunderschöne Plätze, aber ich denke, da möchte ich auch nicht hin. Auch in Zentralasien muss es schön sein, Mongolei, Kirgisistan, aber auch dort wäre das nichts für mich. Südamerika würde mir sehr gut gefallen. Aber wenn, dann im Süden, also in Argentinien oder Chile. Nordamerika interessiert mich wiederum weniger, vielleicht noch Kanada. Wie du siehst, mein Lieber, bin ich eine überzeugte Europäerin. Ich fände es in Schweden, Norwegen und Finnland toll, aber da ist es mir zu kalt. Also, ich könnte mir tatsächlich vorstellen, in Spanien oder Italien zu leben. Allerdings muss ich sagen, dass diese Diskussion mich auf den Gedanken bringt, dass wir zwei in einer beneidenswerten Lage sind. Nein, das stimmt nicht. Du bist in einer beneidenswerten Lage. Ich muss mir meine Kohle jeden Tag hart erkämpfen. Aber du könntest jetzt mit deinem Geld überall hingehen und dir dort irgendein Spielzeug kaufen. So ein Spielzeug wie ein Weingut, etwas, wo man draußen arbeiten kann, wo man seiner Kreativität freien Raum lassen kann, ohne damit sein Geld verdienen zu müssen. Ich bin nur eine arme kleine Architekten-Maus. Da kommt mir eine Idee, ich könnte dich ja erpressen. Die Frage ist nur, womit?“

„Du könntest in den Sexstreik treten. Da hättest du durchaus eine Chance. Wir müssten mal über die Modalitäten reden. Also über welche Summe wir sprechen. Aber das wäre dann schon im Bereich der Prostitution anzusiedeln.“

„Das ist wieder typisch für dich. Du machst es schlecht, nur damit du nicht blechen musst. Du bist ein elender Geizkragen. Aber mal ganz im Ernst, ich frage mich wirklich, wie eine

Beziehung mit einem reichen Mann funktioniert. Was machen wir denn, wenn du jetzt sagst, du möchtest eine Weltreise mit mir machen aber ich es mir nicht leisten kann? Dann frage ich mich, ob ich ein blödes Gefühl dabei habe, dass ich mich von dir die ganze Zeit einladen lasse. Das ist Mist."

„Du könntest es so machen wie ich. Kaufst dir ein paar Bitcoins. Die sind ganz schön abgesoffen, seit ich verkauft habe. Ich bin sicher, die kommen wieder. Ich leih dir ein bisschen Geld, du kaufst und wartest, bis sie wieder hochgehen."

„Mein lieber Schatz, ich habe so viel Glück im Spiel, dass die garantiert weiter absaufen, wenn ich kaufe. Ich habe mir immer vorgestellt, dass es ganz toll wäre, einen Haufen Kohle zur Verfügung zu haben. Ich lerne gerade, dass dem nicht so ist. Außerdem, stell dir vor, du stehst morgens auf und hast nichts zu tun. Was machst du dann den ganzen Tag? Manche gehen ja Golf spielen. Freddy, sollten wir Golf spielen lernen? Würde jetzt zu deinem Bankkonto passen."

„Hat mich noch nie angemacht. Aber wenn man's mag, ist es sicherlich ein schönes Spiel. Und ja, du hast recht, dass man sich ja immer alle Freiheit wünscht und wenn man sie dann hat, dann weiß man nichts damit anzufangen. Ich hatte sicher immer mehr Freiheiten, als viele Leute und ich habe das auch nie vergessen und war immer sehr glücklich darüber. Aber dank dieser Bitcoins könnte ich jetzt alles machen und weiß nicht, was. Das kann entweder bedeuten, dass ich zu fantasielos bin oder es kann bedeuten, dass ich schon ein gutes Leben habe und damit zufrieden bin. Meine Betriebe laufen wie geschmiert, ich arbeite mich nicht mehr zu Tode, habe mir sogar ein größeres Segelboot zugelegt."

„Freddy, du bist ja in diese Familientradition reingewachsen, hast deine Ausbildung darauf ausgerichtet. Du hast ja noch nie was anderes gemacht."

Freddy protestierte:

„Das stimmt nicht so ganz. Der Job am Atlantik war schon etwas anderes."

„Aha, dann war das dein Traumjob?"

„Es war auch nicht so viel anders als hier, nur das mit den Booten hat so einen Geruch von Freizeit und Freiheit, das habe ich sehr genossen. Und bei dir?"

„Ich liebe meinen Job. Ich gestalte halt keine internationalen quasi schon künstlerischen Großprojekte, sondern ich baue ein vernünftiges Einfamilienhaus oder auch mal ein Mehrfamilienhaus. Ich optimiere Grundrisse für Menschen, die darin leben. Ich habe im Augenblick keine weiteren Träume, aber ich könnte mir auch vorstellen, andere Dinge zu tun. Mit deiner ganzen Kohle kannst du deine Zimmerei gewaltig ausbauen. Kannst Holzhäuser bauen."

„Ich weiß nicht, ob ich expandieren will, glaube nicht. Und Holzhäuser bauen wir schon."

„Wir könnten eine Weltreise machen oder sogar die Welt umsegeln?"

„Ich weiß nicht, ob ich zwei Jahre auf einem Boot hocken möchte. Aber eine größere Reise, das wäre was."

Er sprang auf.

„Genau, das machen wir!"

13 – ZOFF

Barbara hat mit Mario zusammen was mit Hühnchen, Kochbananen, Gemüse und kolumbianischen Maisfladen gemacht. Arepas hießen die. Sie haben Bernd in ihre Wohnung eingeladen. Dazu gab es Bier, ein paar Flaschen Wein hätten sie auch noch gehabt. Ihre Wohnung lag etwas außerhalb von Cabarete auf einem Hügel und hatte einen Balkon mit Blick zum Meer, zwei Zimmer eine Küche und ein Bad. Die Wohnung war nicht sehr groß, aber sie lag in einer gepflegten Anlage, war vor nicht allzu langer Zeit renoviert worden.

Bernd traf etwas verspätet ein, hatte eine kleine Flasche Rum dabei. Mario ließ ihn zur Tür rein, sie begrüßten sich. Mario stellte ihm seine Freundin vor und Bernd überreichte Mario die Flasche.

„Heute bitte nicht. Du kannst gerne was davon trinken. Wann geht eigentlich dein Flug?"

„Übermorgen. Dann habt ihr mich los."

„Wir haben uns immer gut verstanden, Bernd. Also zumindest im Knast. Aber ich dachte eigentlich, dass du die Nase vom Knast nach so langer Zeit voll hast. Aber lass uns erst mal hinsetzen und ein Bier trinken."

Sie gingen auf die Terrasse hinaus, der Tisch war schon gedeckt. Die Einrichtung der Wohnung ließ noch zu wünschen übrig, aber das Nötigste haben sie sich angeschafft.

„Ach, du meinst, weil ich dich wegen dieses Zimmermanns

ausgequetscht habe? Entschuldige, aber ich bin einfach neugierig. Natürlich habe ich die Nase vom Knast voll. Auf der anderen Seite muss ich zugeben, als ich gehört habe, dass du einen wirklich Reichen mit vorgehaltener Waffe dazu gezwungen hast, dir was abzugeben, da habe ich gestaunt. Für mich warst du immer so der Trickser, der Typ, der wohlhabende Rentner linkt. Aber mit der Knarre auf einer Leiter in ein Fenster einzusteigen, Respekt!“

„Du hast ja gesehen, was es gebracht hat. Der Typ hat mich ausgetrickst und wenn ich jetzt nur in die USA oder nach Europa reise, dann nehmen sie mich hops. Wenn ich hier was ausfresse, dann schieben die mich nach Deutschland ab. Ich habe endgültig die Schnauze voll davon. Ich bin froh, dass mein Friseurladen und unsere Bar gut laufen. Und das auf Anhieb. Wir haben Glück gehabt. Aber sei mal ehrlich, Bernd, dich juckt es in den Fingern, beim Freddy abzukassieren, stimmt's?“

„Jucken tut es schon, aber ich werde es nicht tun. Ich werde mittelfristig versuchen, einen anderen Job auf dem Bau zu bekommen. Ich kann ja den Zimmermann nach einem Job fragen. Dann kann ich ihn wenigstens gleich auskundschaften.“

Er lachte.

„Nein, das war ein Spaß. Die Firmen leiden alle unter Personalknappheit und ich denke schon, dass ich bald was Besseres bekomme, als auf Gerüsten rumzuturnen. Vielleicht schaffe ich es ja auch noch mal, mich selbstständig zu machen, so wie ihr.“

„Das beruhigt uns sehr, gell, Barbara?“

„Habt ihr euch Sorgen um euren Zimmermann gemacht?“

„Nein, Bernd, ich habe mir Sorgen um dich gemacht. Wenn du noch mal fünf oder zehn Jahre einfährst, dann ist wirklich ein größerer Teil deines Lebens herum, wenn du wieder rauskommst.“

„Dafür müssen sie mich erst mal schnappen.“

„Das ist ihnen bei deinem ersten Versuch sehr schnell gelungen.“

„Musst du mir das immer wieder aufs Butterbrot schmieren?“

Bernd schaute jetzt eher finster drein.

„Ich glaube, ihr wollt ihn wirklich vor mir warnen, mich verpfeifen. Dann lass dir mal sagen, dass ich ziemlich ungemütlich werden kann. Ich habe nichts getan und ich habe keine Lust, von Leuten wie euch bei den Bullen angeschwärzt zu werden, nur weil du keinen Alkohol verträgst und du alte Tratsch-Tante alles ausplaudern musstest. Das ist halt so als Knacki, man wird verurteilt, bevor man etwas tut. Wenn ihr mich anschwärzt, dann komme ich zurück. Euer Essen könnt ihr jetzt alleine essen, mir ist der Appetit vergangen. Und meine Rumflasche nehme ich auch wieder mit, gib her!"

Bernd ist aufgesprungen und schaute sie hasserfüllt an, schnappte sich seine Flasche, ging zur Eingangstür, riss sie auf und knallte sie hinter sich zu. Sie hörten noch, wie er im Treppenhaus einmal laut *Arschlöcher* rief. Die beiden gingen wieder auf ihre Terrasse und beendeten ihre Mahlzeit.

„Na gut, haben wir halt Zoff mit ihm. Ich traue ihm schon zu, dass er eine Erpressung probiert. Aber ich würde ihn nicht verpfeifen. Der Typ ist sehr gefährlich, bin froh, dass er weg ist. Außerdem hatte der doch schon eine Fahne, als er gekommen ist."

Mario nickte nur stumm.

14 – VERSICHERUNGEN

Bernd kam am Flughafen Stuttgart an und fuhr mit der S-Bahn nach Hause. Fertig war er. Als er seine Bude betrat, schaute er sich um, es war alles nur schäbig. Er war jetzt seit zwei Jahren aus dem Knast, buckelte den ganzen Tag auf dem Bau und am Monatsende blieb so gut wie nichts übrig. Er hat von früher noch ein bisschen Geld übrig gehabt und davon hat er sich diesen Urlaub in der Domrep gegönnt.

Irgendwie funktionierte bei ihm einfach gar nichts. Freunde sagten ihm immer, er solle doch ein bisschen Geduld haben und so ziemlich jeder riet ihm von der Fortsetzung seiner kriminellen Karriere ab, aber in manchen Augenblicken, da kotzte ihn das ganze Theater an. Er dachte in letzter Zeit öfter über sich selbst nach. So ganz leicht hat er es nicht gehabt, seine Mutter war alleinerziehend. Sein Alter ist irgendwann einfach verschwunden. Da war er drei Jahre alt, konnte sich nicht an ihn erinnern. Und seine Mutter hat ihm halt immer wieder neue Stiefväter angeschleppt, von denen die wenigsten sich überhaupt für ihn interessiert haben. Er hatte immer nur das Gefühl, lästig zu sein. In der Schule hat es auch nicht sonderlich toll geklappt und dann hat er Maurer gelernt. Immerhin hatte er eine abgeschlossene

Berufsausbildung. Nachdem er gemerkt hat, dass man damit nicht auf einen grünen Zweig kommt, hat er alles Mögliche probiert, Hausmeisterservice, Kneipe, Versicherungen. Irgendeiner hat ihn mal mit einem Spruch geärgert, der so oder so ähnlich ging: *Wer nichts wird, wird Wirt, ist auch dieses nicht gelungen, so macht er in Versicherungen.*

Solche Sprüche haben ihn immer angekotzt. Manche haben dafür auch mal eine aufs Maul bekommen. Im Knast hat er drüber nachgedacht, dass er vermutlich bei diesen Versuchen zu schnell aufgegeben hat. Geduld war eben nicht seine Stärke. Er kannte nämlich sehr erfolgreiche Wirte und Versicherungsvertreter.

Er setzte sich auf das verschlissene Sofa, machte ein Bier auf und die Glotze an und schaute sich irgendeinen Blödsinn an. Er hatte noch drei Tage Urlaub. Es würde ihn schon jucken, diesem Freddy mal auf den Zahn zu fühlen. Achtzig Millionen. Das musste man sich erst mal auf der Zunge zergehen lassen. Da könnte er doch ruhig mal was abgeben. Bei solchen Leuten würde er niemals versuchen, die Hälfte zu bekommen, nein, er würde ziemlich bescheiden bleiben. Einfach so viel, dass dem das gar nicht weh tut. Er müsste rausfinden, ob der Kinder hat oder eine Freundin. Jemanden, den man für eine Weile aus dem Verkehr ziehen könnte, nur so als Übung. Dann könnte man mit ihm Kontakt aufnehmen und ihm klarmachen, was passieren würde, wenn er nicht blecht.

Aber dann dachte er wieder an den blöden Mario. Wenn dem Freddy was passieren würde, dann liefe er Gefahr, dass der Mario ihn verpfiff. So eine Scheiße.

Da fiel ihm ein, dass er in der Domrep gesagt hat, er könnte sich ja bei diesem Zimmermann bewerben. Dann säße er an der Quelle und müsste es so gestalten, dass auf ihn kein Verdacht fiele. Er bräuchte ein Alibi. Dann könnte er völlig unbehelligt weiter arbeiten und später verduften. Natürlich würden die Bullen die Mitarbeiter von Freddy checken und dann wäre er ganz vorne auf der Liste. Vielleicht sollte er dahin fahren und sich bei ihm bewerben. Am Bodensee arbeiten wäre auch nicht schlecht. Er schmiss sein vorsintflutliches Notebook an. Mit diesen Dingern stand er auf Kriegsfuß. Das war alles so kompliziert. Aber ins Internet kam er rein, das schaffte er. Er googelte diesen Typen. Fand einige wichtige Informationen. Der hatte also eine Firma in Deutschland und er hatte eine in der

Schweiz. Wohnte in der Schweiz in einem Dorf am Untersee, also dem kleineren Teil des Bodensees. Sollte er sich schriftlich bewerben? Persönlich war besser. Er kam ja positiv rüber. Er hatte eine abgeschlossene Maurerlehre, er hat schon im Holzbau gearbeitet, er hat im Gerüstbau gearbeitet, er hat mal eine Weile bei einem Gipser gearbeitet, er war eigentlich ein echter Allrounder. Er trank noch ein Bier und einen Schnaps und ging danach ins Bett.

15 – PALÄSTE

Tatsächlich haben vor ein paar Tagen einige Reporter Freddy morgens vor seiner deutschen Firma aufgelauert. Er pflügte wortlos durch die Schneise und verschwand in seinem Büro, hat die Tür zugesperrt und die Rollläden runtergelassen. Damit ist der Spuk zum Glück vorbei gewesen. So wichtig war er wohl doch nicht. Was hätte er auch erzählen sollen.

Sie haben Nägel mit Köpfen gemacht. Die beiden haben sich sechs Wochen frei genommen. Er hat das in beiden Unternehmen einige Wochen lang vorbereitet, hat mit den Mitarbeitern gesprochen, hat Stellvertreter benannt. Freddy hat außerdem beschlossen, manchen Mitarbeitern Beteiligungen anzubieten. Er hat ihnen gesagt, seiner Meinung nach funktionierten Betriebe mit Mitarbeiterbeteiligung besser als andere. Er müsste noch mal mit seinem Steuerberater sprechen, wie man so etwas organisieren könnte, aber sie sollten bis zu seiner Rückkehr darüber nachdenken, ob sie interessiert wären. Sie könnten eine gewisse Beteiligung am Betrieb erwerben, dann hätten sie ein Mitspracherecht und wären am Gewinn beteiligt. Man könne natürlich keinen zwingen, sein ganzes Leben bei der Firma zu bleiben, also müssten diese Anteile auch übertragbar sein.

In der Zwischenzeit hat sich Steffi um die Reise gekümmert und eines schönen Tages ließen sie sich zum Flughafen nach Zürich bringen und flogen zuerst mal nach Indien, nach New Delhi.

Sie hatten eine wunderbare Zeit, sie erfuhren von den Mogulkaisern, die von Norden nach Indien eingedrungen sind und es lange beherrscht haben. Sie haben dort wunderbare Bauwerke wie das Taj Mahal hinterlassen. Sie bewunderten Menschen mit farbenfrohen Gewändern und Turbanen, die auf seltsamen Gefährten herumfuhren, wo der Motor vorne im Freien stand und hinten drauf eine Pritsche aus Holz war. Sie besichtigten den Palast der Winde in Jaipur, sie lernten, dass Elefanten, Kühe und Affen zum normalen Straßenverkehr gehörten. Nach zwei Tagen haben sie sich an den Anblick gewöhnt. Gar keine Probleme hatten sie mit dem fantastischen indischen Essen, den ganzen Currys, den Biryanis, den Paneers und all dem anderen.

In Delhi sind sie zwei Tage geblieben, dort organisierten sie sich einen Fahrer, der sie quer durch Rajasthan kutschierte. Der Links-Verkehr ging ja noch, aber dass man auf einer zweispurigen Straße bei Gegenverkehr überholte und dieser Gegenverkehr bremste, das war dann doch neu. Ungewohnt waren auch die kleinen Autowerkstätten im Freien am Straßenrand. Sie übernachteten in Hotels, wo ihr Zimmer ein kleines Haus war, in fünfhundert Jahre alten Palästen, sie gewöhnten sich an die Musik. Irgendwann flogen sie dann nach Delhi zurück und von da nach Kochi in den indischen Süden, nach Kerala. Sie lernten, dass der Süden Indiens reicher ist als der Norden, sie waren alleine an Stränden, die ein paar Kilometer lang waren. Sie kapierten, dass man keinen Privatchauffeur brauchte und begannen, mit der Eisenbahn und Bussen zu reisen.

Freddy hatte vor Beginn der Reise vorgeschlagen, sich mit ganz leichtem Gepäck, also nur einem etwas größeren Rucksack auf den Weg zu machen.

„Was brauchen wir schon? Wir brauchen eine Zahnbürste, ich vielleicht noch einen Rasierapparat, dann brauchen wir ein paar Hosen, Poloshirts, ein paar Schuhe und ein bisschen Unterwäsche. Du kannst alles kaufen, was dir fehlt. Wäsche kriegst du in jedem Hotel gewaschen."

Sie wussten, dass es in Indien über hundert Sprachen gab und dass die Inder nach dem Ende der Kolonialzeit die englische Sprache beibehalten haben, damit sich die aus den verschiedenen Regionen wenigstens auf Englisch verständigen konnten. Das hatte für den Touristen den großen Vorteil, dass sehr viele Inder einigermaßen Englisch sprachen. Sie lernten, dass der größte Teil der Bevölkerung Vegetarier waren und dass ein Familienvater schon zufrieden war, wenn er wusste, womit er seine Familie die nächsten paar Tage ernähren konnte. Sie bewunderten Leute, die in einer Lehmboden-Hütte von vierzig Quadratmetern mit sechs

Familienmitgliedern zusammen lebten und am Morgen wie aus dem Ei gepellt und sauber aus dem Bauwerk heraustraten. Immer, wenn sie die Städte hinter sich gelassen haben, sah die Armut auf dem Land besser aus als in den Städten, weniger schmutzig und bedrohlich. Und Indien war groß, neunmal so groß wie zum Beispiel Deutschland.

Fred gingen mal ein paar Schuhe kaputt und er kaufte sich neue. Natürlich gab es auch in Indien jede Menge chinesische Billigware, aber es gab auch noch Handwerker, die für unglaublich niedrige Preise Schuhwerk selbst herstellten. So nach und nach tauschten sie ihre Kleidung gegen lokal angefertigte aus und nach zwei Wochen waren sie braun gebrannt. Freddy hat seine Angewohnheit aufgegeben, sich jeden Morgen zu rasieren, und so sahen sie schon bald ziemlich wild aus. Sie aßen mittlerweile ohne Probleme in Restaurants, wo man für zwei oder drei Euro eine komplette Mahlzeit auf einem Bananenblatt serviert bekam und sie hatten schmerzlich erfahren, dass man einen großen Bogen um Leitungswasser machen und bei Plastik-Wasserflaschen darauf achten sollte, dass der Originalverschluss bisher nicht geöffnet wurde. Nachdem sie das dann kapiert haben, haben sie auch darauf geachtet, dass sie in Restaurants keine Getränke mit Eiswürfeln bekamen, denn das Eis dafür wurde oftmals aus Leitungswasser gemacht. Das kann einem Inder zwar nichts anhaben, verschafft aber einem untrainierten Europäer in kürzester Zeit den sogenannten Delhi-Belly, also gelinde gesagt, eine blitzartige Verflüssigung des kompletten Darm-Inhalts. Sie lernten, dass es in Indien zwar Kriminalität gibt, sie aber im Vergleich zu anderen Ländern und Kontinenten doch relativ gering ist. Sie trafen jede Menge Europäer und Amerikaner, reisten manchmal mehrere Tage mit Gruppen zusammen, trennten sich dann aber auch wieder.

16 – ALARM

Bernd nahm sein Auto und fuhr einfach an den Bodensee. In dem kleinen Dorf auf der deutschen Seite des Untersees fand er Freddys Betrieb beim Ortseingang. Die Zimmerei Monder war schwer zu übersehen. Er parkte davor und stieg aus. Der Laden sah gepflegt aus, es war nichts besonders Auffälliges daran, alles sehr zweckmäßig, die Zimmerei wirkte ziemlich aufgeräumt. Er ging zum Hallentor hinein, schaute sich um und sah, dass der

Maschinenpark recht neu war. Am anderen Ende der Halle sah er ein Schild, auf dem *Büro* stand. Das war der übliche Glaskasten in solchen Hallen. Er ging hin, sah durch die Scheiben einen Mann stehen, der mit einer Frau diskutierte, die am Schreibtisch saß. Jetzt waren sie fertig, der Mann ging raus und hielt ihm die Tür auf. Bernd bedankte sich höflich.

„Guten Tag. Ich suche den Herrn Monder."

Die Frau antwortete:

„Es tut mir leid, der kommt erst in fünf oder sechs Wochen wieder. Er ist auf einer längeren Reise. Kann ich Ihnen helfen?"

Bernd überlegte. Sollte er sagen, dass er sich bewerben wollte? Dann bestünde für den Fall, dass die hier keine Leute suchten, die Gefahr, dass sie ihm das jetzt gleich sagen würde. Nein, er wollte mit diesem Monder direkt sprechen.

„Nein, so eilig ist es nicht. Wann, sagen Sie, ist er wieder da? In fünf oder sechs Wochen, das wäre dann so gegen gegen Ende Juni, oder?"

„Das stimmt. Aber wenn sie wollen, dass er ein bisschen Zeit für sie hat, machen Sie doch bitte vorher einen Termin mit ihm ab. Rufen Sie einfach an. Ich denke, dass er die ersten Tage nach seiner Rückkehr ziemlich viel zu tun hat."

„Sechs Wochen, nicht schlecht. Hätte ich auch mal gerne. Chef sollte man sein."

„Ach, wissen Sie, der hat in den letzten paar Jahren praktisch überhaupt keinen Urlaub gemacht. Das hat er sich mal verdient. Und wir sollen ihn auch nur im äußersten Notfall stören."

Sie lächelte ihn an. Bernd lächelte zurück.

„So mache ich das. Ich melde mich Ende Juni, vielen Dank."

Er verabschiedete sich und verließ die Halle. Typisch. Hat einen Haufen Geld verdient und jetzt hat er es nicht mehr nötig. So ein Scheiß. Bernd setzte sich wieder in seine alte Karre und fuhr nach Stuttgart zurück. Auf der Rückfahrt hatte er viel Zeit zum Nachdenken. Wenn der ihn einstellen würde, dann bekäme er jede Menge Informationen über ihn, für die er ihn sonst mühsam ausspionieren müsste.

Bei seinem letzten Versuch mit dem Sohn des Metallbau-Unternehmers hat er ziemlich überstürzt gehandelt. Und so ist es auch gelaufen, das ganze Ding ist komplett in die Hose gegangen. Die haben ihm den Tracker reingelegt, er hat die Drohne genommen, das Geld herausgeholt, dann ist er noch an den Neckar gefahren, hat die Drohne reingeschmissen, das Kind zurückgebracht und ist nach Hause gefahren. Da standen sie schon in der Nähe, aber er hat sie nicht gesehen. Dann haben sie in aller Gemütsruhe gewartet und etwas später an seiner Tür geklingelt. Er hat nicht mit den Bullen gerechnet. Völlig arglos hat er aufgemacht und zwei Sekunden später lag er schon mit Handschellen gefesselt auf dem Boden. Vielleicht sollte er auch mal am Wochenende hierher fahren, er hat gesehen, in dem Ort gab es einen Campingplatz. Dann würde er hier zelten und sich abends in die Dorfwirtschaft begeben. Da kam man manchmal mit Leuten ins Gespräch und könnte vielleicht erfahren, ob er überhaupt Leute suchte. Andererseits war er sich da ziemlich sicher, denn die meisten Handwerker suchten nach Leuten. Aber er war sich auch nicht sicher, dass so jemand ihn mit seinem Knast-Hintergrund einstellen würde.

Die wichtigste Frage war eigentlich die, wollte er es noch mal probieren oder nicht. Er schwankte immer noch. Natürlich juckte es ihn, auf einen Schlag einen großen Haufen Geld zu ergattern. Er war jetzt achtunddreißig Jahre alt und wenn er so weitermachte, dann würde er weiterhin ein Gehalt haben, von dem man gerade so eben leben konnte. Vielleicht war es hier auf dem Land noch ein bisschen leichter, aber er hat gehört, dass die Mieten und die sonstigen Preise in der Bodensee-Region auch ziemlich gepfeffert waren. In seinem Kopf geisterte schon immer die Idee herum, einmal so richtig abzusahnen, dann vielleicht noch zwei Jahre ganz harmlos weiterzuleben und sich irgendwann mit der Kohle etwas Schönes aufbauen. Er war eigentlich auch nur deswegen in die Dominikanische Republik geflogen, nicht wegen Mario und Barbara. Er wollte wissen, ob man da wirklich leben kann, auch wenn man in Europa gesucht wird. Wenn Mario das konnte, dann er auch. Dieser Mario war ihm sowieso ein Rätsel. Zuerst war das ja eigentlich so eine Pfeife, hat versucht, Rentner zu bescheißen und plötzlich besorgt der sich eine Knarre, hält sie diesem Zimmermann an den Kopf und der rückt auch noch für eine sechsstellige Summe Bitcoins raus. Nicht schlecht. Wie Mario an diese Zuckerschnecke von Barbara gekommen ist, das ist ihm auch ziemlich unklar. Dieser Hänfling. Aber es scheint ja so zu sein, dass die ihm gelegentlich für eine Weile stiften ging und sich anderweitig beschäftigte. Er grinste. Mit der würde er sich gerne auch mal beschäftigen. Aber zurzeit schien sie ja wieder treu zu Mario zu stehen. Für ihn war das eine Frage der Zeit, bis sie wieder mal auf Tour ging und sich nach anderen Kerlen umschaute. Aber Mario klebte an ihr wie eine Klette. Verstand er ja. Aber er würde sich so nicht behandeln lassen. Wenn die mit ihm zusammen wäre und dann mal für ein paar Monate verschwinden würde, dann gäbe es eins an die Löffel. Wie er sie einschätzte, wollte die gerne die große Dame spielen. Tja, wenn er mit zwei Millionen daher käme, dann könnte er mal einen Versuch machen und sich nicht so eine kleine Wohnung mieten, sondern gleich ein schickes Haus am Meer kaufen. Das wäre doch was. Den Zimmermann abzocken, dann die Millionen einpacken, damit in die Karibik reisen, ein Haus am Meer kaufen und sich dann die passende Frau dafür suchen. Er hat gesehen, dass die ganze Insel von solchen knackigen Zuckerschnecken wimmelte. Aber Marios Friseurladen und die Bar, nicht schlecht. Er musste neidlos zugeben, dass er das durchaus respektabel fand. Natürlich hatte Mario recht – wenn man ein Ding drehte, lief man immer Gefahr, erwischt zu werden. Er müsste es halt besser planen als beim ersten Mal. Er kannte einen, der hat alle paar Jahre ein einziges Ding gedreht und ist nur einmal erwischt worden. Den hat er im Knast kennengelernt. Der Typ plante ganz genau, kalkulierte alle Eventualitäten ein. So musste man das machen. Den würde er anrufen. Christian arbeitete als selbstständiger Paketfahrer, das war noch ein beschissenerer Job als seiner, mies bezahlt und er trug auch noch das Risiko. Wenn ihn sein Auftraggeber nicht mehr brauchte, dann schickte er ihn einfach nach Hause und er konnte von der Stütze leben. Er vertraute Christian und Christian ihm.

Am nächsten Tag war Samstag. Bernd rief Christian an, erreichte ihn sofort. Bernd lud ihn zu sich ein.

„Bernd, wir treffen uns sonst immer in Kneipen und saufen. Wieso denn plötzlich bei dir zu Hause?“

Nachdem Bernd ihm einfach keine Antwort gab, sagte er:

„Na gut, ich komme nachher zu dir.“

Und er kam. Christian war fünfunddreißig Jahre alt, etwas größer als Bernd, so um die einsfünfundachtzig, schlank mit kurzen blonden Locken und einem Vollbart, den er immer akkurat stutzte. Im Vergleich zu dem etwas grobschlächtigen Bernd war er filigraner, hatte eine fein ziselierte Nase, wirkte irgendwie fast schon elegant im Auftritt. Er machte erst mal seinem aktuellen Frust über seinen Job Luft.

„Es ist ja wieder so eine Scheiße, jetzt lassen sie mich auch noch mit dem Geld hängen. Auf die Abrechnung vom letzten Monat warte ich seit drei Wochen. Ich arbeite also quasi umsonst für die, bezahle auch noch den Sprit und die ganzen Autokosten. Ich muss auch irgendwas essen. Das ist so ein Scheißladen!"

„Wieso wechselst du nicht zu einem anderen?"

„Das ist ja das Problem, die sind alle nicht besser! Es ist einfach eine Scheiß-Branche. Auf der einen Seite lassen sich immer mehr Leute Pakete schicken, weil sie alle zu faul sind, aus dem Haus zu gehen. Jeder bestellt und schickt die Hälfte wieder zurück, weil die Farbe nicht passt oder weil es zu groß ist oder sonst was. Aber irgendwas muss ich ja tun."

„Ich hätte da vielleicht ein kleines Trostpflaster für dich."

„Ja, liebend gerne. Aber es muss schon Hand und Fuß haben."

„Ich hätte einen, der ist achtzig Millionen schwer. Mario hat ihn um hundertachtzigtausend erleichtert. Mario ist eigentlich so ein Hänfling, der bisher nur Rentner beschissen hat und wenn der das geschafft hat, dann schaffen wir das auch. Das ist wirklich ein dickes Ding."

„Was, achtzig Millionen? Ja, da hätten wir ausgesorgt."

Bernd erzählte Christian, was er alles über Fred wusste und wie Mario ihn ausgenommen hat. Der hörte sehr aufmerksam zu. Als Bernd am Ende seines Berichts angekommen ist, dachte er noch einen Moment nach, dann stellte er die erste Frage:

„Habe ich das richtig verstanden? Er wohnt neben seinem Schweizer Betrieb?"

„Genau!"

„Und du denkst darüber nach, seine Freundin zu entführen und ihm ein paar Millionen abzunehmen?"

„Ja!"

„Woher weißt du, dass er eine Freundin hat?"

„Aus der Zeitung."

Bernd nickte.

„Warum nimmst du ihm nicht alles ab?"

Bernd ließ ein langgezogenes *ööhhh* ertönen, klappte danach den Mund wieder zu.

„Du meinst, wenn du ihm nur wenig wegnimmst, dann werden sie dich weniger hart verfolgen?"

„Ja, das ist so ein Gefühl."

„Dein Gefühl ist Scheiße. Es ist völlig egal, ob du ihm eine, fünf oder achtzig Millionen abnimmst. Sie werden dich so oder so mit allem suchen, was sie haben. Dann kannst du es auch gleich richtig machen. Dein Problem ist, du hast Schiss vor der Größenordnung."

Bernd nickte wieder.

„Die Bullen werden fragen, ob es in letzter Zeit irgendetwas ungewöhnliches gegeben hätte. Was, wenn die sich an deinen Besuch erinnern?"

„Kann passieren! Glaube aber kaum, dass der aufgefallen ist. Das kann ich mir nicht vorstellen. Da kommen öfter Leute, die nach ihm fragen. Der wird nach dem Bericht in der Bild-Zeitung auch viele Bettelbriefe bekommen haben."

„Und was meinst du, was die Bullen mit Bettelbriefen machen?"

„Anschauen."

„Du musst dir das so vorstellen, dass die Bullen jeder noch so kleinen Spur nachgehen."

Bernd hatte Christian bisher als unauffälligen und unscheinbaren Typen eingeordnet. Das änderte sich jetzt gerade. Der fragte und bohrte so genau, dass es ihm schon langsam unheimlich wurde. Bernd hatte durchaus ein Gefühl für so etwas wie eine Hackordnung. Er hat gedacht, er gehe hier als Platzhirsch in die Diskussion und jetzt kam er sich gerade ganz klein und hässlich vor. Christian hatte recht. Er hat viele Dinge nicht bedacht. Seine Achtung für Christian stieg.

„Du hast gesagt, dass er jetzt sechs Wochen auf Reisen sei?"

„Ja, das hat mir seine Büro-Tante gesagt. Die sind vor ein paar Tagen verschwunden."

„Bernd, ich denke, wir sollten mal schauen, ob wir ungesehen in seine Bude hinein kommen."

„Du willst bei ihm einbrechen? Wofür soll das denn gut sein?"

„Hast du Ahnung von Krypto-Währungen?"

„Nein, habe ich nicht."

„Also pass auf, du kannst Krypto-Währungen auf Bitcoin-Börsen halten, du kannst sie auf privaten Wallets halten und du kannst sie sogar auf Papier-Wallets aufbewahren, dann musst du nur einen Code drauf schreiben. Du kannst sie auch auf der Festplatte von deinem PC bunkern. Das ist die gefährlichste Methode. Die zweitgefährlichste ist die Bitcoin-Börse und die private Wallet ist die sicherste Lösung. Das weiß der. Was würdest du denn machen, wenn du für achtzig Millionen Bitcoins hättest?"

„Ich würde sie vermutlich auf so einer Bitcoin-Börse lassen. Aber ich verstehe ja auch nichts davon."

„Der Typ wird bei der Menge an Bitcoins die Dinger verteilen. Du hast mir doch erzählt, dass Mario dir gesagt hat, er habe ihm den Inhalt einer Wallet übertragen?"

Bernd nickte.

„Also soweit, wie ich das verstanden habe."

„Es spricht alles dafür, dass der Typ jede Menge Hardware-Wallets besitzt, auf die er seine Bitcoins verteilt hat. Dann würde ich an seiner Stelle auch noch welche auf Bitcoin-Börsen horten. Wenn du so viele Bitcoins hast, dann ist dein Problem, dass du jede Menge Passwörter aufbewahren musst. Du musst für die Hardware-Wallets auch sogenannte Wiederherstellungscodes aufbewahren, das ist alles eine Menge Zeug. Er kann das natürlich im Schließfach seiner Bank haben, aber selbst da ist es ja nicht hundertprozentig sicher. Wie ich es einschätze, wird er das Ganze gesplittet haben. Der hat bestimmt verschiedene Sicherheitsmechanismen. Ich denke, dass der ziemlich gut informiert ist, aber er ist bestimmt kein Profi. Wir sollten herausfinden, ob er in einem seiner Büros oder in seinem Haus einen Safe hat. Wenn der sechs Wochen unterwegs ist, dann haben wir viele Gelegenheiten, um uns das anzuschauen."

„Aber was ist, wenn sie uns bei dem Einbruch erwischen? Er könnte auch in seinen Büros Alarmanlagen haben."

Christian grinste.

„Ich rieche es, wenn da Alarmanlagen sind. Das ist doch nicht so schwer. Ich war im Knast, weil ich an einen Idioten von Hehler gekommen bin, der längst unter Beobachtung stand, als ich ihn besucht habe. Ich bin nicht im Knast gewesen, weil man mich bei einem Bruch erwischt hat. Denk doch mal nach. Für einen einfachen Einbruch liegt die Höchststrafe so bei fünf Jahren. Das ist Einbruchsdiebstahl. Was du vorschlägst, ist Erpressung mit Menschenraub. Da beträgt die Höchststrafe fünfzehn Jahre. Du weißt das doch. Bei deiner Entführung hast du bloß Glück gehabt, weil du das Kind sofort zurückgebracht hast. Wenn dein Opfer stirbt, dann sitzt du lebenslänglich. Das sind ganz andere Dimensionen. Ich würde auch nie in ein Haus einsteigen, wenn ich nicht ganz sicher wäre, dass da keiner drin ist. Ich bin nicht der Typ, der unten ins Haus einbricht und oben liegen die Leute in den Betten. Was dein Freund Mario gemacht hat, das ist wohl auch nur mit ganz viel Glück gut gegangen. In meinen Augen hat er nur Schwein gehabt, dass dieser Zimmermann ihn nicht zum Fenster rausgeworfen hat. Dann hätte er sich wohl nicht nur am Bein verletzt, sondern sie hätten ihn gleich in einer Kiste abtransportieren können. Und was macht Mario dort?"

„Ich war da, die haben jetzt eine Bar und ein Friseurgeschäft."

„Wow, imponiert mir. Ich finde es erstaunlich, dass er sein Kapital nicht mehr in Porsches investiert, damit er dieser blöden Schnepfe imponieren kann. Die habe ich einmal im Knast gesehen, diese aufgetakelte Schnalle. Sie hat ihn im Sommer besucht, in einem dünnen, kurzen Kleidchen. Alle Knackis im Besuchsraum bekamen Stielaugen und Schnappatmung. Nee, das finde ich gut. Er arbeitet als Friseur und betreibt nebenher eine Bar. Bloß bezweifle ich, dass Barbara das lange durchhält. Vermutlich findet sie es jetzt gerade toll in der Karibik. Barbesitzerin ist ja immerhin schon eine Steigerung gegenüber ihrem Bürojob bei dem Textilgroßhandel. Alle Achtung."

„Also du machst mit?"

„Ja, ich mache mit, aber nur, wenn wir es so machen, wie ich es sage. Ich bin noch nie wegen eines Einbruchs eingefahren. Dich haben sie bei der ersten Entführung schon hops genommen. Vergiss das nicht!"

„Was machen wir als Nächstes?"

„Wir müssen diese beiden Firmen anschauen. Wir fahren am Freitagabend an den Bodensee und beginnen mit der Beobachtung. Dann haben wir das ganze Wochenende Zeit."

„Und wie stellst du dir das genau vor?"

„Ich nehme meinen Kastenwagen, schraube falsche Nummern dran. In dem können wir auch übernachten. Ist zwar nicht sonderlich bequem, geht aber. Zum Glück ist es ja zur Zeit schön warm. Werde für dich eine zweite Matratze reinpacken. Dann stelle ich ihn irgendwo hin, wir schleichen uns raus und legen uns auf die Lauer. Wenn es irgendwie passt, dann steige ich auch gleich ein. Dann schaue ich mich um und wir verschwinden wieder. So einfach."

„Muss ich mich irgendwie vorbereiten, irgendetwas mitbringen?"

„Im Zweifel vielleicht Schuhe mit Sohlen, die keinen Krach

machen und dunkle Kleidung. Nimm eine Badehose und ein Handtuch mit. Ich besorge dunkle FFP2-Masken. Corona hat auch Vorteile. Es gibt heute so viele Kameras auf der Welt, das glaubst du gar nicht. Und sie sind so klein, dass du sie kaum noch siehst. Also dann, bis am Freitag."

Sie trafen sich am frühen Abend und fuhren in Richtung Bodensee. Nach weniger als zwei Stunden hatten sie ihr Ziel erreicht, Christian stellte den Mercedes-Kastenwagen ungefähr dreihundert Meter von Freddys deutschem Betrieb entfernt auf einem öffentlichen Parkplatz ab. Sie gingen erst mal ins Dorfzentrum, schauten sich um, versuchten, so zu wirken, wie zwei schwäbische Touristen. Dann setzten sie sich an der Schiffsanlegestelle auf eine Bank und betrachteten das Treiben. Es gab dort zwei Restaurants und ein Café mit einem Garten. Christian schlug vor, sich erst mal zu stärken, und sie setzten sich in den Garten, der vom See vielleicht fünfzig Meter entfernt lag. Die beiden bestellten sich etwas zu essen und tranken ein alkoholfreies Bier. Als sie fertig waren, war es schon relativ dunkel und sie gingen zuerst zum Auto, zogen sich um und von da liefen sie zu Freddys Halle. Christian achtete sehr genau auf Kameras, aber er fand keine. Bernd sagte:

„Du scheinst dich damit ja echt auszukennen."

„Das sollte ich auch. Natürlich muss ich technisch auf dem Laufenden sein. Ich habe dir schon gesagt, es langt, wenn du auf einer Kamera zu sehen bist. Dann bist du dran. Aber hier ist alles sauber."

Sie umkreisten die Halle einmal, dann kamen sie zu der Seite, wo sich das Büro befand. Christian leuchtete in die Fenster hinein, fand nichts.

„Keine Alarmanlage!"

Christian checkte das große Hallentor und dann die Tür zum Büro. Er überprüfte die Fenster, dann zauberte er ein Lockpicking-Set aus seinem Rucksack, ging zu der Bürotür und fummelte eine Weile mit dem Lockpicker am Schloss herum. Vorsichtig öffnete er es und sah nach Sensoren einer Alarmanlage. Er fand keine. Das Büro der Buchhalterin checkte er nur kurz, dann ging er in das von Freddy. Er prüfte, ob die Rollläden komplett runtergelassen waren.

„Wir wollen doch nicht, dass einer unsere Taschenlampen von außen sieht."

Bernd schloss die Läden des anderen Büros. Er war froh, dass er auch mal was tun konnte. Bisher stand er eigentlich nur die ganze Zeit herum und schaute zu. Christian machte sich an Freddys Büro, begann mit einem Schrank voll mit Ordnern. Er überprüfte einen nach dem anderen. Wenn er aus der Beschriftung den Inhalt nicht entnehmen konnte, dann nahm er den Ordner aus dem Schrank und checkte ihn. Beide trugen Handschuhe. Das Ganze ging relativ schnell. Danach kam ein kleines Sideboard dran.

„Weißt du, ich fange immer irgendwie von hinten an. Ich überprüfe erst die Sachen, von denen ich glaube, dass ich da nichts finden werde. Das ist eine Marotte von mir."

Auf dem Schreibtisch befand sich der Bildschirm und die Tastatur eines Desktop-PCs, ansonsten lagen nur ein paar Dinge herum, ein Fachbuch, etwas Schriftverkehr, ein paar Auftragsbestätigungen und eine Rechnung. Dann ging er an den Inhalt des Schreibtisches. Für den brauchte er mehr als eine halbe Stunde. Bernd ging immer mal wieder zur Tür, öffnete sie vorsichtig auf und lauschte nach draußen. Da Neumond war, war es ziemlich dunkel. In der rechten oberen Schublade des Schreibtisches fand Christian einige private Dinge, aber nichts Bedeutendes. Nach gut zwei Stunden sagte er:

„Ich glaube, hier ist nichts. Der Computer würde mich noch interessieren, aber ich fürchte, das übersteigt meine Fähigkeiten. Ich denke, die werden den Einbruch nicht bemerken."

„Und was machen wir jetzt?"

„Ich würde vorschlagen, dass wir zu seinem Schweizer Betrieb fahren und da mal nachschauen. So spät ist es ja noch nicht. Die beste Zeit dafür ist tatsächlich nach Mitternacht, wenn alles tief und fest schläft."

Sie fuhren in das kleine Dorf und parkten den Mercedes Sprinter in der Nähe von Freddys dortigem Betrieb. Christian hatte wieder seinen Rucksack mit den Arbeitsgeräten dabei, sie schlichen sich an die wesentlich kleinere Halle heran. Christian fand keine Kameras. Sie drangen in das Büro ein, hier gab es weniger Papierkrieg als im deutschen Betrieb und Christian war nach einer Stunde durch damit. Gefunden hat er wieder nichts.

„Bernd, der Tresor ist in seinem Haus. Er hat sicher einen."

Die beiden schlichen zu Freddys Wohnhaus rüber und sahen es sich an.

„Aha, die Alarmanlage ist ziemlich professionell. Das ist eher eine harte Nuss. Ich brauche gar nicht zu probieren, durch die Tür oder durch ein Fenster reinzukommen, das geht auf der Stelle schief. Ich nehme an, dass er auch die Kellerfenster gesichert hat. Im Moment fällt mir gerade nicht ein, wie wir in die Hütte reinkommen. Aber warte mal, das ist doch ein Holzhaus. Die einzige Chance, die ich sehe, ist, dass wir durch die Wand gehen."

„Oh Mann, da hast du dir was vorgenommen."

„Sind in der Regel nur zwei Holzplatten, ein bisschen Dämmung und eine Gipsplatte. Ich habe gescheites Werkzeug dabei, ich schätze, wenn wir jetzt anfangen, wären wir in einer Stunde durch."

Er sah auf seine Uhr.

„Da wird es dann aber hell. Wir vertagen es auf morgen. Das halte ich für die bessere Idee. Ich hätte es zwar gerne hinter mir, aber wir sollten dafür ausgeschlafen sein. Dann würde ich sagen, dass wir uns wieder verziehen und mit dem Sprinter irgendwo hinfahren, wo er nicht auffällt und da übernachten. Morgen machen wir wieder auf Touristen und sobald es dunkel wird, bohren wir uns ein Loch in die Bude, kriechen rein und schauen, was wir finden. Weißt du was, wir müssen herausbekommen, wo er sein Büro hat. Ich bin sicher, dass wir den Rest des Hauses gar nicht erst anschauen müssen und auch nicht anschauen können. Ich bin kein Elektronikspezialist, ich kann keine Alarmanlagen lahm legen und daher können wir uns auch nicht im Haus bewegen. Ich gehe jetzt noch mal an die Rückseite des Hauses, da ich mir vorstellen kann, dass er dort sein Büro hat. Hier vorne im Wohnzimmer ist sicher ein Bewegungsmelder. Ich vermute, wir kommen nicht ins Büro rein, ohne einen Bewegungsmelder zu aktivieren. Dann gibt es zwei Möglichkeiten, entweder eine Sirene heult los oder aber wir hören gar nichts. Dann hat er einen stillen Alarm, bekommt eine SMS oder die Polizei wird benachrichtigt."

Christian ging an die Rückseite des Hauses, Bernd folgte ihm. Christian leuchte mit der Taschenlampe durch die großen Fenster hinein.

„Wie ich mir gedacht habt. An den Fenstern sind Öffnungssensoren, aber ich kann keinen Bewegungsmelder im Büro entdecken. Das würde bedeuten, wir hätten eine Chance, wenn wir zur Wand rein kämen. So, und jetzt verduften wir."

17 – APP

Freddy war ganz stolz auf eine App auf seinem iPhone, die ihm übers Internet die Daten seiner Alarmanlage anzeigte. Wenn daheim ein böser Bube in seine Bude einbrechen würde, dann würde er das hier auf seinem Handy sehen. Er hat Öffnungssensoren an Türen und Fenstern sowie Bewegungsmelder. Sie haben die Anlage kurz vor ihrer Abreise installieren lassen und er hat sich noch nicht getraut, den Alarm direkt an einen Sicherheitsdienst oder die Polizei schicken zu lassen oder die Sirene in Gang zu setzen. Angst hatte er, dass er die ganze Gegend verrückt machte, wenn es einen Fehlalarm gäbe. Er bekäme eine SMS, wenn bei ihm ein Fenster oder eine Tür geöffnet würde. Aber er konnte sich auch nicht vorstellen, dass in der doch relativ dicht besiedelten Gegend einer bei ihm einsteigen würde. Vorsichtshalber schaltete eine Zeitschaltuhr abends eine Lampe im Wohnzimmer an.

Immer noch diskutierten sie übers Auswandern. Steffi meinte, sie seien doch schon in die Schweiz ausgewandert. Er kommentierte das immer damit, dass es zehn Kilometer weiter schon sehr fremdartige Kulturen gäbe. Freddy sagte, in seinen Augen sei es eigentlich auch gar nicht so wichtig, wo man sei, er meinte, das Wichtigste sei, was man dort tue.

Sie waren von der wirklich völlig andersartigen Kultur von Indien hellauf begeistert. Steffi sagte, wenn man in die USA oder nach Kanada reise, dann sei das auch etwas anders, aber eben nur ein bisschen. Man sähe eindeutig, dass letztlich europäische Auswanderer die Länder gegründet hätten. Das Gleiche gelte für Australien. Auch in Südamerika sei vieles eben doch nicht gar so fremdartig wie eben in Indien. Seltsamerweise interessierten sich beide kein bisschen für China und Japan. Aber Fred sagte, die Welt sei wirklich groß genug und überall könnte kein Mensch hinkommen. Ihm würde es völlig reichen, wenn er irgendwann die Plätze gesehen hätte, die ihn wirklich interessieren würden. Und noch vor siebzig Jahren wären solche Reisen auf keinen Fall möglich gewesen. Noch vor fünfzig Jahren wären die Flugpreise astronomisch hoch gewesen. Auf der anderen Seite bedauerte er, dass die Welt derart unsicher geworden sei. Er hätte von Leuten gehört, die in den sechziger Jahren völlig unbehelligt mit dem Auto durch den Iran, durch Afghanistan und Pakistan gereist seien. Heute müsste man in vielen Ländern höllisch aufpassen und wenn er sich die Meere betrachte, dann würde er immer öfter etwas über Piraten-Überfälle lesen und so etwas habe es früher nicht gegeben. Steffi meinte, dieses Übel sei auch auf die globalen Medien zurückzuführen, früher hätte man eben keine europäischen oder amerikanischen TV-Serien in armen Ländern gesehen und das hätte dann den Neid schon mal nicht geweckt.

Sie saßen in einem kleinen Ort in Kerala in einem Hotel mit etwa zehn Zimmern beim Frühstück. Das Hotel stand auf einer Klippe, von der es auf in den Fels eingeschlagenen Treppenstufen zum Strand runterging. Es stand etwas vom Ende der Klippe entfernt und das Frühstück wurde unter einem Dach aus Blättern direkt am Ende der Klippe mit einem grandiosen Blick über das Meer serviert. Plötzlich gab sein Telefon laut, Freddy schaute drauf. In der letzten Zeit hat er von seinen Mitarbeitern pro Woche vielleicht zweimal eine E-Mail oder eine Whatsapp mit einer Frage bekommen. Seine Firma war so weit weg von ihm, wie noch nie, seit er sie übernommen hat. Er hat sich schnell daran gewöhnt, es gefiel ihm sehr gut. Er sah, dass die App für seine Alarmanlage lange Kolonnen von Meldungen ausspuckte. Freddy lief es kalt den Rücken runter. Er begann zu fluchen.

„Gott verdelli, so eine Scheiße aber auch. Was ist denn da los? Wie spät ist es jetzt bei uns? Muss doch gegen Mittag sein, wer bricht denn da ein?“

Er las die Fehlermeldungen eine nach der anderen durch. Da stand irgendwas von *Failure* und nachdem er ungefähr fünfzig dieser Meldungen gelesen hat, schüttelte er den Kopf, beendete alle Apps auf dem iPhone und startete die Alarmanlagen-App neu. Danach sah er, dass die Anzeigen für die Sensoren alle wieder auf Grün standen. Das beruhigte ihn schon mal. Er sah dann noch mal in aller Ruhe die gespeicherten Fehlermeldungen durch und verkündete, dass es vermutlich bei ihnen einen etwas längeren Stromausfall gegeben habe und dass der Akku, der die Alarmanlage gegen Stromausfälle abpuffert, in der Zeit wohl leer gewesen sei. Sicherheitshalber schickte er seiner Mitarbeiterin eine Whatsapp, sie solle doch bitte mal zu seinem Haus rüber gehen und nachschauen, ob alles in Ordnung sei. Zu seiner Beruhigung bekam er nach zehn Minuten die Antwort, dort sei alles bestens.

18 – TRESOR

Bernd und Christian haben den ganzen Samstag wie Touristen verbracht. Sie frühstückten bei einem Bäcker, sie gingen im See baden, sie machten eine Schifffahrt, und anschließend gingen sie zum Mittagessen. Am Nachmittag liefen sie zum Strandbad, badeten wieder und sonnten sich.

Als es dann nach dem Abendessen endlich dunkel wurde, parkten sie den Mercedes Sprinter an einer etwas anderen Stelle als am Vortag. Christian nahm seinen Rucksack mit und sie gingen vorsichtig zu Freddys Haus. Das Haus war so gelegen, dass die Rückseite von keinem anderen Haus aus sichtbar war. Weiter oben begann der Wald, aber der war ziemlich weit vom Haus entfernt und sie hatten am Nachmittag überprüft, ob ein Wanderweg durch den Wald ginge, aber da war nichts.

Als sie sich näherten, bekam Bernd einen Schrecken, denn im Haus brannte Licht.

„Das Licht ist sicher nur durch eine Zeitschaltuhr gesteuert. Machen viele so“, beruhigte ihn Christian. Er hatte eine kleine, sehr leise Akku-Bohrmaschine und bohrte damit ein paar Löcher in die Gipsplatte und das Holz. Mit einer Stichsäge schnitt er ein Loch hinein, das groß genug war, um einen Mann durchkriechen zu lassen. Das Ganze dauerte ungefähr zwanzig Minuten. Sie nahmen das Stück heraus, legten es zur Seite, dann entfernten sie die gesamte Dämmung und diverse Kunststoffbahnen und er machte sich an die innere Lage. Das dauerte etwas länger, denn sie war dicker. Er musste auch noch ein paar Latten durchtrennen. Nach gut einer Stunde war das Haus für sie offen. Christian kroch hinein. Als er drinnen war, richtete er sich vorsichtig auf und überprüfte mit seiner Taschenlampe den gesamten Raum auf etwaige Bewegungsmelder und schloss die Tür. Dann ließ er die außen angebrachten Jalousien runter, damit draußen möglichst wenig von dem Schein der Taschenlampe zu sehen war. Bernd wartete hinter dem Haus, beobachtete die Umgebung und sollte ihn warnen, falls etwas Ungewöhnliches geschehe.

Christian machte sich an die Arbeit. Seiner Gewohnheit entsprechend prüfte er den gesamten Raum, er fand aber nur einen Schrank mit Ordnern und auf dem Schreibtisch ein

Notebook. Das Notebook reichte er Bernd raus und der packte es in eine Tasche. Auf dem Schreibtisch lag einiges an Papier. Das überprüfte Christian, aber er fand dabei nichts von Interesse. Dann machte er sich an den Schrank und checkte die Ordner, jedoch noch genauer als in den Büros der Firmen. Aber auch hier fand er nichts. Einige der Ordner sah er sich ganz genau an, Ordner mit Versicherungsunterlagen, Zeugnissen und Notar-Verträgen für Immobilien schaute er sich nicht an. In der hinteren Ecke des Raumes war ein kleiner Tresor am Boden festgeschraubt. Christian sah sich den Tresor an, nahm aus seinem Rucksack einen sehr großen Schraubenzieher und benutzte den, um den Tresor ein Stück vom Boden wegzuhebeln. Sah aus, als ob es klappen könnte. Er ging zu der Öffnung in der Außenwand, steckte den Kopf durch und sagte:

„Du musst mir helfen."

Bernd krabbelte durch die Öffnung, Christian zeigte ihm den Tresor. Er hat sich jetzt ein etwas größeres Montier-Eisen aus seinem Rucksack geholt und schaffte es innerhalb von fünf Minuten, den Tresor vom Boden zu lösen. Er mag einen Zentner gewogen haben. Zu zweit schleppten sie ihn zu der Öffnung, dann stießen sie ihn heraus und packten ihre Sachen. Christian fügte die Holzteile wieder in die Außenwand ein, leuchtete mit der Taschenlampe darauf:

„Aus der Ferne sieht man nichts."

Sie schleppten den Tresor und ihre Sachen zum Wagen und fuhren los.

19 – BACKWATERS

Freddy hat sich in seinem Leben bisher selten so frei gefühlt. Südlich von Kochi in Kerala fanden sie die *Backwaters,* ein verästeltes Netz von Seen und Flüssen im Hinterland, ein wenig entfernt vom Meer. Dort mieteten sie sich für ein paar Tage ein etwa dreizehn Meter langes Hausboot mit Besatzung. Die Boote wurden aus Holz, Bambus, Kokosfasern und anderen natürlichen Materialien hergestellt. Sie hatten ein richtiges Schlafzimmer mit Dusche, nicht so eine enge Kajüte wie sonst auf Booten. Hinten am Boot befand sich eine etwa zwei Quadratmeter große Kombüse, wo der Koch dreimal am Tag leckere Mahlzeiten zauberte. Sie befuhren unzählige Kanäle,

Seen und Flüsse, am Abend wurde das Boot am Ufer eines Kanals festgemacht und sie wanderten zu kleinen Dörfern. Hier luden manche Leute sie einfach in ihre Häuser und Hütten ein, boten ihnen Tee an. Eines Abends hörten sie vom Boot aus Musik, folgten den Klängen und landeten auf einem kleinen Dorffest. Sie hatten sich schon daran gewöhnt, dass speziell Kinder und Jugendliche Fremde einfach unverwandt anstarrten. Hier schien nicht die Aufführung auf der improvisierten Bühne die Attraktion zu sein, sondern sie. So viel Romantik packte auch den sonst so realistischen Freddy und er machte Steffi auf dem Boot nach einem Tag voller Liebesbekundungen einen Heiratsantrag.

Von Kochi in Kerala haben sie es bis zur Südspitze von Indien geschafft, sind dann in den Bundesstaat Tamil Nadu gewechselt, und haben den von Süden nach Norden mit Bussen und Bahnen durchquert, haben Tempel besichtigt, die Spuren der Kolonialmächte gesehen. Sie besuchten eine Stadt, der man ihre französische Vergangenheit ansah und natürlich viele Städte, wo das britische Empire seine Spuren hinterlassen hat. Sie fanden Indien unglaublich vielfältig, lernten viele freundliche Menschen kennen, sie aßen in Straßenrestaurants und fühlten sich so weit weg von ihrem normalen Leben wie noch nie. Sie staunten immer noch, wie man in so viel Armut glücklich wirken kann. Und sie lernten, dass manche finanziell besser gestellten Inder sich als ziemliche gierige Kotzbrocken erwiesen. Geld versaute eben überall den Charakter, kommentierte Freddy trocken. Sie schauen sich Auroville an, eine Stadt mit mittlerweile etwa dreitausend Einwohnern, die irgendwann mal als Zukunftsvision gegründet worden ist. Sie besuchten einen Ashram und erkannten, dass das für sie keine Lebensweise sei. In Stephanie und Freddy weckte diese Reise ein starkes Bedürfnis nach weiteren Reisen.

Sie kannten wenige Leute, die Indien schon mal besucht haben. Kurz vor ihrer Abreise hat ein Freund zu Freddy gesagt, da würde er nie hinreisen, weil er die ganze Armut und den Dreck nicht sehen möchte. Freddy hat ihm an den Kopf geworfen, er fände das ziemlich westlich arrogant. Da die beiden sich ihre Meinung aber schon immer ziemlich deutlich gesagt haben, tat das ihrer Freundschaft keinen Abbruch.

Sie nahmen dann ein Flugzeug nach Mumbai und sind von da aus quer durchs Land an die Ostküste, die Grenze zu

Bangladesch, dem früheren Ost-Bengalen gereist. Kalkutta übertraf alle ihre bisherigen Erlebnisse an sichtbarer Armut. In Indien sprang ihnen die doch recht starke Antipathie zwischen Hindus und Moslems direkt ins Auge. Dass nach Ende der Kolonialzeit sich das westliche und das östliche Indien zuerst als muslimisches Pakistan vom hinduistisch dominierten Indien getrennt hat, um sich dann später auch voneinander zu trennen, empfanden beide als symptomatisch, wie stark Religion hier doch war. Stephanie meinte, es sei wie bei einer Scheidung, Trennung sei immer noch besser, als im Streit vereint zu bleiben. Freddy wandte ein, hier stritten zumindest Pakistan und Indien immer noch weiter.

„Freddy, du könntest doch mit deiner ganzen Kohle hier ein Waisenhaus aufmachen?“

„Stimmt, könnte ich.“

„Das wäre mal eine sinnvolle Verwendung von Geld. Armen Kindern ohne Eltern eine halbwegs vernünftige Ausbildung bieten.“

„Du musst aber aufpassen, dass deine Kohle nicht in den Taschen von irgendwelchen Leuten landet, denen es sowieso schon gut geht. Das ist wahrscheinlich nicht so ganz einfach. Man sollte vielleicht auf lokale Organisationen zurückgreifen. Ich kenne einen in Deutschland, der sich damit auskennt. Mit dem sprechen wir mal.“

„Möchtest du nach Indien ziehen?“

„Ich glaube nicht.“

„Ich glaube, ich auch nicht.“

Und dann ist tatsächlich ihr letzter Tag gekommen, sie waren mittlerweile wieder in Delhi und flogen heim.

20 – WALLET

Christian fuhr auf dem schnellsten Weg nach Stuttgart zurück. Kurz vor seiner Wohnung parkte er den Sprinter vor einer Industrieruine und stieg mit Bernd zusammen in den Laderaum das Fahrzeugs. Mit zwei großen Schraubenziehern und einem Stemmeisen rückten sie dem Tresor zu Leibe, brauchten keine fünf Minuten, um ihn zu öffnen. Sie fanden einen Stoffbeutel mit sechs kleinen Elektronikkästchen, die Christian fachmännisch als Hardware-Wallets identifizierte, ein paar Zettel und etwas, dass so ähnlich aussah wie ein Schulheft.

Dann schleppten sie den Tresor um zwei Hausecken zu einem Platz, wo Christian vorher ein tiefes Loch gegraben hat. Sie schmissen ihn hinein und Christian schaufelte das Loch wieder zu. Sie haben die ganze Zeit sorgfältig darauf geachtet, ihn nicht ohne Handschuhe zu berühren. Den Spaten schmiss er auf der anderen Seite des Hauses auf einen Haufen Schrott, dann bestiegen sie den weißen Transporter wieder und fuhren zu Christian nach Hause. Er packte das Notebook, das Stoff-Säckchen, das Heft und die Papiere in seine Tasche, Bernd setzte sich in sein Auto und fuhr nach Hause und Christian ging mit der Tasche die Treppe zu seiner Wohnung hoch.

„Dass du mich auf keinen Fall bescheißt, gell", sagte Bernd noch, als er verschwand.

„Nein, natürlich nicht."

Christian hat sich am Montag frei genommen. Gleich nach dem Aufwachen machte er sich an die Arbeit. Als Erstes öffnete er das Stoff-Säckchen und schüttete den Inhalt auf seinen kleinen Wohnzimmertisch. Die sechs Hardware-Wallets fielen heraus. Die Dinger nützten ihm aber gar nichts, denn ohne den Code käme er nicht an sie heran. Er startete das Notebook, schlauerweise hatte er auch das Netzteil und die Maus mitgenommen. Wie erwartet, kam er über die Passwort-Eingabe nicht hinaus. Dummerweise war es auch noch ein relativ neues MacBook von Apple, von dem er wusste, dass es nicht so leicht zu knacken war. Er überlegte, ob er jemand kenne, der da vielleicht weiter käme. Aber dann dachte er, dass er sich im Gegensatz zu Bernd keine weiteren Mitwisser ins Boot holen wollte. Im Prinzip hielt er sowieso nichts von gemeinschaftlichen Aktionen, aber hier war ihm nichts anderes übrig geblieben. Er hat in seinem ganzen Leben mit Gemeinschaftsaktionen eigentlich überwiegend schlechte Erfahrungen gemacht. In der Regel kriegt man sich bei der Verteilung der Beute in die Haare. Das größte Risiko dabei war immer, dass einer davon im Suff anfing, zu schwätzen oder dass einer sich so blöd anstellte, dass die Bullen ihn erwischten. Er hat sich geschworen, nur noch alleine zu arbeiten, aber das, was der Bernd angeschleppt hat, ist ja zu verführerisch gewesen. Natürlich kannte er von sich das Gefühl, dass man nach erfolgreichem Einbruch am liebsten die Beute für sich alleine behalten mochte. Auch jetzt fühlte er wieder dieses Verlangen. Der Bernd war eigentlich nur ein Tippgeber gewesen. Gut, er hat ihm geholfen, aber er hätte ihn nicht unbedingt gebraucht. Den Tresor hätte er zur Not auch alleine zum Auto geschleppt. Ein Tippgeber bekam normalerweise zehn Prozent. Bernd wollte die Hälfte haben und er hat zugestimmt. Christian beschloss, seinen derzeitigen Partner nicht zu bescheißen. Er wusste aber auch, dass der Partner manchmal einfach davon ausging, beschissen zu werden, ganz gleich, ob es so war. Das war genauso gefährlich wie der echte Betrug. Er würde nachher die Beute aus seiner Wohnung entfernen. Viel zu gefährlich. Wenn das einer fände, dann wäre er dran.

Jetzt nahm er sich das Heft und die Papiere vor. Wort für Wort las er ganz genau durch, was er fand. Und er fand einiges. Da standen Codes, die aussahen wie die zu den Hardware-Wallets. Das wäre der schnellste Weg zum Glück. Dann fand er einen Zugang zu einer Bitcoin-Börse und auf der gleichen Seite etwas, das aussah wie ein Passwort. Er versprach sich zwar nicht allzu viel davon, setzte sich aber an sein Notebook, startete den Browser im Privat-Modus und stellte dann leider fest, dass ihm der Benutzername fehlte. Dieser Freddy würde seine E-Mail-Adresse benutzen, so wie die meisten Leute. Er probierte fred.monder@monder.de aus. Zu seiner Überraschung funktionierte das. Dann tippte er das Passwort ein, dachte sich aber dann, dass hier bestimmt eine Zwei-Faktor-Authentifizierung eingestellt war und dass Fred jetzt einen Code auf sein Handy geschickt bekäme. Erschrocken zuckte seine rechte Hand von der Tastatur zurück. Bloß nicht. Der wüsste dann sofort, dass einer seinen Zugang hätte, und würde Gegenmaßnahmen einleiten. So kam er nicht weiter.

Er hatte alles durchgelesen und nichts gefunden. Er stand auf, betrachtete das Papier, die Hardware-Wallets und das Notebook auf dem Tisch. Er nahm sich die Erste der Hardware-Wallets vor und begann die Codes einzugeben, die er in dem Heft gefunden hat. Er versprach sich eigentlich nichts von der Aktion, aber man muss es ja mal probieren. Zu seiner großen Überraschung kam er mit dem dritten Code weiter.

Aber das brachte ihm wiederum nichts. Die entsprechende Software könnte er ja noch auf seinem PC installieren, aber für das Konto bräuchte er wieder ein Passwort. Selbst wenn er das hätte, würde er wieder in die Zwei-Faktor-Authentifizierung reinlaufen. Offensichtlich hat dieser Typ nicht alle seine Geheimnisse in seinem Safe versteckt. Schade. Er vermutete, dass dieser Freddy diese Daten in verschiedenen Schließfächern gelagert hat. Nun gut, er hat ja auch nur vorgeschlagen, dass sie vor einer Entführung noch mal etwas Harmloses ausprobieren sollten, einfach mal reinschauen. Und das haben sie getan. Jetzt ist der Typ natürlich endgültig gewarnt. Wenn er wiederkommt und feststellt, dass er ein Loch in seinem Haus hat, dann wird er noch vorsichtiger werden. Es war sowieso erstaunlich, dass solche Leute Hardware-Wallets in einem Spielzeug-Tresor verstecken. Das müsste der wissen, der war ja Handwerker. Wenn der Mann schlau wäre, dann hat er die entscheidenden Sachen irgendwo versteckt, wo es wirklich keiner findet.

Christian sah jetzt noch mal die einzelnen Blätter ganz sorgsam durch. Er fand wieder nichts, was ihm in irgendeiner Weise nützte. Dann nahm er sich das Heft vor, in dem ungefähr zwanzig Seiten beschrieben waren. Teilweise völlig unverständlicher Buchstaben- und Zahlen-Salat. Christian fand auf der fünften Seite eine Gruppe von Wörtern, es waren genau dreiundzwanzig. Für eine bestimmte Hardware-Wallet brauchte man vierundzwanzig Worte. Dann wäre bloß die Frage, wo das fehlende Wort war. Seine Spannung stieg wieder an. Er stand kurz auf, kochte sich auf seiner altmodischen Maschine eine Kanne Kaffee. Dann schaute er die zwanzig Seiten noch mal ganz von vorne durch und fand wieder nur die dreiundzwanzig Worte. Er hat aber nur auf Listen geachtet. Jetzt scannte er die Seiten mit seinen Augen noch mal und achtete auf einzelne Worte. Auf der vorletzten Seite wurde er fündig. Da stand ein einzelnes Wort. Das Problem war nur, dass er nicht wusste, an welche Stelle das Wort gehörte, denn es war ein Unterschied, ob dieses Wort an der ersten Stelle, an der fünften oder an der letzten Stelle eingefügt wurde. Er schaute die Seite, auf der das einzelne Wort stand, noch mal ganz genau durch und fand freistehend mitten auf der Seite die Zahl Sechzehn. Gut, das würde er probieren.

Er machte direkt weiter. Suchte nach Verkaufsstellen des Wallet-Herstellers und fand in seiner Nähe keine einzige. Klar, das war ein Produkt, das man nicht im Laden kaufte. Also bestellte er das Teil, zahlte noch ein bisschen mehr, damit er es am nächsten Tag schon bekäme. Er mochte diesen riesigen Versender zwar auch nicht, aber er musste gestehen, dass die einem wenigstens genau sagten, wann ein Produkt geliefert wurde und dass man sich auch weitgehend darauf verlassen konnte. Christian war jetzt ziemlich gespannt. Den Rest des Tages über putzte er seine Bude. Bernd rief an und wollte zum wiederholten Male hören, dass er nicht die Absicht habe, ihn zu bescheißen und ob er etwas erreicht hätte. Aber er verstand seine Neugier. Am nächsten Tag musste er um fünf Uhr zur Arbeit raus. Am Abend war das Paket da. Eigentlich war er schon müde, als er zuhause ankam, aber die Spannung machte ihn wach.

Er packte die Wallet aus, schaute sich die Anleitungen an und installierte die dazugehörige Software auf seinem PC. Dann gab er die Wortkombination ein.

21 – COINS

Freddy schloss die Tür seines Haues auf. Er erwartete einen leicht muffigen Geruch, war aber positiv überrascht, dass der ausblieb. Er ließ seinen Rucksack im Wohnzimmer auf den Boden fallen, nahm Steffi ihren ab und legte ihn neben seinen. Dann ließ er sich auf das Sofa plumpsen.

„Hatte nicht erwartet, dass die Bude noch steht."

Stephanie lachte.

„Erstens hatten dir das deine Mitarbeiter schon gesagt und zweitens weiß ich gar nicht, warum das Haus umfallen sollte. Mein Büro hat es richtig geplant, aber vielleicht hast du schlampig gebaut, obwohl Handwerker für sich selbst eigentlich immer ziemlich gute Arbeit leisten. Nur bei den Bauten für die Kunden, da haben wir selbst mit der Firma Monder schon Überraschungen erlebt."

„Du immer mit deinen Sticheleien. Bei uns gibt's ziemlich wenig Reklamationen und das weißt du ganz genau."

„Man soll eben nie mit seinen Lieferanten das Bett teilen. Da gibt es immer solche Diskussionen."

„Ich glaube, ich schaue nachher mal in die Firma rüber."

„Damit hätte ich jetzt überhaupt nicht gerechnet", tat Steffi überrascht.

Freddy stand auf und ging ein Zimmer weiter in sein Büro rüber.

Steffi hörte einen lauten Fluch. Sie stand auf und folgte ihm.

„Jetzt schau dir das an!"

Steffi stand hinter ihm.

„Ich sehe nichts!"

„Der Tresor ist weg, mein Notebook auch!"

Freddy zeigte auf die Ecke. Dann ging er zwei Schritte nach vorne in Richtung Außenwand, sah nach unten, fluchte und trat mit dem Fuß dagegen. Ein Teil der Wand löste sich, fiel nach draußen und hinterließ ein viereckiges etwas unregelmäßig ausgesägtes Loch.

„Gott verdelli, das darf doch nicht wahr sein. Sägen die Kerle mir die Hauswand auf. So ein verdammter Scheißdreck."

„Freddy, was war in dem Tresor drin?"

„So ein paar Hardware-Wallets. Die nützen ihm gar nichts. Außerdem ein paar Merkhilfen für Passwörter auf Zugänge zu Krypto-Börsen und in einem Buch habe ich einen Recovery-Mode stehen, aber da fehlt immer mindestens ein Wort. Mir fällt auf Anhieb nichts ein, was die damit anfangen könnten. Ich habe die Coins auf so viele Börsen und Wallets verteilt, dass ich teilweise kaum noch selbst durchsteige."

„Aber du hast doch das meiste sowieso verkauft und das Geld liegt auf Bankkonten."

„Ja das stimmt. Gott sei Dank. Einen Schrecken bekommt man doch."

„Also ist es kein Schaden, den du richtig bemerkst?"

„Ich glaube nicht, aber stinken tut es mir trotzdem. Muss es noch bei der Polizei melden."

22 – TEUFELCHEN

Christian starrte auf den Bildschirm. Er hat soeben eine Hardware-Wallet mit achtzig Bitcoins neu aufgesetzt. Der Bitcoin hat zwar ganz schön Federn lassen müssen, aber einer davon war immer noch knapp vierzigtausend wert. Er multiplizierte ganz langsam im Kopf achtzig mal vierzig, das waren tatsächlich dreitausendzweihundert. Also hat er jetzt dreikommazwei Millionen erbeutet. Ihm wurde schwummerig. Christian zögerte dennoch keine Sekunde. Er hatte noch eine eigene Hardware-Wallet von einem anderen Hersteller und übertrug sofort drei Bitcoins von der frisch aufgesetzten Wallet auf die eigene. Nach einiger Zeit kontrollierte er die beiden Wallets und sah, dass die Übertragung stattgefunden hat. Das wiederholte er mit dem Rest. Als Nächstes schob er einen Bitcoin von seiner Wallet auf eine deutsche Bitcoin-Börse und sah nach einiger Zeit, dass dieser dort angekommen ist. Dort stellte er ihn zum Verkauf und hatte zwei Stunden später das Geld auf seinem Konto bei einer Bank, die mit der Bitcoin-Börse zusammenarbeitete. Daraufhin stellte er noch mal acht Bitcoins drauf und ging zu Bett. Am nächsten Morgen checkte er den Kurs und sah, dass der zwar wieder etwas gesunken ist, aber das war ihm völlig egal. Bevor er zur Arbeit ging, übertrug er den Rest der Bitcoins scheibchenweise auf die Börse und so hatte er nach drei Tagen das Geld auf seinem Konto.

Seit er die Anzahl an Bitcoins auf dem Monitor erblickt hat, tanzte ein kleines Teufelchen in seinem Kopf herum. Dieses Teufelchen regte ihn ständig an, ein paar kleine Gedanken daran zu verschwenden, ob man dem Bernd tatsächlich für seinen Tipp einskommasechs Millionen Euro geben musste. Müsste man? Zum Teufel war das verführerisch. Wenn er dem Bernd sechshunderttausend gäbe, dann wäre der auch zufrieden. Wie könnte der das kontrollieren? Würde Freddy herumposaunen, dass man ihm achtzig Bitcoins geklaut hätte? Wohl kaum. Der würde eher erzählen, man habe ihm alle geklaut, damit er wieder seine Ruhe hätte. Leute, die plötzlich reich geworden sind, wurden belästigt. Das wusste man doch. Christian entschloss sich, es genau so zu machen. Dann hätte er immer noch zweikommasechs Millionen übrig und die würde er gewinnbringend in der Dominikanischen Republik investieren. Er würde das Geld noch nicht mal auf sein Konto bei der Sparkasse überweisen, denn da könnte einer quatschen und dann würde es ihm gehen wie diesem Freddy. Schnell müsste er sein. Es bestünde ja immer die Möglichkeit, dass die Bank sich wundert. In Christian verdichtete sich der Plan, möglichst schnell aus Deutschland zu verduften. Außerdem hat er jetzt beschlossen, dass für Bernd vierhunderttausend genug seien.

23 – CHECK

Freddy ging als Erstes in seine Schweizer Firma, waren ja nur ein paar Meter zu Fuß. Er wollte eigentlich das Loch in seinem Haus gerne selbst wieder abdichten, ist dann aber in sein Büro gekommen und hat den Schreibtisch gesehen. Der lag voll mit Papier. Seine Büro-Mitarbeiterin hat ihm gesagt, dass da nichts wirklich Eiliges dabei sei, aber die Kollegin aus Deutschland habe angerufen und sie gebeten, ihn zu ihr zu schicken, denn sie hätte ein paar dringende Sachen mit ihm zu besprechen.

Daraufhin ging er in die Werkstatt, nahm einen Mitarbeiter mit zu seinem Haus rüber und erklärte ihm, dass er bitte noch heute anfangen solle, den Schaden zu beheben. Dann ging er noch mal ins Haus, gab Stephanie ein Küsschen, eilte zu seinem Jeep und fuhr in seine deutsche Firma. Dort angekommen, stürzte er sich auf der Stelle in die Büroarbeit. Bis zum späten Nachmittag hatten sie die paar wirklich dringenden Dinge erledigt und er fuhr wieder nach Hause. Er betrachte das Loch in seiner Wand. Von außen hatten sie schon ein Provisorium befestigt. Er lief in die Werkstatt rüber und sah, dass sie auf der Werkbank schon dabei waren, ein genau passendes Teil von der Wand anzufertigen. Das wäre wahrscheinlich am nächsten Tag fertig.

Dann ging er nach Hause und begann, seine gesamten Konten, die Bestände auf den Bitcoin-Börsen, seine Wallets, die er in mehreren verborgenen Fächern in der Holzwand seines Hauses oben unter dem Dach sowie an vier Stellen im Keller verteilt hat, zu checken. Es fehlte nichts. Dann fiel ihm ein, dass er in seinem Tresor ein Säckchen mit vier Hardware-Wallets aufbewahrt hat. Freddy bestellte sich auf der Stelle zehn neue und gleich noch ein neues Notebook. Die Daten waren in einer Cloud gesichert. Er ging selbstkritisch zu Werke, fragte sich, was er falsch gemacht habe. Er hat gewusst, dass der Tresor ein Witz gewesen ist. Er würde sich jetzt ein Trumm von ein paar hundert Kilo bestellen. Außerdem gehörten sämtliche Zugangscodes sowie die Wiederherstellungslisten auf eine Art verschlüsselt, die nur er wieder zusammensetzen konnte. Er schaute sich ein paar Youtube-Videos zum Thema an und wurde schlauer. Außerdem gehörte das meiste davon in das Schließfach bei der Bank, aber auch da so, dass keiner, der das Schließfach ausräumen würde, etwas damit anfangen konnte, denn auch das war nicht ausgeschlossen. Sein Notebook hielt er für sicher genug. Offenbar hat auch keiner versucht, es einzuschalten. Es hätte sich in dem Moment nämlich selbst gelöscht.

Freddy war froh, dass er die meisten Bitcoins zu Geld gemacht hat, denn Bankkonten waren immer noch sehr sicher. Aber es hat auch schon genug Überfälle gegeben, bei denen Leute mit einer Pistole am Kopf gezwungen wurden, Geld zu überweisen, so ähnlich wie bei ihm. Wie man es auch drehte und wendete. Der Besitz von viel Geld war riskant. Es gab offenbar genug Leute, die vor nichts zurückschreckten, um an fremder Menschen Geld zu gelangen.

24 – CASH

Christian informierte am nächsten Morgen Bernd darüber, dass er Bitcoins im Wert von achthunderttausend ergattert hätte und dass er davon vierhunderttausend abbekäme.

„Wie hättest du denn gern deinen Anteil, in Bitcoins?“

„Das ist ja wunderbar. Vielleicht findest du ja noch mehr?“

„Nein, ich habe alles genau durchgeschaut, das war es.“

„Mit den Bitcoins kann ich nichts anfangen. Ich brauche es in bar.“

„Hör zu, Bernd. Ich habe auf einem Konto bei einer Bank, die mit der Bitcoin-Börse verbunden ist, achthunderttausend. Davon gehört dir die Hälfte. Das ist eine reine Online-Bank. Die haben keine Kassen. Ich kann dir das Geld nur überweisen. Ich brauche ein Konto von dir oder du kannst ein Konto von irgend jemand anderem benutzen, aber ich kann dir das Geld nicht in bar geben. Dann müsste ich es bei mir auf die Sparkasse überweisen und da bin ich bekannt und mein Ruf dort ist nicht der allerbeste, wie du dir vorstellen kannst. Wenn ich achthunderttausend dahin überweise, dann quatschen die rum und wenn ich Pech habe, erfährt es die Polizei. Das kann ich nicht machen. Du musst einen Weg finden, dass ich dir das Geld überweisen kann.“

„Das geht nicht. Du spinnst ja wohl, per Überweisung. Gegen mich laufen so viele Vollstreckungen, ich habe die eidesstattliche Versicherung abgegeben. Auf der Bank kann ich gar nichts damit anfangen. Wie stellst du dir das vor. Wenn ich plötzlich so viel Geld habe, dann stellen die Fragen.“

Christian wurde langsam sauer.

„Bernd, ich kann nichts dafür, dass ich das Geld in Bitcoins habe. Was soll ich denn machen? Mensch, Bernd, denk doch mal nach. Dann fliegst du halt wieder in die Domrep und machst ein Konto auf. Kannst gleich da bleiben. Davon kannst du lange leben. Dann nimm doch die Chance wahr und kremple endlich dein Leben um. Du hast mir doch von Mario erzählt. Der hat weniger Geld gehabt als du und jetzt besitzt er eine Bar und einen Friseursalon. Der hat's richtig gemacht. Was hält dich hier eigentlich? Jetzt hast du einmal die Chance, dein Leben wirklich zu ändern und du tust es nicht. In der Domrep kannst du so viele Konten eröffnen, wie du willst. Dahin kann ich's überweisen. Ich kann dir ein paar Tausender in Cash vorschießen, dann kannst du dahin fliegen und alles organisieren."

Bernd zeterte weiter. Christian dachte, der Typ gehe ihm dermaßen auf den Sack. Erst wollte er unbedingt ein großes Ding drehen, dann hat er durch seine Cleverness einen Riesenhaufen Geld verdient und jetzt kriegte er den Arsch nicht hoch. Der steckte noch in der Bargeldwirtschaft, alles cash auf die Kralle.

„Ich kann doch nicht so einfach hier verschwinden, so von einem Tag auf den anderen."

Christian versuchte, den in ihm nicht nur aufsteigenden, sondern jetzt offen ausgebrochenen Ärger zu bekämpfen. Er hat zu oft gesehen, dass nach einem erfolgreich durchgezogenen Ding die Leute sich sofort an die Köpfe kriegen, so etwas sollte ihm nicht passieren. Er dachte nach, während Bernd weiter meckerte. Dann unterbrach er ihn mitten in seinem Redefluss:

„Jetzt hältst du mal die Klappe. Ich fliege in die Dominikanische Republik, mache mich dort legal und eröffne sofort ein Konto. Auf dieses Konto hole ich dann das Geld und dann lassen wir es auf diesem Konto liegen. Da drüben kann ich dir dann auch gerne dein Geld in Dollar oder in Pesos geben, wenn du eine große Schubkarre mitbringst. Damit wären alle Probleme gelöst. Hier in Deutschland ist es viel zu riskant."

Bernd hat tatsächlich seinen Redefluss gestoppt.

„Ja, das klingt vernünftig. Ich sehe ja ein, dass du es nicht in bar hast."

25 – CODEWÖRTER

Freddy war seit ihrer Rückkehr tierisch beschäftigt.

„Steffi, es ist normal, dass ein Haufen Arbeit auf dem Tisch liegt, wenn man eineinhalb Monate verschwindet. Grundsätzlich muss ich sagen, dass es in beiden Läden hervorragend gelaufen ist. Ich kenne einen Typen aus der IT-Branche, der hat mir erzählt, dass ihm der Umsatz seiner Firma auf die Hälfte eingebrochen ist, wenn er ein paar Wochen weg war. Der hat immer gesagt, so teure Ferien, wie er mache, die gäbe es gar nicht. Man müsse einfach nur den Verlust in der Firma auf die Kosten für den Urlaub draufschlagen, und schon sei er im stark fünfstelligen Bereich gelandet."

„Es gibt sehr wohl Inseln zu mieten, die für ein paar Wochen hohe fünf- oder sechsstellige Beträge kosten."

„Ja klar, der wollte die Sache ja nur illustrieren. Und ich will damit sagen, dass das in meinem Fall nicht so war. Gut. Handwerk ist auch was anderes. Ich brauche vielleicht noch zwei Tage, dann bin ich à jour!"

Er war gerade nach Hause gekommen. Ein paar Pakete waren für ihn eingetroffen. Freddy ging in sein Büro, öffnete zuerst das größere, in dem offenbar das neue Notebook drin war und machte sich an die Arbeit. Nach zwei Stunden war er so weit, dass er damit halbwegs arbeiten konnte. Er machte mit seiner finanziellen Bestandsaufnahme weiter und musste nur noch drei der neu aufgesetzten Hardware-Wallets checken. Etwas später hörte Steffi lautes Gebrüll aus Freds Büro.

Steffi kam angelaufen:

„Achtzig Bitcoins sind weg!"

„Das ist Scheiße!"

„Ich weiß auch, wie es passiert ist. In dem Tresor war ein Heft, und in dem Heft habe ich nur leicht verändert diese vierundzwanzig Codewörter von der Hardware-Wallet aufgeschrieben und eigentlich wollte ich diese Seite noch rausreißen und im Bankschließfach verstecken, aber das habe ich vergessen."

„Wie viel Geld ist das?"

„Nach heutigem Tarif so ungefähr drei Millionen."

„Na gut, dass dein Kinder-Tresor kein Fort Knox ist, das habe ich dir ja schon mal gesagt."

„Ich liebe Leute, die nachträglich alles besser wissen."

„Freddy, den Verlust kannst du verschmerzen."

„Es stinkt mir trotzdem. Ich glaube, ich denke mal in einer stillen Stunde drüber nach, ob wir die Kerle irgendwie erwischen können."

„Freddy, das kann jeder sein. Jeder, der mitbekommen hat, dass du einen Haufen Kohle hast. Und das stand auch in der Bild-Zeitung. Noch mehr Public Relations konntest du gar nicht haben."

„Aber ich muss mir was ausdenken, dass mir sowas nicht noch mal passieren kann. Und außerdem würde es mich jucken, die Kerle aufzutreiben. Vielleicht sind die auch in der Domrep. In diesem verdammten Verbrecher-Sumpf."

„Sag mal Freddy, passiert das öfter, dass Leuten ihre Bitcoins geklaut werden?“

„Ich denke schon, aber mir sind keine Fälle bekannt. Was ich allerdings weiß, ist, dass Leute ihre Bitcoins verloren haben, weil sie ein Passwort vergessen haben oder aus anderen Gründen. Da gibt es angeblich einen Engländer, der hat zu einem Zeitpunkt über siebentausend Bitcoins auf einer Festplatte gehabt, als die noch ganz wenig wert waren. Dann ist der Bitcoin immer teurer geworden und der Mann hat sich daran erinnert. Nur hat er wohl in der Zwischenzeit leider seine Festplatte auf den Müll geschmissen. So viele Bitcoins wären zum Höchstpreis etwas in der Größenordnung von vierhundert Millionen gewesen. Ich glaube, der hat die ganze Müllkippe umkrempeln lassen. Das war wohl kein Armer. Aber Erfolg hatte die Aktion nicht.“

Steffi lachte.

„Soweit ich weiß, sind von den achtzehn oder neunzehn Millionen Bitcoins, die es mittlerweile gibt, schon über drei Millionen verloren. Maximal wird es nur einundzwanzig Millionen geben, das ist im Bitcoin-Code so festgelegt. Wenn man davon ausgeht, dass bis dahin vielleicht fünf Millionen verloren sind, wird es also nur sechzehn Millionen Bitcoins geben.“

26 – ABFLUG

Eigentlich ist Christian's Plan immer gewesen, nach einem großen Ding noch eine Weile ganz normal weiter zu leben, damit keiner einen Zusammenhang zwischen ihm und dem Diebstahl herstellen konnte. Aber Bernd mit seinem Misstrauen und seiner Reizbarkeit durchkreuzte diesen Plan. Und außerdem fragte er sich, wie denn jemand einen Zusammenhang zwischen ihm und Freddy herstellen sollte und begann, seinen baldigen Abflug zu planen.

Also machte er sich daran, seinen Kastenwagen zu verkaufen, er kündigte seinen Vertrag mit dem Paketdienst und sie ließen ihn zum Glück kurzfristig raus. Dann kündigte er seine Wohnung. Da er einen Nachmieter vorweisen konnte, ging auch das sehr schnell. Er schoss wie versprochen Bernd ein paar tausend Euro vor. Als er sie ihm brachte, fing der wieder an, zu zetern, er brauche das Ganze in Deutschland in bar, aber er regte sich nicht mehr so auf wie beim ersten Mal. Langsam ging ihm der immer mehr auf die Eier.

Christian fühlte sich gegenüber Bernd in puncto Cleverness bei weitem überlegen. Der Idiot hätte doch tatsächlich die Freundin von Freddy gekidnappt. Für Christian war Entführung so ziemlich das Allerletzte. Wie oft ist es Leuten passiert, dass sie vom Opfer gesehen wurden und ihnen nichts anderes übrig blieb, als es umzubringen. Da hatte man dann einen Mord am Hals. Er hat sich noch mal ganz ausführlich im Internet nach Möglichkeiten umgetan, einen Macintosh zu hacken, aber keinen Weg gefunden, wie er an dem Passwort vorbei käme. Das Gefährliche an diesen Macs war auch, dass sie eine Funktion zum Auffinden des Geräts hatten, die dem ursprünglichen Besitzer in dem Moment, wo der Computer eingeschaltet wurde, anzeigte, wo er sich befand und ihn gleichzeitig komplett löschte. Das hat Christian vorher nicht gewusst und er war heilfroh, dass er es gar nicht erst probiert hat. Da hätte er sich dann gewundert, wenn kurz nach Einschalten des Geräts die Polizei bei ihm an der Tür geklingelt hätte. Aber er hat es ja schon zu Bernd gesagt, dass das nicht seine Kragenweite sei. Den Mac hat er in den Neckar geschmissen und die Papiere landeten in der Mülltonne.

Christian hat bei der dominikanischen Botschaft einen Antrag auf ein Investoren-Visum gestellt und flog dann alsbald dorthin, stieg zuerst in einem schönen Hotel in Punta Cana ab, mietete sich ein Auto und fuhr zehn Tage lang kreuz und quer über die Insel. Er hat Deutschland ohne jede Wehmut verlassen, er hatte keine Familie, kaum Freunde und wenn, dann waren das ehemalige Knackis. Er besaß in Deutschland nichts und so ergriff er die Chance zu einem Neuanfang beim Schopf. Christian hatte nicht die Absicht, einfach nur von seinem Geld zu leben, nein, er wollte sich nach Marios Vorbild eine Kneipe oder etwas in der Art zulegen, von dem man gut leben konnte, vielleicht auch ein kleines Hotel. Das hätte den Vorteil, dass er es verkaufen könnte, wenn er später mal nach Deutschland zurückwollte. Der Erlös würde die Herkunft seines Geldes erklären. Das war eigentlich Geldwäsche vom Allerfeinsten. Nach vielen Jahren interessiert sich dann keiner mehr dafür, mit welchem Geld er das Hotel damals erworben hat.

Christian fragte sich, was wohl aus Bernd würde. Der hat immer so eine große Klappe gehabt, dass er bei der ersten Gelegenheit abhauen würde, aber bisher ist er hier nicht aufgetaucht. Nach zehn Tagen hat Christian entschieden, sich im

Norden in der Gegend anzusiedeln, wo Mario lebte. Die Hauptstadt war ihm zu dominikanisch, Punta Cana zu touristisch und so mietete er sich eine schöne, möblierte Wohnung mit Meerblick, eröffnete bei mehreren Banken Konten und verteilte sein Geld auf diesen. Gleichzeitig organisierte er sich eine Spanisch-Lehrerin, denn er wollte mitreden können. Er fing mit täglich zwei Stunden an. Außerdem heuerte er einen Surflehrer an. Er hat sich das Treiben am Strand angeschaut und wollte dazu gehören. Nachdem er dann noch ein paar Makler besucht hat und ihnen erzählt hat, er suche ein kleines Hotel, da hatte er plötzlich genug zu tun. Sein Leben war ausgefüllt, einfach so, zack!

27 – VERJÄHRUNG

Und dann kam er doch noch. Kreuzte einfach bei Christian auf. Bernd. Christian hat nicht so schnell mit ihm gerechnet. Er hatte ihm kurz nach seinem Eintreffen in der Domrep seine neue Mobilnummer gegeben und viel später kam eine Whatsapp, in der Bernd fragte, wo er ihn denn finden könnte. Als er die geschickt hat, war er schon auf der Insel. Und jetzt stand er einfach da. Christian war ehrlich erfreut.

„Bernd, hast du dir doch noch ein Herz gefasst. Fehlt dir der Gerüstbau schon?“

Bernd ging auf ihn zu und umarmte ihn. Christian überraschte das, denn Bernd war für ihn nicht so der emotionale Typ. Christian war gerade von einer Hotel-Besichtigung zurückgekommen.

Er hat bis jetzt ungefähr ein Dutzend Hotels besichtigt, er hatte sich bei einigen Hoteliers über die saisonale Auslastung erkundigt, er hat sich über Hotelzimmer-Preise schlau gemacht und einige Hoteliers auch direkt gefragt, ob sie mit ihrer Bude denn Geld verdienen würden und alle hatten ausnahmslos bestätigt, dass das ein ziemlich gutes Geschäft sei, man müsse es nur richtig betreiben. Zwei haben ihm gesagt, er solle sich als Quereinsteiger keine Gedanken machen, das könnte man lernen.

Und jetzt stand Bernd hier. Christian nahm ihn am Arm und führte ihn in seine Wohnung, es war später Nachmittag.

„Ich finde, Bernd, wir könnten auf unser Wiedersehen schon mal ein Bierchen trinken.“

Bernd nickte und Christian holte zwei Bier aus dem

Kühlschrank.

„Was machst du denn jetzt so?", wollte Bernd wissen.

Christian zuckte zusammen. Er hatte sich Hotels für jeweils mehr als eine Million angesehen und Bernd durfte das nicht mitbekommen. Er hatte ja offiziell nur vierhunderttausend. Dann würde er sofort Verdacht schöpfen, dass genau das eingetreten sei, was er die ganze Zeit befürchtet hatte, dass Christian ihn beschissen hat. Christian dachte noch ganz schnell bei sich, Bernd sei leider der Typ, der immer beschissen wurde, weil er sich nämlich bescheißen ließ. Christian wusste auch nicht, ob man hier auf der Insel an Hypothekendarlehen käme, weil er nämlich genug Geld hatte. Er hätte sonst behaupten können, dass eine Bank den fehlenden Teil finanzieren würde.

„Du, ich schaue mir gerade Hotels an."

„Aha, dann musst du ja viel Geld haben, viel mehr als ich. Hast du mich doch beschissen?"

„Nein, habe ich nicht. Es gibt auch kleine Hotels. Ich bin noch nicht so ganz sicher, was ich machen soll. Vielleicht sollte ich Bootstouren auf dem Meer anbieten. Hier kannst du alles Mögliche machen. Alles, was Touristen beschäftigt, bringt Geld. Touristen können mit ihrer Zeit nichts anfangen, also muss man ihnen was bieten. Ich habe auch schon über Quad-Touren nachgedacht. Ich weiß es einfach nicht. Aber eines wollte ich dir mal sagen. Als ich diese achthunderttausend gefunden habe, da hättest du dich ruhig ein bisschen mehr freuen können. Ich brauchte noch nicht mal jemanden zu entführen."

„Kann ich ja immer noch machen. Wenn etwas Gras über den plötzlichen Reichtum dieses Millionärs gewachsen ist, wird er bestimmt wieder unvorsichtig."

„Entschuldigung, du hast doch gesagt, dass du eigentlich bewunderst, wie der Mario sich konsequent auf ehrliches Geschäft verlegt hat. Der hat halb so viel Geld wie du. Auch du kannst dir hier ein Hotel kaufen. Dann hast du was, von dem du leben kannst und du musst nicht mehr auf Gerüsten herumrennen und dir in Deutschland den Arsch abfrieren."

„Wir könnten doch ein Hotel zusammen kaufen. Dann können wir uns die Arbeit teilen und uns was Größeres zulegen."

Jetzt war bei Christian wieder schnelles Denken gefragt. Er hatte nicht die geringste Lust, sich mit Bernd zusammenzutun. Schon jetzt freute er sich nicht mehr über Bernds Besuch.

Natürlich hatte er Schiss davor, dass der irgendwie herausfinden könnte, dass er ihn betrogen hat. Er hat Bernd im Knast einmal im Zorn erlebt und dieser Zorn hat sich damals nicht gegen ihn gerichtet. Aber er hat damals gedacht, dass er nicht gerne das Ziel von Bernds Zorn wäre.

„Du, ich weiß nicht so recht. Ich bin ein Einzelgänger. Du weißt, dass das bei mir Prinzip ist. Bei der Geschichte mit dem Zimmermann konnte ich nicht widerstehen, aber ansonsten mache ich meinen Kram lieber alleine. Also sei mir nicht böse, aber ich will nicht. In der Gegend von Punta Cana ist die Auslastung der Hotels natürlich schon deutlich besser als hier. Ich würde es so machen, wie ich. Nimm dein Mietauto und schau dir die ganze Insel an. Such vorher nach Verkaufsangeboten. Vielleicht kannst du ja auch eine Gerüstbau-Firma aufmachen. Wenn ich mir anschaue, auf was für schwankenden Leitern die ihre Arbeiten hier verrichten, da gäbe es für einen Profi sicher eine gute Chance. Vielleicht kannst du dich ja bei Mario beteiligen. Wir können ihn ja heute Abend in seiner Bar besuchen."

Bernd ging wieder und checkte in einem Hotel in der Nähe ein und sie aßen gemeinsam zu Abend. Dann fuhren sie mit Christians Auto nach Cabarete, parkten und liefen zu Marios Friseursalon. Mario war da, saß auf einem seiner Sessel und fummelte an seinem Handy herum.

„Mario, altes Haus, wir sind wieder da."

Er sah sie mit offenem Mund an.

„Ihr?"

„Ja, wir."

„Was macht ihr denn hier?"

„In Marios Bar einen trinken gehen. Dumme Frage!", kommentierte Christian.

Christian war die ganze Situation sowas von unangenehm, obwohl er zugeben musste, dass er mit Bernd hätte rechnen müssen. Jetzt wollte der sich geschäftlich auch noch dauerhaft mit ihm verbandeln. Blanker Horror. Am liebsten würde er ihn von hinten sehen. Aber jetzt musste er erst mal den Abend überstehen. Christians Absicht, sich hier etwas zu kaufen, geriet deutlich ins Wanken.

Mario schaute auf die Uhr und sagte:

„Von mir aus können wir gerade rüber gehen. Jetzt kommt eh keiner mehr."

„Wie läuft dein Laden?", wollte Bernd wissen.

„Du die laufen beide hervorragend. Wir sind gerade dabei, uns Häuser anzuschauen. Uns geht's richtig gut."

Zu dritt gingen sie in Marios Bar. Barbara war überrascht, Bernd zu sehen. Christian kannte sie noch nicht. Es war schon einiges los. Mario blieb nichts anderes übrig, als die beiden an einem Tisch zu platzieren und dabei zu helfen, die Leute zu bedienen. Er brachte ihnen Bier und auf Bernds Wunsch Rum.

„Schau mal Bernd, die beiden wirken mittlerweile ganz schön routiniert. Ich glaube, das ist ein gutes Geschäft. Wäre doch was für dich."

„Christian, ich habe nicht so viel Geld, dass ich mir hier Fehlschläge leisten könnte."

„Noch hast du gar nichts, aber schon morgen könntest du hier ein Konto eröffnen. Dann kann ich dir dein Geld überweisen und es ist ziemlich viel Geld!"

„Christian, ich habe mir noch gar keine Gedanken gemacht, was ich tun möchte. Ich weiß noch nicht mal, ob ich hierbleiben möchte. Vielleicht hole ich mir einfach nur ein Teil von meinem Geld ab. Was soll ich denn hier tun?"

Das hörte Christian gerne, der Kerl sollte seine Kohle nehmen und abdampfen, je eher, desto besser. Aber gleichzeitig dachte er, solche Typen sind Idioten. Keine Fantasie, sich was aufzubauen. Hatte die Chance, aus seinem Scheiß-Leben auszusteigen, und würde stattdessen vermutlich immer mal wieder Geld für irgendwelchen Blödsinn wie Autos zum Fenster rauswerfen. So lange, bis er nichts mehr hatte. Er kannte einen, der hat eine Million im Lotto gewonnen und in genau einem Jahr vernichtet. Neulich hat er was über einen gelesen, der hat neun oder zehn Millionen gewonnen und für die ersten zwei Millionen davon nur ein paar Wochen gebraucht. Diese Typen sind einfach zu dämlich. Können nicht mit Geld umgehen. Haben kein Gefühl, dafür, was viel Geld ist und was nicht viel Geld ist.

„Schau mal Bernd, die Schnepfe von Mario sieht nicht sehr glücklich aus. Du hast mir doch erzählt, sie wolle die große Dame spielen und habe bei deinem letzten Besuch einen total glücklichen Eindruck gemacht. Ja Scheiße, jetzt stellt die große Dame fest, dass sie jeden Abend bis um eins buckeln muss, bis der letzte Besoffene draußen ist. Mann, mit solchen Frauen könntest du mich jagen."

„Beim letzten Mal sah sie glücklich aus."

Mario kam an ihren Tisch, etwas später gesellte sich auch Barbara zu.

„Erzählt doch mal, wie ist es euch ergangen?"

„Sehr gut, bloß ein bisschen viel Arbeit."

Mario lachte. Er sah Barbara an, die lachte nicht.

„Barbara, du wirkst nicht so ganz zufrieden?", meinte Bernd.

„Ja, es ist halt immer dasselbe und wenn man krank ist, dann muss man trotzdem arbeiten."

Sie sah Mario vorwurfsvoll an. Der wehrte sich sofort.

„Wir haben mittlerweile in der Bar eine fest Angestellte und eine Aushilfe. Wann warst du das letzte Mal da, Bernd? Ist gar nicht so lange her!"

„Stimmt!."

„Weißt du was, wir mussten auch erst unsere Erfahrungen machen. Wir haben vor zwei Monaten begonnen, die ersten Leute einzustellen. Und da haben wir gelernt, dass erstens nicht jeder, der angeblich arbeiten will, auch arbeiten kann. Außerdem haben wir erlebt, dass Leute in die Kasse greifen, dass sie dich bescheißen. Wir haben beide bisher weder Angestellte gehabt noch in der Gastronomie gearbeitet. Ich finde, dafür machen wir das ziemlich gut. Ich habe auch Friseure eingestellt und wieder rausgeschmissen. Ich werde vermutlich demnächst den Friseurladen nur noch fünf Tage pro Woche tagsüber betreiben und wir werden die Bar zusammen machen. Für die Bar haben wir eine Menge gute Ideen, fürs Haareschneiden nicht. Also werden wir uns konzentrieren. Wir verdienen mit der Bar deutlich mehr. Es kann aber auch sein, dass wir irgendwann woanders hinziehen", stellte Mario mit Nachdruck fest.

„Mein lieber Mario, bevor du wieder woanders hin darfst, müsst ihr noch neunzehn Jahre warten, wenn ich das richtig einschätze", warf Christian Mario an den Kopf.

„Wie bitte?", entfuhr es Barbara.

„Soweit ich das noch erinnere, war das räuberische Erpressung. Das verjährt nach frühestens zwanzig Jahren", sagte Christian.

Mario sah Barbara an. Die schüttelte den Kopf.

„Wir haben darüber gesprochen, dann habe ich es aber vergessen. Wir können also die nächsten neunzehn Jahre nicht nach Deutschland zurück?", fragte Barbara nach.

Mario nickte.

„Wenn er es sagt. Es sei denn, ich könnte irgendwas

auspacken und einen Deal mit der Staatsanwaltschaft machen. Dann sähe es vielleicht anders aus."

„Verzeiht, aber ich wollte keinen Unfrieden zwischen euch stiften, das tut mir leid!", entschuldigte sich Christian.

„Wenn es so ist, dann kann man es auch sagen", meinte Mario und stellte gleich eine Gegenfrage:

„Aber sag mal, was macht denn ihr beide hier bei uns? Zeit habt ihr offensichtlich auch? Habt ihr vielleicht irgendwie einen guten Deal gemacht? Auf die ganz Schnelle viel Geld verdient?"

Bernd legte sofort los, Christian konnte gar nicht mehr eingreifen.

„Ja, wir haben zusammen was Schönes gemacht, was uns ziemlich viel Geld eingebracht hat."

Christian warf Bernd einen durchbohrenden Blick zu.

„Kannst auch nicht die Klappe halten oder?"

„Ach, das ist ja interessant."

„Wir haben uns am gleichen Typ bedient wie du."

Christian ließ seinen Kopf auf den Tisch sinken und stützte seine Stirn mit den Handflächen ab.

Mario sah sehr interessiert aus. Er grinste.

„Ihr habt seine Freundin entführt?"

„Nein, haben wir nicht", widersprach Bernd.

Christian stand auf, packte Bernd am Arm, zerrte ihn in die Gasse, die zur Hauptstraße führte. Nach etwa hundert Metern blieb er stehen.

„Bist du wahnsinnig? Der hat doch vorhin gesagt, er könnte wieder nach Deutschland, falls er einen Deal mit der Staatsanwaltschaft machen würde. Jetzt hast du ihm alles geliefert. Du bist so dämlich, dass es weh tut. Wenn Barbara den Mario jetzt unter Druck setzt, dass sie mit ihrem bisschen Kohle wieder nach Deutschland will, dann braucht er bloß bei der Staatsanwaltschaft über uns auszupacken. Die finden doch sofort raus, dass wir die Bude ausgeräumt haben. Dann säßen wir beide wieder im Knast, wenn sie die Auslieferung gedeichselt bekämen. Das ist zwar nicht sehr wahrscheinlich, aber ich weiß schon, warum ich keine Dinger mit anderen drehe. Wie kann man nur so dumm sein. Weißt du was, ich verschwinde von hier, es gibt auch noch die Philippinen. Du machst bitteschön morgen das Konto auf, schickst mir die Kontonummer per Whatsapp, ich überweise und ich will dich nie wieder sehen. Das ist ja grauenvoll mit dir."

Christian ließ ihn stehen, ging zurück zu Mario und Barbara, zahlte die Rechnung und wollte gerade verschwinden, als Mario sagte, er solle sich doch noch mal hinsetzen.

„Hör zu Christian, wir hatten ja im Knast nicht so viel miteinander zu tun. Als Bernd das letzte Mal hier war, haben wir ihn zum Essen eingeladen und er ist im Krach verschwunden. Bernd ist ein furchtbarer Kerl. Du musst dir keine Sorgen machen, dass ich dich verpfeife, nur weil ich mir da bei der Staatsanwaltschaft einen Vorteil verspreche. Aber Bernd musst du bremsen. Sobald er einen zu viel säuft, dann fängt er an, zu quatschen."

„Mario, ich danke dir. Ihr macht es richtig. Ich werde vermutlich wirklich irgendwohin verschwinden, wo mich keiner kennt. Wir sind eigentlich nur hier, damit ich ihm seinen Anteil ausbezahlen kann. Sobald das erledigt ist, bin ich weg. Du hast völlig recht, solche Leute sind gemeingefährlich. Euch wünsche ich noch alles Gute hier. Macht so weiter!"

Er verschwand.

28 – INTERVIEW

Steffi hat die Idee gehabt, nachdem so ein Revolverblatt angefangen hat, die Geschichte mit Freddys Bitcoin-Vermögen wieder aufzuwärmen.

„Freddy, du bringst nur Ruhe in die Sache rein, wenn du erklärst, was du vorhast. Öffentlich!"

Freddy kannte Andreas noch von der Schule. Andreas hat Wirtschaft studiert und ist nach Stationen in Frankfurt und Berlin beim Konstanzer Lokalblatt als Chef der Wirtschaftsredaktion zurückgekommen. Er hat ihn lange nicht mehr gesehen, aber er wusste von einem Klassentreffen, dass Andreas auch für andere namhafte Blätter schrieb. Nach dem Spalier von Pressegeiern vor seiner Tür hat Freddy so einen Hass auf diese Typen entwickelt, das außer Andreas keiner von denen für ein Interview in Frage kam.

Andreas war bei ihm aufgetaucht, sie haben ein bisschen über alte Zeiten geschwätzt und losgelegt. Im Vorfeld hat Andreas mit Freddy am Telefon besprochen, was er ihn ungefähr fragen wollte. Freddy war vollkommen einverstanden.

„Freddy, du bist ja durch geschickte Bitcoin-Spekulation innerhalb von wenigen Jahren zu einem beachtlichen Vermögen von um die achtzig Millionen gekommen?“

„Ja, das ist richtig. Aber ich habe einfach nur Schwein gehabt. Immer im richtigen Moment eingestiegen und im richtigen Moment ausgestiegen.“

„Vielleicht war das ja nicht nur Glück. Verstehst du irgendwas von Krypto-Währungen?“

„Nein, überhaupt nicht. Ich habe mich ein bisschen eingelesen und ich sag's noch mal, ich habe nur Glück gehabt, immer so ein Gefühl gehabt, wann der richtige Zeitpunkt zum Einsteigen und zum Aussteigen gekommen ist. Ich habe immer damit gerechnet, dass ich irgendwann den falschen Zeitpunkt erwische und alles wieder weg ist.“

„Und wie waren deine Erfahrungen mit dem plötzlichen Reichtum?“

„Solange keiner davon wusste, war das kein Problem. Aber irgend jemand hat geplaudert und plötzlich stand das in allen möglichen Zeitungen drin.“

„Wer wusste davon?“

„Zum Beispiel eine Bank und die Steuer.“

„Aber die müssen doch eigentlich schweigen?“

„Eigentlich, aber wenn da mal einer ein Glas zu viel nimmt, dann passiert so was eben.“

„Und wie ging es weiter?“

„Zum Glück stand nur einmal eine Horde von Journalisten bei mir vor der Tür, aber schon das hat mich tierisch genervt. Außerdem habe ich massenhaft Bettelbriefe bekommen, ich hätte das ganze Geld innerhalb von fünf Tagen zum Fenster rauswerfen können. Als ich auf einer längeren Reise war, haben irgendwelche Arschlöcher ein Loch in die Wand meines Holzhauses gesägt und einen kleinen Tresor und ein Notebook gestohlen. Das Notebook ist kein Problem, denn das löscht sich in dem Moment selbst, in dem man es einschaltet. Aber in dem Tresor habe ich ein paar Codes gehabt. Der Dieb war so schlau, sich daraus eine Hardware-Wallet mit dreißig Bitcoins zu basteln. Ich hoffe er hat viel Vergnügen mit dem Geld, mir gefällt das natürlich weniger.“

„Die Arschlöcher kann ich natürlich nicht drucken, Freddy, das ist ja klar“, sagte Andreas. Dann fuhr er fort:

„Um wieviel Geld handelt es sich bei dem Diebstahl?“

„Ungefähr drei Millionen.“

Andreas pfiff durch die Zähne.

„Verstehe, es gibt einen guten Grund, dafür, dass viele reiche Leute für zusätzliche Sicherheit durch Bodyguards und Alarmanlagen sorgen. Das ist der Nachteil davon, Geld zu haben. Es hat aber auch Vorteile, oder?"

„Ich kann es jetzt beurteilen. Der größte Vorteil ist, dass man sich keine finanziellen Sorgen mehr zu machen braucht. Mich interessieren Villen, Yachten und Privatjets kein bisschen. Ich bin mit einer Frau zusammen, die sich mit Händen und Füssen dagegen wehrt, wenn ich ihr teuren Schmuck kaufen will und so bringt uns diese ganze materielle Seite wenig. Die ständige Angst zum Beispiel vor Einbrüchen hingegen nervt. Stell dir mal vor, du hast Kinder und alle wissen, dass du achtzig Millionen auf dem Konto hast. Kannst du die Kinder noch beruhigt alleine zur Schule gehen lassen?"

Er gab sich gleich selbst die Antwort:

„Kannst du nicht."

„Was willst du denn dagegen unternehmen?"

„Ich habe keine Lust, mein Leben von der Kohle dominieren zu lassen. Wenn ich Bodyguards anstellen muss, die meine zukünftigen Kinder in die Schule bringen, dann wäre das so."

„Und stattdessen?"

„Mir ist nichts besseres eingefallen, als mich von dem Geld zu trennen. Es ist auch einfach so viel Geld, dass ich gar nicht wüsste, was ich damit anstellen sollte. Ich könnte damit eine große Firma kaufen, aber was soll ich damit. Ich habe kein Interesse daran, ein paar tausend Leute zu haben, die für mich arbeiten. Du weißt ja, dass ich Zimmermann bin und die paar Leute, die ich habe, die langen mir."

„Du hast trotz deines Reichtums deine zwei Betriebe weiter geführt? Warum?"

„Weil es mir Spaß macht und weil ich gerne arbeite."

„Hast du irgendetwas Neues entdeckt, seit du so viel Geld hast?"

„Ja, lange Reisen. Wir waren sechs Wochen lang in Indien unterwegs. So etwas hätte ich mir früher nicht gegönnt."

„Das ist der einzige Unterschied? "

„Genau."

„Wie willst du dich denn jetzt von deinem Geld trennen?"

„Ich habe eine Stiftung gegründet, die benachteiligten Kindern das Leben etwas erleichtern soll. Mir ist nichts besseres eingefallen."

„Hast du die gesamten achtzig Millionen investiert?"

„Fast, den größten Teil davon."

„Wo wollt ihr helfen?"

„Zum Teil in Indien, zum Teil in Europa. Ich wollte aber was Nachhaltiges machen. Wir kaufen Immobilien, die Geld abwerfen. Und mit dem Geld werden die Waisenhäuser finanziert. Ich wollte nicht, dass das Geld so peu à peu versickert. Mich braucht jetzt schon keiner mehr zu überfallen, weil es sich nicht mehr lohnt. Ich hätte erstens nie gedacht, dass ich mal so viel Geld haben würde und zweitens hätte ich auch nie gedacht, dass ich so scharf darauf sein würde, es wieder los zu werden."

„Nimmst du auch von anderen Leuten Geld an, die sich in deiner Stiftung beteiligen wollen?"

„Na klar, je mehr desto besser."

„Das musst du noch ein bisschen genauer erklären."

„Wenn du Leuten helfen willst, dann nützt es nichts, das Geld einfach wahllos zu verpulvern. Das landet dann sehr schnell in den falschen Taschen, nämlich in denen, die eh schon voll sind. Das wollen wir ja nicht. Also müssen wir Leute bezahlen, die das Ganze in unserem Sinne kontrollieren. Das kostet Geld und das muss irgendwo herkommen. Dazu setzen wir die Erträge von Immobilien und andere Anlagen ein."

„Ich glaube, jetzt habe ich verstanden. Ihr legt einen Teil des Geldes gewinnbringend an und mit dem Gewinn aus dem angelegten Teil des Geldes deckt ihr dann die laufenden Kosten für die Häuser und die Personalkosten, die für die Organisation und Überwachung der Stiftung entstehen."

„Genauso so!"

29 – IMMOBILIEN

Zwei Tage später hat Bernd Christian die Kontodaten per Whatsapp mitgeteilt. Christian hat sofort die vierhunderttausend Dollar auf das Konto in der Dominikanischen Republik überwiesen. Er ist Bernd seit dem Besuch in Marios Bar aus dem Weg gegangen und jetzt lud er sein Gepäck ins Leihauto und verschwand. Diesen Bernd wollte er nie wiedersehen. Allerdings wollte er wegen Bernd auch diese schöne Insel nicht verlassen müssen, es würde reichen, wenn der das glaubte. Er hat sich erkundigt, wo denn die Dominikanische Republik am schönsten sei, und alle haben ihm gesagt, dass die Halbinsel Samana der schönste Platz sei. Die hat er bei seiner ersten Inseltour dummerweise ausgelassen. Er hat sich im Internet nach käuflichen Immobilien umgesehen, denn Christian war keiner, der einfach nur leben und sein Geld ausgeben wollte. Christian wollte sein Geld investieren und von den Erträgen leben. Er wollte die Substanz erhalten. Er hat sich einiges an Hotels angesehen und sich gedacht, dass die Bauweise doch ein wenig karibisch sei, ein wenig nachlässig. Und da ist er auf die Idee gekommen, vielleicht Häuser zu bauen. Er hat sich gedacht, dass er statt eines Hotels lieber in Immobilien investieren und daran gutes Geld verdienen wollte. Wenn man bei manchen Häusern nur ein wenig exakter arbeiten würde, ein bisschen mehr Geld investieren würde, dann sähen die weniger schäbig aus und würden auch länger halten. Er war ja gelernter Bankkaufmann, hatte also auch eine durchaus zum Immobiliengeschäft passende Ausbildung.

Christian machte sich auf den Weg zur Halbinsel Samana. Das war zwar keine allzu weite Strecke, aber wegen der bescheidenen Straßen und des langsamen Verkehrs brauchte er einen halben Tag. Gemütlich zuckelte er über die Halbinsel und fand, dass sie ein wirklich wunderschöner Platz war. Er suchte sich ein Hotel am Meer, quartierte sich dort ein und genoss die gute Küche. Am nächsten Tag begab er sich wieder auf die Internet-Suche nach Grundstücken und fand nach einer Weile zwei Häuser auf einem relativ großen Grundstück am Meer und nahm Kontakt mit dem Makler auf. Sein Spanisch war durch die Stunden bei der Lehrerin schon deutlich besser geworden, jedoch reichte es für solche Gespräche noch nicht. Aber der Mann sprach gut Englisch. Er sah sich später die Häuschen an und fand wieder sein Urteil bestätigt, dass man mit einer vielleicht etwas aufwändigeren Bauweise einen deutlichen Qualitätssprung nach oben erreichen könnte. Er fand die zwei Häuser auf dem großen Grundstück in ungefähr hundert Meter Abstand zum Strand so interessant, dass er dem Makler sagte, er solle doch mal herausfinden, ob man an den geforderten vierhunderttausend Dollar noch etwas drehen könnte. Hier wurde ziemlich viel gebaut und der Makler hat ihm erzählt, dass die meisten Objekte relativ schnell weggingen. Da dachte Christian, wenn hier so viel gebaut und so viel verkauft werde, dann müsste doch für ihn auch noch ein Plätzchen auf dem

Markt sein. Er wollte ja nichts Großartiges erreichen, nur gut leben.

Um Bernd machte er sich keine großen Gedanken mehr. Die Dominikanische Republik hatte so viele Einwohner wie Bayern oder Baden-Württemberg und warum sollte er denn ausgerechnet diesem Idioten hier jemals wieder über den Weg laufen.

30 – BESCHISS

Bernd saß auf der Terrasse des Hotels, hat sich ein Bier bestellt und ärgerte sich über sich selbst. Christian hatte ja Recht, er hätte einfach die Klappe halten sollen. Hatte halt vorher schon ein paar Bier gehabt und dann bekam er sein Mundwerk nicht mehr so wirklich unter Kontrolle. Barbara und Mario hätten nicht erfahren müssen, dass sie Freddy beklaut haben. Jetzt ist Christian sauer auf ihn. Er hat gesagt, er würde woanders hinziehen.

Er nahm sein Handy, öffnete den Browser und schaute sich die Online-Ausgabe der Bild-Zeitung an. Er scrollte immer weiter nach unten, ließ seinen Blick über die ganzen Meldungen schweifen, von denen ihn eigentlich nur die über Fußball oder halbnackte Frauen interessierten. Weiter unten stolperte er über einen bekannten Namen. Fred Monder, da klingelte was. Bernd vergrößerte die Meldung und las, dass ein Zimmermann vom Bodensee in den letzten Jahren mit Bitcoins achtzig Millionen verdient habe. Er habe jetzt erstmals ein Interview gegeben. Er las und las und plötzlich riss er die Augen auf. Da stand doch tatsächlich, dass dem Zimmermann jemand kürzlich den Tresor geklaut habe und dass der Einbrecher gut drei Millionen erbeutet hätte. Christian hat behauptet, es wären achthunderttausend gewesen. Hat der Drecksack ihn doch beschissen. Er hat es ja gewusst. Und jetzt macht er sich aus dem Staub, behauptet er könnte genauso gut auf die Philippinen ziehen, die würden ihn auch nicht ausliefern. Konnte ja stimmen.

Bernd checkte schnell den Stand seines dominikanischen Kontos. Das hatte er heute Vormittag schon mal getan, aber er würde Christian auch zutrauen, dass der vielleicht die Überweisung irgendwie rückgängig gemacht hat. Nein, das ganze Geld war noch da. Wenigstens das.

Bernd merkte, wie in ihm der Zorn langsam hochkroch, das

Herz schlug ihm bis zum Hals. Drecksack! Immer nur er wurde beschissen, seit seiner Jugend. Immer bekam er alles ab, ganz alleine. *Bernd, komm runter*, sagte er zu sich. Das war neu. Sonst hat er sich immer weiter reingesteigert. Diesmal nicht. Aufregen bringt nichts, sagte er zu sich. Reg dich ab! Das war eine neue Erfahrung, sich abregen und nicht sofort losschlagen. Er würde nachher zur Bank gehen, um in Erfahrung zu bringen, ob man eine Überweisung hier rückgängig machen konnte. Wenn nicht, dann könnte er das Geld beruhigt da liegen lassen. Er ging an den Hotel-Strand und haute sich in einen Liegestuhl. Klar war, dass Christian ihn beschissen hat. Klar war auch, dass er sich das nicht gefallen lassen wollte. Allerdings müsste er Christian erst mal zu fassen kriegen. Und genau das war das Problem.

Langsam wurde er wirklich ruhiger, merkte, wie der Puls abfiel. Christian war eh weg, es würde ihm gar nichts nützen, jetzt loszurennen wie ein Irrer. Er müsste herausbekommen, ob Christian die Insel verlassen hat und wenn ja, mit welchem Ziel. Jemand vom Zoll oder der Grenzpolizei könnte so etwas wissen und auch die Fluglinie. Aber er könnte das Land ja auch mit irgendeiner Fähre verlassen haben. Es brächte auch nichts, wenn er herausfände, dass er zum Beispiel die Domrep mit einem Flug nach Miami verlassen hätte, denn von dort aus könnte er überall hinfliegen. Das würde er nie rausbekommen. Man könnte sein Handy orten, aber das dürfte höchstens die Polizei. Bernd grübelte weiter. Christian könnte auch einfach hiergeblieben sein. Die Insel wäre groß genug. Bernd lehnte sich bequem zurück. Nahm noch einen Schluck von dem Bier, das leider jetzt schon warm war. Er hat immerhin vierhunderttausend, vielleicht kann er ja noch mehr draus machen. So wie Mario und Barbara. Apropos Barbara. Die machte schon wieder einen ziemlich unzufriedenen Eindruck. Er hat sich ja schon mal überlegt, dass er mit der auch gerne ein paar Tage verbringen würde. Aber so eine unzufriedene Schnecke machte ihn hier überhaupt nicht mehr an. Wo so viele leckere Hasen herumliefen, da fiel sie gar nicht weiter auf. Er überlegte. Was hatte Christian denn hier? Ein Leihauto, eine Mietwohnung und ein Bankkonto. Aus der Wohnung ist er sicher ausgezogen und er wird kaum eine Adresse angegeben haben, zu der er sich auf den Weg gemacht hat. Also wäre interessant, ob er sein Bankkonto noch hier hatte. Vielleicht konnte man bei der Bank einen schmieren. Bernd glaubt, hier könnte man viele Leute schmieren. Mit seinem Geld würde er sicher etwas erreichen. Aber das Mietauto wäre auch interessant. Bernd hat seinen Wagen bei derselben Firma gemietet. Die haben da sogar einen Angestellten, der gut Deutsch spricht.

Bernd wunderte sich über seine neue Fähigkeit, wieder ruhiger zu werden. Vielleicht war der Grund, dass er immer noch die Vierhunderttausend hatte. Und dann ist er zu der Bank gegangen und die haben ihm gesagt, dass sein Geld bei ihnen sicher sei.

31 – SHERIFF

Freddy war immer noch ziemlich sauer über den Diebstahl. Das war zwar schon ein paar Wochen her, aber er war sowohl wegen der geklauten drei Millionen als auch wegen des Einbruchs in seine Privatsphäre stinkig. Natürlich hat er es bei der Polizei angezeigt.

„Das ist sowas von eklig, wenn irgendwelche Kerle in deinen Sachen herumstöbern, das kann ich dir gar nicht beschreiben."

„Das sehe ich ganz genauso. Es gibt einem so ein Gefühl von Unsicherheit. Das ganze Leben besteht ja irgendwie mehr oder minder aus Vertrauen in Institutionen und Personen. Man vertraut dem Staat, man vertraut selbst einem Autohändler, dass er einen nicht bescheißt und wenn jemand bei dir einbricht, dann ist dieses ganze Vertrauen erschüttert. Morgen kommt ein Experte, der die Alarmanlage auf einen professionellen Stand bringt. So geht es los. Weil man viel Geld hat, muss man anfangen, sich zu bewachen. Als nächstes werden wir uns ein Hündchen zulegen, vermutlich einen Rottweiler. Ich wache nachts laufend auf und höre irgendwo in diesem Holzhaus etwas knacken und schon stehe ich auf und sehe nach", beschrieb Steffi ihre Empfindungen.

„Ich auch und ein Holzhaus knackt nun mal. Das ist genau das, was ich nie wollte. Man lebt in Angst. Ich werde mir eine Schrotflinte besorgen. Dann liegen wir im Bett, ich umklammere die Flinte und der Rottweiler liegt zwischen uns. Zum Kotzen ist das. Weißt du was, wir nehmen uns ein paar Tage frei und reisen mal wieder in diese komische Domrep. Ich sage der Privatdetektivin Bescheid und dann suchen wir diesen Mario auf. Vielleicht hat er mir was zu sagen. Wir sind schon länger nicht mehr in einem Flugzeug gesessen, allmählich gewöhne ich mich daran."

„Hey Freddy, hast du was erfahren? So einfach fliegst du nicht eben zweimal gut zehn Stunden in der Gegend herum."

Freddy grinste.

„Ich habe mit der Privatdetektivin gesprochen, du weißt schon, Carmen Gonzales."

„Ach die, das muss ja eine tolle Erscheinung sein. Muss ich mir Gedanken machen? Willst du alleine dorthin?"

„Quatsch, ich liebe doch nur dich. Sie schaut immer mal nach Mario und der hatte in den letzten Tagen Besuch von zwei Herren, von denen sich der eine dort eine Wohnung gemietet hat, offenbar für länger. Ich habe Fotos und die habe ich Max geschickt. Noch keine Antwort."

Steffi widersprach ihm nicht und so waren sie ein paar Tage später schon wieder unterwegs. Als sie nachmittags aus dem Flieger stiegen, wurden sie von dieser feuchtwarmen tropischen Luft umhüllt, die sich so schwer anfühlte. Die Sonne knallte vom Himmel. Es war früher Nachmittag. Am Flughafen wartete ein Abholer mit ihrem Leihwagen und sie fuhren ihn zu seiner Firma zurück. Freddy hat nach einem Navigationssystem gefragt, aber der Mann hat gesagt, seine Autos hätten alle keine, die Karten in der Domrep seien nicht so toll. Er verwies auf die im Handschuhfach liegende Straßenkarte und Google Maps. Auf dem weiteren Weg schaute Freddy in den Innenspiegel und begutachtete seine Haarpracht.

„Steffi, ich könnte mal wieder eine Schur vertragen, gell?"

„Dann hoffe ich mal, dass er dir nicht den Hals abschneidet."

Freddy fand direkt um die Ecke von Marios Friseurladen einen Parkplatz. Mario fummelte gerade mit jeder Menge Alufolie am Kopf eines älteren Mannes herum. Er hatte vier Stühle für wartende Kunden und Freddy und Steffi schlichen sich leise in den halb offenen Laden und setzten sich auf zwei davon. Das bemerkte Mario allerdings, drehte sich um, wurde etwas bleich. Mario hat mittlerweile eine ziemliche karibische Farbe bekommen, so dass man die spontane Aufhellung der Gesichtsfarbe bemerkte.

„Tut mir leid, ich habe dich wohl erschreckt", flaxte Freddy.

„Nee, ist schon gut. Dauert noch einen Moment."

„Lass dir nur Zeit!"

Freddy wartete ungefähr zehn Minuten, dann war Mario mit

seinem Kunden fertig. Freddy setzte sich auf den Friseur-Stuhl und Mario fing an.

„Aber nicht, dass du mir mit dem Rasiermesser die Kehle durchschneidest."

Mario lächelte gequält.

„Erstaunlich, dass du mir vertraust."

„Ich glaube grundsätzlich an das Gute im Menschen. Allerdings nicht bei allen. Manche sind unbelehrbar. Andere kapieren es irgendwann. Du könntest mir einen Gefallen tun."

„Was denn?"

„Du könntest mir sagen, wer in meine Bude eingebrochen ist, als wir auf Reisen waren."

„Ich habe keine Ahnung."

„Siehst du, und schon enttäuscht du mich wieder."

„Nein, ich habe wirklich keine Ahnung. Ich weiß wirklich von nichts."

„Mein Gefühl sagt mir, dass das irgendwelche Leute waren, die du kennst."

Mario zuckte mit den Achseln.

„Dein Gefühl trügt dich."

„Du hast eben genickt."

„Ich habe überhaupt nicht genickt. Ich habe die Schultern angehoben. Das nennt man Achselzucken. Das ist die Geste, die besagt, dass man nichts weiß."

„Ach, hör auf, ich habe Erfahrung mit Mitarbeitern. Ich merke, wenn einer lügt."

„Ich bin aber nicht dein Mitarbeiter."

„Gott sei Dank. Also Mario, du weißt ganz genau, wer meine Bude aufgebrochen hat. Du hast kürzlich Besuch von zwei schrägen Vögeln gehabt. So, und jetzt hör auf, mir irgendwelche Märchen aufzutischen. Ich will einfach wissen, wer die Kerle sind. Von dir habe ich so eine Art Wiedergutmachung verdient."

Mario nahm Schere und Kamm von Freddys Kopf weg, ließ die Arme sinken. Er sah nachdenklich aus. Freddy schwieg, Mario schwieg. Nach etwa zwei Minuten sagte Mario:

„Also gut, wenn du es schon weißt, das sind Bernd und Christian."

„Nachnamen wären noch gut."

Mario gab ihm die Namen.

„Gibst ja sonst eh keine Ruhe. Bist du jetzt Hilfssheriff?"

„Nein, ich bin der Sheriff persönlich. Kannst du sie mir noch beschreiben oder gibt es ein Foto?"

Foto gab es keins, aber Mario beschrieb die zwei Kerle.

Steffi saß auf dem Wartestühlchen und lachte.

„Dafür, wie ihr euch kennengelernt habt, seid ihr richtig lieb miteinander."

„Mario, was bin ich dir schuldig?", fragte Freddy, nachdem Mario mit seinen Haaren fertig war und er sich aus dem Stuhl schälte.

„Du hast bei mir lebenslang kostenloses Haareschneiden gut."

„Saumäßig großzügig von dir, danke. Oft werde ich wahrscheinlich nicht kommen. Trotzdem nett!"

„Jetzt gehen wir zu Barbara und kaufen uns ein Bier, gell, Steffi? Ach so, Mario, ich habe dir Stephanie noch nicht vorgestellt. Stephanie – Mario, Mario – Stephanie."

„Du bist jetzt also auf den Pfad der Tugend zurückgekehrt?", fragte Steffi.

„Sieht so aus, ich bin zum Verbrecher nicht so richtig geeignet."

„Wie läuft's mit Barbara?", wollte Fred wissen.

„Ach ja, ehrliche Arbeit ist auf Dauer anstrengend. Du kennst sie ja. Sie ist etwas komisch. Seit ich hier bin, bin ich mit mir und der Welt zufrieden. Ich habe hier ein sehr gutes Auskommen und bin gerade dabei, das noch ein bisschen auszubauen. Aber Barbara geht es wie immer zu langsam. Werden sehen. Ich habe beschlossen, dass sie mich beim nächsten Mal zum letzten Mal verlassen wird. Seid ihr noch länger hier?"

„Wir schauen mal, ob wir die beiden Typen finden."

„Die haben sich neulich verkracht, als wir uns getroffen haben. Bernd hat ausgeplaudert, dass sie dich ausgenommen haben. Und darüber war dieser Christian so verärgert, dass er aufgestanden und verschwunden ist. Er hat auch noch gesagt, er würde die Insel sofort verlassen und vielleicht auf die Philippinen ziehen, die würden auch nicht ausliefern."

„Interessanter Hinweis, danke!"

Stephanie und Freddy gingen die paar Schritte zu der Bar von Barbara. Die stand hinter dem Tresen. Als sie Freddy sah, nickte sie ihm zu.

„Hallo Bitcoin-Freddy, wie geht es dir?"

„Hallo Barbara, das hier ist Steffi. Mir geht es sehr gut,

obwohl mich zur Zeit alle möglichen Leute beklauen."

Freddy hatte das Gefühl, wieder mal mit der Tür ins Haus fallen zu müssen.

„Barbara, das mit den Bitcoins war pures Glück und sonst gar nichts. Ansonsten bin ich auch bloß ein Zimmerer. Und ich sage dir noch was, Geld allein bringt einem kein Glück. Wenn sie anfangen, bei dir einzubrechen, dann macht es keinen Spaß mehr. Und bei euch? Mario wirkt nicht sehr positiv. Planst du wieder einen Abflug?"

„Nein, aber nach einer gewissen Zeit, da bekomme ich so einen Drang zur Flucht. Der wird dann immer stärker."

„Oh je. Damit bist weder du noch dein Partner glücklich. Vielleicht liegt es ja an dir?"

„Kann schon sein."

„Ich finde es toll von Mario, dass er nach seiner versuchten Verbrecher-Karriere mit ehrlicher Arbeit anständiges Geld verdient, aber du hast in dir eine seltsame Unzufriedenheit, die dich noch sehr unglücklich machen wird, wenn du so weitermachst. Du solltest vielleicht mal einen Psychologen aufsuchen."

Barbara zuckte zusammen.

„Das hast du mir schon mal empfohlen."

„Ja, aber da hast du sofort gekontert, ich hätte meinerseits nicht alle Tassen im Schrank."

Barbara stand einen Moment da, schwieg.

„Ich bin in so einer Frauen-Yoga-Gruppe. Da ist eine Psychologin dabei, die macht Gruppensitzungen und ich bin seit ein paar Wochen dabei."

„Das ist ja wunderbar. Freut mich sehr. Dann zapf uns mal zwei Bier. Wir zahlen auch nicht. Wir haben ja schließlich diese Unternehmung hier finanziert, sind sozusagen Miteigentümer."

Barbara sah etwas eingeschüchtert aus, marschierte zum Zapfhahn, holte zwei Gläser, ließ die Biere raus und schob sie ihnen wortlos über den Tresen,

„Stimmt ja, so schlecht haben wir es hier nicht. Mario ist glücklich."

„Ja natürlich, ihr habt es jetzt ziemlich gut getroffen. Sei endlich mal glücklich mit dem, was du hast, du Schnepfe."

„Freddy, das war jetzt auch nicht nötig", sagte Steffi.

„Ist doch wahr! Mit der muss man mal Deutsch schwätzen. Und man kann auch lernen, glücklich zu sein."

„Jetzt klingst du wie ein alter weißer Mann."

Sie tranken ihr Bier aus und verabschiedeten sich, waren noch mit der Privatdetektivin in deren Büro verabredet und fuhren hin.

„Hola Freddy!"

„Hola, Carmen!"

Freddy stellte ihr Steffi vor. Sie führte die beiden in ein schickes Besprechungszimmer. Carmen ging vor, Steffi lief neben Freddy den Flur entlang. Sie zwinkerte ihm zu, reckte den rechten Daumen nach oben und flüsterte:

„Heiß!"

Freddy nickte, beobachtete den sehenswerten Hintern von Carmen, wie sie ihn vor ihm her durch den Flur bewegte. Sie berichteten ihr, was sie über Bernd und Christian wussten, mittlerweile hatte Freddy ja auch die Namen.

„Und jetzt wollt ihr wissen, wo die beiden sind?"

„Genau."

Carmen dachte kurz nach.

„Haben die einen Leihwagen?"

„Davon würde ich mal ausgehen, aber ich weiß es nicht."

„Dann mache ich folgendes, ich frage nach und wenn ich was rausfinde, melde ich mich bei euch. Wenn das nichts bringt, dann könnte ich es auch noch bei Banken probieren, bezahlen muss man überall."

Freddy schaute etwas verständnislos drein. Sie lächelte ihn an und sagte:

„So ein bisschen Korruption hat in manchen Situation durchaus Vorteile. Du musst für Informationen bezahlen, so ist das hier."

„Und wie soll das bei einem Leihwagen gehen?"

„Die meisten Vermieter haben Tracker in ihren Autos, die wollen doch wissen, wo ihre Karren sind. Warum sucht ihr eigentlich nach denen?"

„Die Typen haben mich um ungefähr drei Millionen erleichtert."

„Wie haben sie das gemacht?"

„Haben mir ein Loch von außen in mein Haus gesägt und den Tresor gestohlen."

Sie pfiff durch die Zähne.

„Und da waren drei Millionen drin?"

„Nein, Informationen über Bitcoins, dumm von mir."

„Ach so. Bei uns hier passiert ihnen gar nichts. Keine Amtshilfe, keine Auslieferung und wir haben wieder zwei Verbrecher mehr. Der Vorteil ist nur, dass sie hier alle lieb sind, weil sie Schiss davor haben, ausgeliefert zu werden. Ihr wisst ja, dass die Leute im Falle eines Vergehens in unserem Land abgeschoben werden. Wenn man Glück hat, kann man dann dafür sorgen, dass sie nach Deutschland abgeschoben werden. Vielleicht auch mit ein wenig Geld nachhelfen."

„Echt?", fragte Freddy.

Sie nickte.

„Wo genau ist das Geld jetzt?"

„Wissen wir nicht genau, aber ich denke, sie haben es bei einer oder mehreren Banken hier gebunkert. Wenn er die Bitcoins veräußert, dann kommt das Geld auf eine spezielle Bank und ich würde es von dieser Bank direkt hierher überweisen."

„Man müsste ihn dazu bringen, dass er hier irgendein Gesetz übertritt. Aber falls es gelingen sollte, dass er nach Deutschland abgeschoben wird, dann sitzt er im Knast und wird das Geld auch nicht rausrücken."

„Waterboarding", schlug Freddy vor.

Carmen lachte.

„Vielleicht käme man dann schon an das Geld, da gibt es Möglichkeiten."

„Ich wäre erst mal froh, wenn wir wüssten, ob sie noch hier sind. Und dann weiß ich nicht, ob es Sinn macht, wenn ich hinfahre und die beiden mit meiner Anwesenheit konfrontiere. Eigentlich sollte ich einen Orden bekommen. Ich kurbele die lokale Wirtschaft an. Erst Mario, und jetzt Bernd und Christian. Ich habe jetzt schon über drei Millionen gespendet."

„Man könnte ihnen eine Immobilie andrehen, die ihnen hinterher gar nicht gehört. Ich kenne da ein paar Spezialisten für sowas. Das sind coole Jungs. Die zeigen Bernd und Christian erst ein Haus am Meer und machen eine Führung, benehmen sich, als ob ihnen alles gehöre. Dann nennen sie einen unverschämt guten Preis, der Typ muss eine Anzahlung leisten und hinterher stellt er fest, dass er einen Haufen Geld bezahlt hat und ihm gar nichts gehört. Das Problem ist bloß, dass sie höchstens eine kleine Provision bezahlen. Das Geld möchten die schon für sich selbst behalten."

„Ich denke, hier im Inland gibt es keine Verbrechen?", fragte

Freddy.

„Ich habe gesagt, Ausländer begehen auf der Insel selten Verbrechen, die Dominikaner sehr wohl. Viele Dominikaner haben gute Beziehungen zur Polizei. Wenn der Bestohlene zu den Bullen geht, dann bekommt er noch eine Tracht Prügel obendrauf. Die Polizei kassiert halt mit."

„Carmen, vielen Dank soweit. Mir fällt im Moment nichts mehr ein."

„Wir haben verstanden," setzte Steffi noch hinzu, „dass du sehr originelle Lösungsvorschläge für unser Problem auf Lager hast, die du auch in die Tat umsetzen könntest."

Carmen nickte und grinste dabei verschwörerisch.

32 – RENT A CAR

Jose war Spanier. Früher ist er immer zum Kiten nach Tarifa in Südspanien gefahren, aber da war es im Winter dann halt doch zu kalt und so hat es ihn hierher verschlagen. Das ist schon viele Jahre her. Von irgendwas musste man ja leben und so hat er sich einen Job bei der Autovermietung gesucht. Später wollte der Besitzer verkaufen und hat ihm ein gutes Angebot gemacht. Jetzt gehörte der Laden seit ein paar Jahren ihm und er nannte sechzig Autos sein eigen, zum Kiten ist er aber schon seit zwei Jahren nicht mehr gekommen. Zum gelegentlichen Surfen reichte es gerade noch. Eigentlich hat er sich sein Leben im karibischen Paradies etwas anders vorgestellt, aber man bekam ja nicht immer alles, was man wollte. Vielleicht würde er den Laden irgendwann verkaufen und auf Weltreise gehen.

Die Tür ging auf, eine businessmäßig aussehende Dominikanerin kam herein. Er kannte sie. Sie war Privatdetektivin und hat ihn schon ein paarmal angehauen und jedes Mal brav ein paar Scheinchen auf den Tisch gelegt. Das tat sie jetzt wieder, sie nannte zwei Namen und beschrieb die Leute. Sie wollte wissen, ob die ein Auto von ihm hätten und wenn ja, wo das denn gerade sei. Jose nickte.

„Ja, die haben Autos von mir und die sind gerade hier."

Er drehte den Bildschirm zu ihr um und zeigte nacheinander auf zwei bestimmte Stellen.

„Da und ...da!"

Sie sah genauer hin.

Jose betrachtete die großzügige Anzahl von Scheinchen auf

dem Tresen.

„Ich kann dir noch was zu den beiden sagen. Der zweite hat mich heute früh nach dem ersten gefragt."

„Wirkte das freundschaftlich?"

„Nein, eher nicht, der Dicke war eindeutig sauer auf den Blonden mit den Locken."

„Jose, es ist immer wieder ein Vergnügen mit dir. Vielen Dank."

Sie rauschte wieder raus.

Jose schüttelte den Kopf. Es wäre sehr interessant, zu wissen, was da abging. Der leicht verfettete hat heute früh den Aufenthaltsort des Blonden wissen wollen. Jose musste ihn fragen, was ihm denn die Information wert sei, bevor der zähneknirschend Geld auf den Tresen gelegt hat. Der Witz war, dass er allen Ernstes mit zehn Dollar angefangen hat. Da hat Jose ihm gesagt, für zehn Dollar erführe er hier gar nichts. Am Ende hat er ihm einen Hunderter aus dem Kreuz geleiert. Das muss wohl ein ganz armer Mann gewesen sein. Jose machte mit Informationen über seine Kunden im Schnitt pro Woche vierhundert Dollar. Das war in der Dominikanischen Republik viel Geld. Und er dachte gar nicht daran, darauf zu verzichten. Bisher hat sich noch keiner beschwert. Jose war froh, dass er keiner von denen war, die Luxus-Autos vermieteten. Da hätte er eine Klientel, bei der er sich nicht mehr trauen würde, Informationen herauszugeben. Wenn man da an die falschen Leute käme, dann setzte es was. Diese Luxus-Schlitten wurden hier auf der Insel in erster Linie von schrägen Vögeln gemietet. Nein, er war mit seinen Durchschnittsautos sehr zufrieden.

33 – SAMANA

Bernd ist gleich losgefahren. Dieses Arschloch von der Autovermietung hat ihm einen Hunderter aus dem Kreuz geleiert, nur dafür, dass er in seinem PC nachsah, wo laut Tracker die Mühle von Christian geparkt sei. So was Unverschämtes. Er hat danach seine Sachen aus dem Hotel geholt, er wusste ja nicht, was ihn bei Christian erwartete. Am liebsten hätte er ihm den Schädel eingeschlagen, aber dadurch käme er auch nicht an sein Geld. Bernd überlegte, was er machen könnte. Er könnte Christian mit einem Knüppel niederschlagen, ihn fesseln und dann irgendwo ablegen und ihm so lange nichts zu trinken geben, bis dieses Arschloch das Geld raus rückte. Er wollte nur seinen gerechten Anteil haben. Die Leute waren doch alle gleich. Es war zum Kotzen, wie sollte man denn noch Vertrauen in die Menschheit haben. Bei der ersten sich bietenden Gelegenheit beschissen sie dich. Wenn er nicht zuerst zuschlüge, dann täte Christian das. Er musste zugeben, der war ziemlich clever, aber er war auch völlig rücksichtslos. Wie viel hat er ihm gegeben? Vierhunderttausend von über drei Millionen. Das sind etwas mehr als zehn Prozent. Es war eine solche Frechheit von dem Kerl.

In der letzten Nacht ist ihm zuerst eingefallen, dass er beim Autovermieter erfahren könnte, ob Christian seine Karre noch habe. Dann hat er sich daran erinnert, mal gelesen zu haben, dass manche Autovermieter ihre Autos mit einem sogenannten Tracker orten können. Also ist er ganz früh dahin gefahren. Sehr gefreut hat ihn, dass Christian das Auto noch hatte. Also war er noch hier. Bernds Herz hat einen Sprung gemacht, als er das gehört hat. Als Nächstes hat er nach dem Standort gefragt. Auch den hatte er jetzt. Er war auf der Halbinsel Samana.

Er versuchte, sich noch ein paar Dinge einfallen zu lassen, die er mit Christian anstellen könnte, aber im weiteren Verlauf der langen Fahrt stellte er fest, dass diese Gedanken alle sinnlos waren. Zuerst müsste er schauen, wo Christian sich aufhielte, und dann könnte er sich weitere Schritte überlegen. Google Maps führte ihn genau an den Ort, wo heute früh Christians Auto geparkt war. Erstaunlicherweise war es noch da. Er fuhr ein paar Hundert Meter weiter, stellte seine Karre etwas von der Straße entfernt ab und lief zu Fuß zurück. Er sah, dass Christians Leihwagen auf einem sehr großen Grundstück mit Meer-Zugang stand, das mit zwei Häusern im Abstand von vielleicht hundert Metern bebaut war. Interessant, Christian wollte sich ein Grundstück kaufen. Nobel, nobel und das alles von seinem Geld. Der musste sich ja sehr sicher fühlen.

Bernd überlegte, was er machen sollte. Am liebsten würde er sich zu dem Haus schleichen und seine Ohren ein wenig aufsperren. Aber das war zu riskant. Er wollte sich nicht zu früh zeigen, nicht das Überraschungsmoment verlieren. Im schlimmsten Fall würde Christian sonst auf der Stelle verschwinden und das wollte er vermeiden.

Völlig unentschlossen stand er an der westlichen Begrenzung des Grundstücks, einer kleinen Mauer. Das größere Haus lag vielleicht hundertfünfzig Meter östlich von ihm, das kleinere lag zwischen ihm und dem anderen Haus. Vor dem stand Christians Auto. Er hat sich hinter ein paar Büschen versteckt, man konnte ihn weder vom Haus noch von der Straße aus sehen. Hinter ihm stand ein Baum. Bernd setzte sich auf den Boden vor den Baum und lehnte sich an den Stamm. Er atmete tief durch. Er hatte keine Eile, nichts drängte ihn. Aber was zum Teufel sollte er machen. Er stand vorsichtig wieder auf, betrachtete sich nochmal das Haus und dachte dann, er könnte eigentlich doch probieren, ungesehen in die Nähe zu kommen. Er sah auf seine Uhr, es war mittlerweile drei Uhr nachmittags. Er hatte Hunger. Aber das konnte warten. Er machte sich auf den Weg, arbeitete sich vorsichtig auf das Häuschen zu. Es hatte zwei Stockwerke, er musste darauf achten, dass er nicht aus einem Fenster des oberen Stockwerks zu sehen wäre. Es mochte pro Etage vielleicht achtzig Quadratmeter Wohnfläche gehabt haben, also zusammen dann doch über hundertfünfzig. Er blieb stehen, von der Straße war nur selten ein Auto zu hören, die Brandung und die Geräuschkulisse der Vögel dominierten. Jetzt hörte er menschliche Stimmen. Er ging ganz langsam und vorsichtig noch ein wenig weiter und hörte, wie auf der Terrasse des Hauses zwei Männer Englisch miteinander sprachen. Leider war es um Bernds Englisch nicht zum Besten bestellt und so verstand er wenig. Er ging in die Hocke, schaffte es, noch zehn Meter näher ran zu kommen. Jetzt hörte er besser, offensichtlich sprachen sie über Geld und über Häuser. Es klang tatsächlich so, als ob Christian dieses Grundstück mit den beiden Häusern kaufen wollte. Nicht schlecht. Bernd überlegte, ob er irgendetwas unternehmen könnte, was ihm seinem Ziel, den gerechten Anteil an ihrem Geld zu bekommen, näher brächte, aber nein, da war nichts. Er würde sich aus dem Staub machen, bevor hier noch irgendetwas passierte, was seine Anwesenheit verriete. Ganz langsam, Schritt für Schritt entfernte er sich wieder von dem Haus, ein Stück weit nach Westen und dann durch das Palmen-Wäldchen in Richtung Straße. Er setzte sich in sein Auto, fuhr in Richtung Samana los und als er das nächste Hotel am Meer passierte, da drehte er um, fuhr zurück und mietete sich dort ein Zimmer.

34 – BACHATA

Freddys Handy schellte. Sie waren mit dem Leihwagen unterwegs zu einem angeblich besonders schönen Strand. Er nahm das Gespräch an und gab das Telefon dann an Steffi weiter. Sie sprach kurz und legte dann auf.

„Das war Carmen, sie hat vom Autovermieter den Standort von diesem Christian bekommen, er ist auf der Halbinsel Samana. Der Standort vom Auto des Dicken ist jetzt nur noch ein paar hundert Meter von dem von Christians Auto entfernt. Irgendwas geht da ab."

Freddy lachte schallend.

„Entweder sie haben ein Meeting, aber dazu passt die Aussage des Autovermieters nicht so recht. Sie könnten auch gerade aufeinander losgehen. Interessant, wir werden mal hinfahren, oder?"

Sie nickte nur. So war er eben, oftmals kurz angebunden und manchmal regelrecht geschwätzig, aber sie mochte eigentlich so ziemlich alles an ihm, auch die Art und Weise, wie er seine Probleme anging und wie offen man mit ihm diskutieren konnte. Er wendete, sie fuhren zu ihrem Hotel und holten ihre Sachen, checkten aus. An der Rezeption versicherte man ihnen, dass zurzeit keine Hochsaison sei, sie könnten jederzeit wieder ein Zimmer bei ihnen bekommen.

Schon damals, als er in ihr Architekturbüro hereingeschneit ist und sich zu ihr durchgefragt hat, da fand sie ihn sehr interessant. Aber da war sie ja mit ihrer Sandkasten-Liebe verheiratet, da musste man sich zurückhalten. Als sie dann aber von ihrem Kollegen erfahren hat, dass Freddy sich intensiv nach ihrem Beziehungsstatus erkundigt hat, da fingen ihre Gedanken an, um Freddy zu kreisen. Eigentlich hatte sie schon bei der Hochzeit so ihre Zweifel gehabt, aber wenn man sich aus dem Kindergarten kennt, die Grundschule zusammen absolviert hat, sich zu Beginn des Studiums wiedergetroffen hat und dann immer noch zusammen ist, dann kann man auch heiraten, so haben sie beide gedacht. Nachdem sie dann eine Weile verheiratet waren, kamen zuerst ihr Zweifel und wie sie später herausgefunden hat, kamen ziemlich zeitgleich bei ihm auch Zweifel auf. Dann hat man natürlich noch an der Sache festgehalten, weil man ja nichts einfach so wegwerfen sollte und nach einer längeren Zeit sind sie dann beide aufgewacht und haben beschlossen sich, in aller Freundschaft zu trennen. Tja, und die ganze Zeit über erschien Freddy immer wieder in ihrem Kopf und ließ sich einfach nicht verscheuchen.

Für sie war Freddy so der Typ *Prachtkerl.* Unternehmungslustig, meistens unkompliziert und fast immer gut gelaunt. Steffi kam aus einem typischen Handwerker-Haushalt und kannte die Mentalität dieser Leute. Diese Mentalität heißt schlicht, *hilf dir selbst, so hilft dir Gott.* Ihr Vater ist selbstständiger Elektromeister gewesen, und ihre Mutter hat, wie in solchen Läden üblich, das Kaufmännische erledigt. Der Lieblingswitz ihres Papas war der: *Letzter Satz eines Elektrikers? Wat iss dat denn für'n Kabel?*

Gegenüber diesem neuerlichen Trip in die Karibik hier hatte sie ihre Vorbehalte. Diese Einbrecher waren richtige Kriminelle. In ihren Augen ist Mario eher ein Amateur gewesen. Freddy hat gesagt, er sei sich da nicht so sicher. Er wüsste nämlich nicht, ob Christian und Bernd so wie Mario die Nerven gehabt hätten, ihm eine Knarre an den Kopf zu halten, und er meinte, wenn er sich nicht selbst helfen würde, dann würde das sonst auch keiner tun und die Polizei schon gar nicht. Außerdem versicherte er ihr, dass er sich von der Bande fernhalten würde.

Ihr Ehemann hat während der ganzen Zeit, die sie zusammen waren, die eine oder andere Affäre gehabt, ist aber stets reumütig zu ihr zurückgekehrt. Mit Freddy hat sie ein schon verloren geglaubtes Gefühl neu entdeckt, nämlich dass er offensichtlich wirklich nur an ihr interessiert war. Wenn Steffi etwas über Polyamorie und ähnliche angeblich neue Erscheinungen las, dann sträubten sich ihr die Nackenhaare, denn erstens war das alles nicht neu und zweitens war sie in dieser Beziehung äußerst konventionell, also *entweder … oder.*

Zu Tränen gerührt war sie, als Freddy ihr in Indien einen Heiratsantrag gemacht hat, zu dem sie gesagt hat:

„Ja, aber im Moment bin ich von meiner Ehe noch so enttäuscht, dass es einfach bei mir nicht aktuell ist. Aber wenn, dann nur dich, mein Lieber!"

Steffi fand ihr Leben bisher ziemlich geradlinig. Sie ist in Konstanz aufgewachsen, dort zur Schule gegangen, hat in Mailand und Stuttgart Architektur studiert und dann in Konstanz angefangen, zu arbeiten, weil ihr Vater krank war und sie ein bisschen im elterlichen Betrieb mithelfen musste. Zum Glück hat er sich dann wieder vollständig erholt.

Sie schaukelten mit einem unscheinbaren koreanischen SUV durch die Lande. Freddy hat sich für so einen entschieden, weil er nicht auffallen wollte. Steffi und Freddy sind von dieser Dominikanischen Republik nicht so hundertprozentig begeistert, aber sie musste zugeben, dass die Landschaft, die sie gerade durchquerten, wirklich wunderschön war. Die Freundlichkeit und Hilfsbereitschaft der Einwohner gefiel ihr genauso gut wie die Freude, die sie hier an ihrer Musik hatten. Die ging so weit, dass in jedem fünften kleinen Kaff, das sie durchquerten, vor irgendeinem Haus riesige Boxen standen, die den Verkehr mit ohrenbetäubend lauter Bachata- oder Dembo-Musik beschallten. Bachata war ein lokale Besonderheit, die Dominikaner offensichtlich tagelang am Stück hören konnten.

„Freddy, nach dem, was Carmen erzählt hat, ist dieser Bernd auf den Christian nicht sonderlich gut zu sprechen. Vielleicht hat er ihn einfach beschissen? Und jetzt ist Bernd in seiner Nähe und will den Rest der Kohle aus ihm herausprügeln. Versprich mir, dass wir uns raushalten, ich habe keine Lust, einen Knüppel auf den Kopf, ein Messer zwischen die Rippen oder eine Kugel in den Bauch zu bekommen."

„Leider habe ich meinen Druckluftnagler nicht dabei. Wenn die Heinis auf einem Holzboden stünden, ein Nagel in den einen Fuß und dann können die Schlingel nur noch im Kreis herum rennen."

Er lachte über seinen eigenen Witz.

„Und weh tut es auch noch", ergänzte Steffi.

Sein Telefon klingelte schon wieder, er ging ran und gab an Steffi weiter.

Die sprach wieder kurz, blickte auf.

„Abermals Carmen mit den neuesten Koordinaten von Bernd. Der ist jetzt in einem Hotel ein paar Kilometer westlich von Christian. Ich frage mich sowieso, wie das weitergehen soll. Wenn ich mal davon ausgehe, dass unsere Vermutung richtig ist, dann will Bernd von Christian Geld und du willst von beiden Geld. Bernd kann Christian eins drüber geben, ihn einsperren und erst wieder raus lassen, wenn er ihm mehr Geld gegeben hat. Mehr will mir im Moment nicht einfallen. Wie sonst soll er das anstellen. Ich glaube kaum, dass Christian das Geld rausrückt, wenn Bernd ihn höflich darum bittet. Beide haben auch ein echtes Mordmotiv. Für Christian wäre es toll, wenn er Bernd los wäre und Bernd dürfte Christian ganz schön hassen. Du hast überhaupt kein Mordmotiv, weil du Schiss davor hast, in den Knast zu wandern. Aber was willst du machen, zu den beiden hingehen und sagen *Freunde, ihr habt mich beklaut und ich möchte meine Kohle zurück*?"

Steffi sah ihn fragend an. Freddy fuhr langsamer.

„Wir brauchen sowieso demnächst Sprit und da ist eine Tankstelle."

Er ließ das Auto in die Tankstelle hinein rollen, hielt an der Zapfsäule, ließ den Tankwart tanken, fuhr ein paar Meter weiter und stoppte, stieg aus. Steffi öffnete ihre Tür.

„Erstaunlich, hier gibt es noch Tankwarte. Steffi, da hast du leider recht. Aber ich habe auch vorher nie behauptet, dass ich einen Plan hätte. Ich habe nur gesagt, ich möchte mir den neuen Besitzer meines Geldes mal gerne anschauen. Es widerstrebt mir einfach nur, mich beklauen zu lassen, zu ahnen, wer es gewesen ist und dann nichts zu unternehmen. Aber es stimmt – ich habe keinen blassen Schimmer, wie ich diesen Brüdern die Kohle wieder abluchsen soll. Wenn ich an deren Stelle wäre, dann hätte ich das Geld hier auf einer dominikanischen Bank, denn die können in Deutschland sicher keine solchen Summen auf ein Konto schieben, ohne dass die Bank ein Riesentheater wegen Geldwäsche machte. Diese Bank müsste dann bei der Financial Intelligence Unit den Geldwäsche-Verdacht melden. Gehört zum Zoll. Wenn ich richtig informiert bin, ist diese Behörde so hoffnungslos überlastet, dass in der nächsten Zeit gar nichts passieren würde. Also ist das Geld hier in der Dominikanischen Republik und ich habe juristisch nicht die geringste Handhabe, etwas zu unternehmen. Wenn ich zur Polizei ginge, dann sagen die, das sei nicht bei ihnen passiert. Das interessiert sie also nicht. Ich habe ja noch nicht mal etwas gegen Barbara und Mario unternommen. Die betreiben hier fröhlich Geschäfte mit meinem Geld und ich kriege lebenslang gratis die Haare geschnitten. Ach stimmt, unsere zwei Biere haben wir neulich auch nicht bezahlt. Aber leider können wir beide gar nicht so viel saufen, dass wir annähernd auf die hundertachtzigtausend kämen."

„Dein Groll gegen Mario und Barbara ist verflogen, stimmt's?"

„Ja, das ist so. Ich habe bei denen so eine Beißhemmung.

Mario benimmt sich jetzt vernünftig und so betrachte ich das Ganze als eine Art Spende, so ein Startup- Geschenk für karibische Jungunternehmer. Ich will das Geld ja sowieso loswerden."

„Aber bei diesen Burschen, Bernd und Christian, da hast du keine Beißhemmung."

Freddy saß mittlerweile auf der Motorhaube und Steffi stand ihm gegenüber.

„Ist ja auch viel mehr Geld. Auf der anderen Seite muss man sagen, dass Bernd und Christian in unserer Abwesenheit ein Loch in unsere Bude geschnitten haben. Das ist weniger aggressiv, als mir eine Knarre an die Schläfe zu setzen. Mir sind sowieso Diebe sympathischer, die in meiner Abwesenheit einsteigen. Ist vielleicht auch für deren Gesundheit zuträglicher, wenn ich sie erwischen würde."

„Ach, gib nicht so an. Du schlägst nicht so schnell einen tot."

„Aber ich bin ziemlich durchtrainiert und sehr kräftig."

„Ja, schon. Aber du weißt was ich meine."

„Ja. Gefährlich werde ich nur, wenn ich meinen Druckluftnagler dabei habe. Der Druckluftnagler, der Colt des deutschen Zimmermanns."

Beide lachten.

„Also hast du keine Idee?"

Freddy nickte, saß da, die Stirn gerunzelt.

„Ich glaube, ich habe nicht den Nerv, Christian bewusstlos zu schlagen. Dabei kann man auch jemanden töten. Das will ich nicht. Die beiden sind ja leider nicht erpressbar. Sie haben keine Freundin, keine Kinder, die man entführen könnte. Eigentlich haben wir ziemlich schlechte Karten, gell, Steffi?"

„Außer, es passiert etwas Unerwartetes. Die Chancen dafür stehen gar nicht so schlecht, weil die beiden vielleicht demnächst aufeinander losgehen werden. Ja gut, wir fahren da jetzt hin und schauen uns das an. Und im schlimmsten Fall pfeifst du auf die drei Millionen. Auch schön, wenn man so etwas sagen kann."

35 – BEIFANG

Sein Besuch war weg. Ist am Strand entlang zu Fuß gekommen und auf demselben Weg wieder gegangen. Christian hat mit dem Makler die Details besprochen. Der Verkäufer war tatsächlich bereit, ein wenig am Preis nachzulassen und Christian hat sich mit ihm über sämtliche Details des Kaufs unterhalten. Er hat auch eine deutschsprachige dominikanische Anwältin gefunden und mit ihr bereits gesprochen. Die vertrat ihn bei der ganzen Sache. Christian war viel zu vorsichtig, um sich auf irgendwelche Versprechungen einzulassen. Aber er war guter Dinge. Er würde das kleinere Haus selbst bewohnen und das andere Haus in Kürze etwas aufmotzen, die Möbel rausschmeißen und ein bisschen Geld in bessere Bauqualität investieren und dann würde er es verkaufen. Einen Swimmingpool würde er auch noch bauen. Er hat sich bei dem Makler schon mal über mögliche Verkaufspreise erkundigt. Als Nächstes kämen noch zwei weitere Häuser auf dem Grundstück dazu, eventuell auch vier. Platz war genug da. Die Anwältin hat schon vor dem Kauf abgeklärt, ob das mit der Baugenehmigung funktionieren würde. Sie hat ihm Referenzen geschickt, und er hat die Leute gefragt, ob bei ihr jemals irgendetwas schief gegangen sei. Alle wussten nur Gutes über sie zu berichten. Christian war zuversichtlich, das hinzubekommen. Mit diesen Projekten hätte er für die nächsten Jahre an diesem traumhaften Plätzchen schon genug zu tun.

Er würde sich hier in der Nähe wieder einen Spanisch-Lehrer suchen und sich vielleicht auch wieder sportlich betätigen. Er hat die ganze Zeit noch mal hin- und her überlegt, wie Bernd ihn finden sollte, aber es ist ihm nichts eingefallen. Er könnte auch immer noch seine Immobilien verkaufen und tatsächlich weiterziehen, wenn Bernd ihn je finden sollte. Aber er glaubte, dass der sich vermutlich ein bisschen Geld abgeholt hätte und wieder auf dem Weg nach Deutschland wäre. Solche Leute waren nicht anpassungsfähig. Denen fiel einfach nichts ein.

Christians Vater war ein kreuzbraver Beamter, seine Mutter hat halbtags als Buchhalterin bei einem Steuerberater gearbeitet. In der Schule war er ganz gut, aber in der Pubertät begann er, erst ein bisschen und dann immer stärker zu kiffen. Am Ende fehlt ihm jeglicher Antrieb, er schaffte das Abitur mit Ach und Krach. Seine Eltern haben ihn in heller Verzweiflung dann zu einer Banklehre gedrängt. Da hat er sich dann immerhin so weit zusammengerissen, dass er sie erfolgreich absolviert hat. Die Stelle hat er nur bekommen, weil seine Mutter irgendwelche Beziehungen hatte. Da er plötzlich mit Geld zu tun hatte, begann er, Leute zu bewundern, die für seine Verhältnisse größere Vermögen besaßen. In seinem von jahrelanger harter Kifferei noch leicht beschädigten Gehirn begann sich der Wunsch nach einem bequemen Luxusleben frei von zu viel Arbeit breitzumachen. Die Jobs, die man ihm nach der Lehre anbot, die waren ihm alle zu blöd und stattdessen drehte er sein erstes Ding. Das war leider erfolgreich und so machte er dann weiter, nur eines pro Jahr, zumeist Einbrüche. Er hatte außer dem neuen dominikanischen Konto noch einige Konten in Deutschland, auf den teilweise ansehnliche Summen lagen.

Sein Job als Paketfahrer ist mehr Show als Wirklichkeit gewesen, tatsächlich brauchte er den gar nicht und er hat sich da keineswegs überarbeitet. Er lebte in seiner Zeit nach der Bank ein paar Jahre mit einer Freundin zusammen, aber irgendwann bekam die raus, was er wirklich machte und verließ ihn. Seither hatte er nur sporadische Affären, alles nur verlängerte One-Night-Stands und wenn mal eine mehr als eine Woche dauerte, dann merkten die Mädels schnell, dass er wenig bis gar nichts über sich selbst erzählte. Und das war den meisten suspekt. Christian ließ einfach niemanden an sich heran. Der Einbruch, der ihn in den Knast brachte, war eigentlich sehr lukrativ, aber da stolperte er über einen Hehler, den die Polizei bereits beobachtete. Er hat sich den Bullen sozusagen auf einem silbernen Tablett als Beifang angeboten.

Seit seiner Knast-Zeit ist er immer vorsichtiger, zurückhaltender und misstrauischer geworden. Dennoch sehnte sich Christian nach Nähe zu einer Frau und er hat sich fest vorgenommen, in seinem neuen Insel-Leben diese Situation grundlegend zu verändern. Dank Bernd und Freddy hat er jetzt eigentlich alle seine Ziele erreicht. Er glaubte, dass er in der Lage sein werde, sein Vermögen sogar noch zu vergrößern. Das hier war genau sein Ding. Er wollte ja gerne arbeiten, aber er wollte nicht unter dem täglichen Druck stehen, es irgendeinem Chef recht machen zu müssen. Und er wollte Dinge in einer Umgebung tun, die ihm passte und er wollte sie in einem Tempo tun, das ihm passte. Christian fühlte sich angekommen. In ein paar Tagen war der Notar-Termin und dann konnte es losgehen. Aber sie haben ihm schon mal gestattet, das Haus zu bewohnen. Schön war's hier.

36 – ÜBERWACHUNG

Stephanie und Freddy haben sich am Vorabend das Grundstück angesehen, auf dem Christians Auto stand, sich dem Haus aber nicht weiter genähert.

„Steffi, dieser Christian hat mich sicher gegoogelt. Der weiß garantiert, wie ich aussehe. Wenn er mich jetzt hier erkennen würde, dann wäre das ganze Überraschungsmoment im Eimer. Es ist mir viel zu riskant, mich anzuschleichen, obwohl es mich jucken würde.“

„Da bin ich aber froh. Vielleicht hat er sich auch einen Rottweiler zugelegt, oder eine Knarre organisiert? Das ist hier wohl kaum ein Problem.“

Sie sind dann weiter gefahren und wollten im nächstgelegenen Hotel am Meer nach einem freien Zimmer fragen, aber Steffi hat ihn darauf aufmerksam gemacht, dass das genau der Standort von Bernds Auto sei.

„Der weiß garantiert auch, wie du aussiehst und er sollte nicht wissen, dass wir uns hier herumtreiben.“

Sie sind dann einfach noch ein paar Kilometer weitergefahren und da war schon das nächste Hotel. Die hatten auch was frei. Am nächsten Morgen fuhren sie wieder zurück und stellten ihr Auto ein paar Hundert Meter vor Christians Grundstück ein bisschen vom Straßenrand entfernt in einem Wäldchen ab. Dann tasteten sie sich vorsichtig in Richtung Christians Grundstück.

„Da steht ein Auto.“ Sie gingen näher. Gut hundert Meter vor ihnen sahen sie ein ähnliches SUV wie ihres. Freddy zeigte auf einen Aufkleber auf der Heckscheibe.

„Schau mal den Aufkleber an, das ist ein Wagen von derselben Firma, von der wir unseren haben. Hier war doch laut Tracker gestern Bernds Auto geparkt.“

„Drollige Farbe, was soll das sein? Pink-Orange-Metallic?“

Steffi nahm ihr Handy heraus und fotografierte die Autonummer.

„Jetzt sollten wir vorsichtig sein. Wir beobachten einen Beobachter. Das ist witzig, Bernd belauscht Christian und wir belauschen beide. Wir sollten da nicht allzu nahe rangehen.“

Vorsichtig schlichen sie leicht gebückt weiter und

versuchten, sich, so oft wie möglich Deckung hinter einem Baum zu verschaffen. Nach wenigen Minuten hob Freddy die linke Hand und blieb stehen. Er flüsterte:

„Da vorne steht einer, vermutlich Bernd. Er hat uns noch nicht gesehen."

Stephanie sah genau hin. Tatsächlich kauerte knapp hundert Meter vor ihnen ein Mann hinter einem Busch am Boden und sah unverwandt zu dem Haus hin. Er trug kurze Hosen und ein T-Shirt, hatte helle Haare, so ein typischer Germane. Zwischen ihm und ihnen war außer den Bäumen zum Glück etwa eineinhalb Meter hohes Buschwerk. Sie drehten auf der Stelle um und schlichen gebückt zum Auto zurück.

„Mir wird das jetzt zu blöd. Angeblich besitze ich achtzig oder vielmehr nur noch siebenundsiebzig Millionen und ich spiele hier selbst den Privatdetektiv."

Er nahm sein Handy heraus und rief Carmen an, schilderte ihr die Situation. Carmen sei schließlich der Profi und falls sie Zeit habe, würde er sie doch bitten, mit entsprechendem Equipment wie Kameras, Ferngläsern und Richtmikrofonen hier aufzutauchen. Falls es ihnen gelänge, von seinem Geld etwas zurückzubekommen, würde er ihr einen sicher zufriedenstellenden Anteil davon zusagen. Daraufhin sagte sie, sie sei quasi schon unterwegs. Aber das würde sicherlich noch vier Stunden dauern. Sie sollten sich vielleicht für morgen früh verabreden. Er nannte ihr den Namen und die Adresse des Hotels.

Am nächsten Morgen erhielt er eine Whatsapp von ihr, sie kämen jetzt gleich vorbei.

„Ihr wollt also tatsächlich zumindest einen Teil von eurem Geld zurückhaben?"

„Ja, das wäre schön."

Dann lernte Freddy wieder ihre ganz direkte Art kennen:

„An welchen Anteil in Prozent habt ihr denn im Falle des Erfolges für mich so gedacht?"

„Fünf Prozent!"

„Okay, da bin ich natürlich sehr interessiert. Ihr habt Bernd schon observiert? Und Christian sitzt den ganzen Tag in dem Haus herum?"

Freddy nickte.

„Wir brauchen erstmal mehr Informationen. Macht euch einen schönen Tag am Meer, legt euch an den Pool oder fahrt von mir aus nach Santo Domingo."

Stephanie sah Carmen etwas unschlüssig an. Die sagte es jetzt ganz deutlich:

„Leute, es hat keinen Sinn, wenn sich Bernd anschleicht und ihr euch an Bernd anschleicht und alle im Wald herumstehen und auf irgendetwas warten. Morgen früh kann ich euch was genaueres erzählen."

„Carmen, was hast du denn vor?"

Carmen schüttelte nur den Kopf.

„Ich will keine Versprechungen machen, sondern ich probiere was aus und wenn es dann funktioniert, dann erfahrt ihr es. Versprochen!"

Steffi und Freddy haben sich dann tatsächlich ans Meer begeben und gefaulenzt. Als sie am nächsten Morgen zum Frühstück auf die Terrasse des Hotels traten, sahen sie in der äußersten Ecke Carmen mit einem aufgeklappten Notebook vor der Nase sitzen. Sie winkte sie zu sich.

„So, jetzt kann ich euch ein paar Sachen zeigen."

Sie begrüßten sich herzlich.

„Schaut mal."

Sie deutete auf den Bildschirm. Man sah ziemlich scharfe Video-Aufnahmen von dem Haus, in dem Christian wohnte. Die Kamera schwenkte zuerst auf sein Auto, das vor der Tür stand, dann zur Terrasse, wo er mit einer Tasse Kaffee saß und telefonierte. Carmen stoppte das Video, tippte auf ihrem Notebook herum und sie hörten sein Telefonat, erst in ganz langsamem Spanisch und dann auf Englisch.

„So, damit können wir was anfangen. Die Kamera nimmt nur auf, wenn sich etwas bewegt. In meinem Büro sitzt jemand, der alles mitbekommt, was bei diesem Haus passiert. Und wir hören mit. Das konnten wir natürlich alles erst in der Dunkelheit machen, am Tag wäre bestimmt jemand gesehen worden. Also, so lange er in dem Haus ist, hören wir alles, was geredet wird. Das sind vernünftige Informationen."

Freddy nickte anerkennend.

„Ich muss aber sagen, dass ich kein Patentrezept habe. Ich habe keine Idee, wie man diesen Christian dazu zwingen können, dir dein Geld wieder zu geben. Ist es dein Geld oder ist es euer Geld?"

Sie schaute von Steffi zu Freddy und zurück.

„Es ist sein Geld", antwortete Steffi.

„Wir könnten ihn überfallen, niederschlagen und so lange einsperren, bis er eine Überweisung macht. Zur Polizei gehen kann er nicht, aber ich werde das nicht tun, denn ich liebe meinen Beruf als Privatdetektivin und ich möchte meine Lizenz gerne behalten. Dir würde ich solche Methoden auch nicht empfehlen, denn du hast ja scheinbar noch genug Geld und er ist es einfach nicht wert. Andere Ideen habe ich im Moment leider nicht. Ich würde jetzt gerne mal beobachten, was zwischen diesem Bernd und Christian abgeht. Wer spioniert denn seinen Partner aus, mit dem man zusammen in ein Haus eingebrochen ist? Das tut nur einer, der dem anderen nicht mehr traut. Ich kann mir vorstellen, dass Christian den anderen beschissen hat. Von diesem Streit könnten wir vielleicht profitieren."

37 – NOTAR

Bernd tat das Kreuz weh. Er hockte jetzt schon wieder seit einer Stunde hinter diesem Busch. Kannte langsam jedes Blättchen, das da dran hing. Er räkelte sich. Den ganzen Tag würde er hier nicht aushalten. Er hat beschlossen, sich nur noch von morgens um neun bis mittags und am Nachmittag auf die Lauer zu legen, also zu Zeiten, wenn Leute wie Christian seiner Meinung nach ihr Haus verließen.

Er hatte ein Riesen-Glück. Kurz nach neun ist Christian losgefahren. Bernd wetzte zu seinem Auto und startete. Er musste auf der Straße wenden und hoffte, dass Christian in dem Moment nicht in den Rückspiegel schauen würde. Sie fuhren eine ziemliche Weile nach Westen und dann bog er ab in Richtung Las Terrenas, einer anderen Stadt auf der Halbinsel. Er verfolgte ihn in angemessenen Abstand. Kurz vor der Stadt wurde der Autoverkehr plötzlich dichter und Bernd schloss etwas näher zu ihm auf. Nach ein paarmal Abbiegen wurde Christian langsamer, parkte schließlich vor einem Haus. Bernd fuhr ein Stück weiter, parkte sein Auto ebenfalls und stieg aus. Er sah, wie Christian in dem Gebäude verschwand, ging vorbei und sah, dass dort das Schild eines Notars hing. Andere Leute gingen auch in das Haus hinein. Bernd wurde klar, dass hier der Kauf von Christians Grundstück abgewickelt wurde.

Bernd hat seit Tagen gehirnt, was er machen könnte, aber er war kein bisschen weitergekommen. Er hat die Variante mit Entführen und Einsperren x-mal durchdacht, aber wie er es auch drehte und wendete, das wäre dann wieder Erpressung und das war ihm zu heiß. Er war sich aber auch sicher, dass Christian ihm ohne Druck freiwillig nichts abgeben würde.

Bernd dachte, die Gelegenheit sei jetzt saumäßig günstig. Er fuhr zurück zu Christians Anwesen und parkte direkt vor dem Haus. Dann ging er an den Kofferraum, holte einen Rucksack heraus, ging auf die Terrasse des Hauses, nahm aus dem Rucksack sechs Flaschen, aus deren Hals jeweils ein zusammengeknüllter Lappen herausschaute. Er zündete den ersten Lappen an und schob die Flasche bei der gekippten Terrassentür oben in das dahinterliegende Zimmer hinein, gab ihr dabei noch ein wenig Schwung. Die nächste Flasche schmiss er gegen die Fassade, dann noch eine in ein Fenster im Obergeschoss, das offen stand. Mit dem Rest der Flaschen bombardierte er dann die anderen Seiten des Hauses und die Terrasse.

Er sah, wie die Flammen sich ausbreiteten, hoffte, dass das zumindest für einen nachhaltigen Schaden langen würde, packte seinen Rucksack, sah sich noch mal um, ob ihn jemand gesehen haben könnte, und begab sich zufrieden wieder auf den Weg zu seinem Auto. Er schaute nochmal zurück, zumindest die Fassade brannte lichterloh, auch innen sah man schon Flammen.

Dann fuhr er zu seinem Hotel und machte sich auf zu einem längeren Strandspaziergang. Das Einzige, was ihm fehlte, das war ein Alibi, aber er glaubte kaum, dass ihn je irgendwer danach fragen würde.

38 – MOLOTOW

„Steffi, jetzt geht's los."

Steffi kam aus dem Bad gestürzt.

„Was schreist du denn so herum?"

„Schau mal, es kommt Schwung in die Sache."

Sie sah auf den Monitor von Freddys Notebook, da lief eine Aufnahme von der Kamera auf Christians Grundstück. Ein Mann schmiss Molotow-Cocktails in ein offenes Fenster und gegen die Fassade des Hauses. Die Flammen schossen hoch, man sah, wie sie sich auch im Inneren ausbreiteten. Dann brach die Aufnahme ab und setzte eine Weile später wieder ein. Mittlerweile stand das ganze Haus in Flammen, dichter Qualm drang aus einem offenen Fenster im Obergeschoss. Dann brach das Video ab und setzte wieder ein, als ein großer Feuerwehr-LKW vor das Haus rumpelte.

Freddys Handy schellte, er ging ran.

„Ja, Carmen, das ist toll. Weiß noch nicht genau, wie wir das verwenden können, aber du hast recht, es kommt Bewegung in die Sache. Folglich haben wir jetzt Bernd in der Hand. Dem können wir ein Verbrechen in der Dominikanischen Republik nachweisen, wegen dessen er garantiert abgeschoben würde. Das ist super. Ich bin begeistert. Bernd muss ziemlich sauer sein. Ja, melde dich, sobald du was Neues hast."

Er legte das Handy weg und sah Steffi an. Die sagte:

„Ich glaube, wir bleiben noch ein bisschen länger hier. Das ist ja besser als Kino, weil es live ist. Ich frage mich bloß, was Bernd vorhat. Vielleicht hat er dein Interview gelesen oder was davon gehört. Es ist von Christian ziemlich dämlich gewesen, sich einzubilden, dass Bernd den Beschiss nicht mitbekommt. Bernd hätte ihn ja einfach fragen können, ob er ihm den fairen Anteil abgibt. Aber vermutlich hat er gedacht, das sei sowieso sinnlos und jetzt schlägt er gleich mal präventiv zu. Vielleicht will er damit Christian zeigen, dass mit ihm nicht zu spaßen ist. Ich könnte mir auch vorstellen, dass die hier feststellen können, dass es Brandstiftung war und ich weiß nicht, ob die Versicherungen hier bei Brandstiftung zahlen. Wenn nein, dann war das jetzt ein teurer Schlag. Was kostet so ein Haus hier? Gut, das Haus steht ja noch. Aber den kompletten Innen-Ausbau muss man wahrscheinlich neu machen. Das kostet hier sicher auch an die hunderttausend. Wenn er ihm noch die andere Hütte anzündet, dann lohnt sich das. Die ist deutlich größer als die erste. Bernd, der Feuerteufel von Samana."

Steffi nickte zustimmend.

„Freddy, anderes Thema – mir ist noch was zu deiner Stiftung eingefallen."

Freddy setzte sich aufrecht hin.

„Da bin ich mal gespannt."

„Was du da vorhast, bedeutet ja, dass du die Kontrolle über das Geld behältst. Du hast es bloß nicht mehr zu deiner privaten Verfügung. Du tust Gutes, aber du kontrollierst es. Es wird jede Menge Leute geben, die diese Art von Gutmenschentum hassen, die meinen, du solltest das Geld dem Staat geben und alles andere taugt nichts."

„Ja, das weiß ich. Die haben auch nicht gelernt, dass der

Staat seit Jahrhunderten das Geld seiner Bürger verplempert. Die lesen die jährliche Zusammenstellung vom Bundesrechnungshof über irrsinnige Verschwendungen nicht. Was ist denn dieser Staat? Das sind die Politiker, fünf Millionen Beschäftigte im öffentlichen Dienst, davon einskommasieben Millionen Beamte. Was meinst du wie schnell meine knapp achtzig Millionen in irgendwelchen Haushalten versickern. So schnell kannst du gar nicht gucken. Nee, das kommt nicht in Frage. Und mir ist egal, was manche Leute über mich denken. Und mit den paar Millionen sind wir so klein und unbedeutend, dass ich nicht mit großem Interesse rechne. Mir fällt noch was ein, der Max von der Kripo hat angerufen. Er hat mir erzählt, wie die zwei Kumpels von Mario heißen, aber das wussten wir schon. Beide waren mit Mario im Knast. Er sagt, wir sollten aufpassen."

39 – BRANDSTIFTUNG

Christian blieb nach außen ruhig, tobte nur innerlich. Er war eben von seinem Notar-Termin zurückgekommen, hatte sein frisch erworbenes Grundstück keine drei Stunden alleine gelassen. Bei seiner Rückkehr musste er mit ansehen, wie die Leute von der Feuerwehr sein völlig ausgebranntes und komplett durchnässtes Haus nach der Brand-Ursache durchstöberten, um ihm schließlich mitzuteilen, dass irgendwer mithilfe von Molotow-Cocktails Feuer gelegt habe. Er konnte seiner Wut noch nicht mal Ausdruck verleihen, hätte am liebsten alles kurz und klein geschlagen. Wer zum Teufel zündete ihm das Haus an. Und das ausgerechnet kurz nach seinem Notar-Termin. Jetzt gehörte ihm die Bude. Er wusste, es gab eine Feuerversicherung, aber er hatte keine Ahnung, ob die im Falle von Brandstiftung bezahlte. Im schlimmsten Falle kostete ihn das eine sechsstellige Summe.

Der Chef von der Feuerwehr kam und sagte ihm, dass sie jetzt abrücken würden. Er sprach schön langsam, so dass Christian ihn einigermaßen verstand. Christian zückte sein Portemonnaie und gab ihm spontan zweihundert Dollar. Immerhin haben die verhindert, dass noch mehr abgebrannt ist. Das Dach war noch drauf, die Dachsparren schienen also noch ganz in Ordnung zu sein. Das war vermutlich das Verdienst der Feuerwehrleute. Da waren zweihundert nichts dagegen. Er würde sie gerne fragen, wer sie alarmiert hat, aber dazu reichte sein Spanisch schon wieder nicht. Verdammter Mist. War auch egal und würde sowieso nichts mehr ändern. Den Brand würden sie bei der Polizei melden, so viel hat er noch verstanden. Er setzte sich auf die Treppe, die von der Terrasse herunter führte. So einen richtigen Garten gab es nicht, vor dem Haus wuchs ein niedriges bodenbedeckendes Kraut, was den Vorteil hatte, dass man es nicht mähen musste. Es lief sich ganz angenehm darauf. Ultragepflegte Gärten wie in Deutschland waren hier nicht so in Mode. Er fand das auch ganz gut so. Christian hörte den Diesel des Feuerwehr-LKW anspringen, die wendeten und fuhren davon. Jetzt war er wieder alleine.

Er rätselte, wer es gewesen sein könnte. Ihm kam nur ein Name in den Sinn, *Bernd*. Vielleicht hat er rausbekommen, wie groß die Beute wirklich war. Aber wie? Vielleicht von Mario. Der hatte ja einen vagen Kontakt zu diesem Freddy. Dann wäre Bernd noch auf der Insel. Wie zum Teufel sollte er ihn gefunden haben? Aber Bernd ist der Einzige, dem er in letzter Zeit auf die Füße getreten ist. Halt, halt, das stimmte ja gar nicht. Es könnte auch Freddy sein. Mario hat erzählt, dass Freddy ihn vor einiger Zeit bis hierher verfolgt hat aber wie bitteschön sollte dieser Freddy ihn gefunden haben. Christian stand auf, schaute sich das Haus noch mal von allen Seiten an und sah, dass ein paar von den Bäumen um das Haus auch noch angesengt waren. Er schaute nach dem Dach, das sah noch ganz gut aus. Dann ging er zu dem anderen Haus rüber. Ihm fiel ein, dass der Brandstifter ja auch das andere Haus noch anstecken könnte. In dem Moment, in dem er das Grundstück verließ, könnte er zuschlagen. Das war ganz einfach. So ein verdammter Mist. Er war jetzt in einer Verteidigungsposition. Er wurde angegriffen. Was sollte er tun, nach Bernd suchen? Oder nach Freddy? Er könnte mal zu Mario fahren. Vielleicht fände er da was heraus?

40 – KNARRE

Bernd lag mal wieder auf seiner Liege, die er sich immer recht früh am Morgen per Handtuch gesichert hat. Wo käme man denn hin, wenn ein anderer seine Liege benutzen würde? Er nahm an, dass Christian zwar stinksauer, aber auch sicher beeindruckt sei. Das hat ihm weh getan und genau das hat er auch beabsichtigt. Hätte ja vorher mit ihm reden können. Er hat nach dem Motto gehandelt, *erst zuschlagen, dann fragen*. Ob

Christian gerätselt habe, wer dahinterstecken könnte? Eigentlich käme ja nur er in Frage. Christian war auch keiner, der an Zufälle glaubte. Bernd nahm sein Handy, suchte sich den Whatsapp-Chat mit Christian raus und schrieb ihm eine Nachricht.

Lieber Christian, ich habe herausgefunden, dass du mich um etwas über eine Million beschissen hast. Wir hatten fifty-fifty verabredet. LG Bernd.

Bernd dachte, das *LG*, also *liebe Grüße* war in diesem Fall wirklich gelogen. Er stellte das Kopfteil der Liege wieder etwas höher. Dann merkte er, dass es ihm zu heiß wurde und er schob das Ganze unter einen Sonnenschirm. Später ging er zum Abkühlen in den Pool und legte sich wieder auf seine Liege. Etwa zehn Minuten später kam ihm eine Idee. Er ging auf sein Zimmer, zog sich an und machte sich auf den Weg in die Hauptstadt Santo Domingo. Er sah auf die Uhr, es war jetzt kurz nach zehn. Die Fahrt würde über drei Stunden dauern, aber das war ihm egal.

Am frühen Nachmittag war er da. Bernd fuhr in die Innenstadt, parkte sein Auto. Dann stiefelte er los. Er suchte nach Bars, suchte nach einem Rotlicht-Viertel und wurde fündig. Santo Domingo hatte etwas. Man sah der Stadt die koloniale Vergangenheit eindeutig an. Sogar Bernd merkte das, obwohl er total auf sein Ziel fixiert war. Er musste mehrere Bars aufsuchen und sein Sprüchlein aufsagen, bevor er in der vierten fündig wurde, dem zwielichtigsten Schuppen von allen. Er fragte nach jemandem, der Englisch sprach. Der Barkeeper schaute ihn an, nickte, ging in ein Hinterzimmer und kam mit einem anderen Mann wieder. Der sah ihn an. Bernd sagte in seinem miesen Englisch:

„I need gun."

„Du brauchst eine Knarre?"

Bernd nickte.

„Ah, du sprichst Deutsch."

„Ich habe acht Jahre als Altenpfleger in München gearbeitet."

„Ja, ich brauche eine Waffe. Eine Pistole."

„Hast du genug Geld?"

„Ja, schon."

„Warte mal."

Der Mann verschwand und kam noch ungefähr fünf Minuten mit einem Karton in der Hand wieder. Vergewisserte sich, dass keiner der wenigen Gäste etwas sehen konnte, und öffnete den Karton. Drin lag eine Pistole.

„Das ist eine Glock, in den USA ziemlich verbreitet. Ich habe dir noch hundert Schuss Munition dazu gelegt. Zweitausend Dollar und sie gehört dir."

„Das ist aber teuer."

„Du musst sie ja nicht kaufen. Die werde ich schnell los."

„Nein, nein. Ich nehme sie."

Bernd zog einen Stapel Scheine aus seiner Hosentasche, zählte sie ab und schob sie über den Tresen.

„Du bekommst noch ein Bier dazu. Magst du eins?"

„Ja, gerne."

Sie unterhielten sich noch eine Weile über Deutschland, über München, über den Beruf des Krankenpflegers und die Dominikanische Republik und dann verschwand Bernd. Er war ganz zufrieden mit der Situation. Seit dem Versenden der Whatsapp-Nachricht an Christian hat er schon x-mal auf sein Handy geschaut. Er sah, dass die Nachricht zwar auf Bernds Handy angekommen ist, aber er hatte keine Bestätigung dafür, dass der sie gelesen hat. Nun gut, wenn man sie nicht öffnete, konnte man kurze Nachrichten auch so lesen. Er wusste, dass es noch einen anderen Trick gab, aber der war ihm entfallen. Für den Absender sahen sie dann so aus wie ungelesen. Er war sich ziemlich sicher, dass Christian sie gelesen hat.

In dem Moment schoss ihm etwas durch den Kopf. Er hat Christian ja durch den Auto-Vermieter geortet. Was wäre denn, wenn sein Auto auch so einen Tracker hätte, dann könnte Christian das auch mit ihm machen. Bisher hat er sich eingebildet, sein Standort sei geheim. Daher hat er sich auch in seinem Hotel die ganze Zeit sicher gefühlt. Was wäre denn, wenn Christian auf die Idee gekommen wäre, seinen Standort ausfindig zu machen? Dann wäre er in dem Hotel nicht mehr sicher. Und für Christian wäre es das Einfachste, wenn er Bernd schlicht und einfach beseitigen würde. Bernd fuhr rechts ran, nahm sein Handy, für das er hier in der Domrep eine ganze Reihe von Prepaid-Karten gekauft hat, und begann zu googeln, wo man denn Tracker an Leihwagen üblicherweise anbrächte.

41 – BEUTE

Die Fahrt dauerte wieder mal ewig. Christian ist ganz früh losgefahren, gestern war es einfach zu spät. Die Whatsapp von

Bernd hat sämtliche Unklarheiten über den Brandstifter beseitigt. Natürlich war es Bernd. Warum sollte ihm Freddy die Hütte anzünden. Der wollte sicher nur sein Geld zurück. Nein, Bernd hat zugeschlagen, um zu demonstrieren, dass er in der Lage ist, ihm zu schaden. Er hat ja schon vorher immer argwöhnisch gefragt, ob er beschissen wurde. Irgendwie muss er herausgefunden haben, dass er mehr abgesahnt hat, als er ihm gegenüber zugegeben hat. Er hatte keine Ahnung, wie. Vielleicht hat er mit Freddy gesprochen, aber das war schwer vorstellbar. Bernd wird kaum bei ihm angerufen haben. Er konnte sich auch nicht vorstellen, dass Freddy hier auf der Insel auftauchte. Woher sollte denn der wissen, dass es Bernd und ihn hierher verschlagen hat. Während er Dutzende von langsamen Karren und Traktoren überholen musste, kreisten seine Gedanken darum, wie Bernd ihn hat orten können. Bei einem der Überholvorgänge hat er Vollgas gegeben, um an einer mit Gemüse beladenen alten Karre vorbeizukommen, aber dieser Leihwagen war ja derart untermotorisiert, beschleunigte fast gar nicht. Da hat er auf das Armaturenbrett geschlagen und *Scheißkarre* geschrien. Nur weil der Entgegenkommende ein bisschen ausgewichen ist, hat er es gerade noch geschafft, an der Gurke vorbeizukommen. Als er sich wieder beruhigt hat, ist ihm ein Gedanke gekommen. Der Leihwagen könnte einen eingebauten Tracker haben. So etwas hat er mal gelesen. Es wäre auch möglich, dass der Autoverleiher die Information rausrückte. Vermutlich gegen Geld, die Schweinebacke. Er hat ihn bei so einem leicht halbseiden wirkenden Verleih an der Straße nach Puerto Plata angemietet. Der ist mit Abstand der Günstigste gewesen. Die Autos waren nicht ganz neu, aber sehr gut in Schuss.

Daraufhin hat er sofort angehalten, sein Handy herausgenommen und gegoogelt, wo Autoverleiher ihre Tracker normalerweise anbringen. Das Handy hat ihm eine Reihe von Antworten ausgespuckt, unter anderem seien die Radkästen oder die Innenseiten der Stoßstange beliebte Orte. Es könnte auch irgendwo in den Blinkern oder im Armaturenbrett sein. Christian hat sich gedacht, er fange mal bei den einfachen Möglichkeiten an und hat alle vier Radkästen abgetastet. Hinten hat er angefangen und vorne rechts ist er fündig geworden. Er hatte eine verdreckte rechte Hand, aber dafür hat er vermutlich den Tracker gefunden. Es war so ein kleines schwarzes Kästchen. Er hoffte nur, dass die nicht noch mehr von den Dingern montiert haben, aber warum sollten sie eigentlich? Den Tracker schmiss er in einem hohen Bogen ins Feld neben der Straße. Wer ihn jetzt über das Auto suchen würde, der fände ihn hier. So, eine Sorge weniger. Er machte sich wieder auf den Weg nach Cabarete.

Als er ankam, ist er ohne Umwege zu Marios Friseurladen gegangen. Der stand da und schnitt einem Kunden die Haare. Er sah ihn kommen, grüßte und nickte mit dem Kopf in Richtung auf seine Wartestühle. Nachdem er fertig war, setzte er sich in den Stuhl neben ihm:

„Christian, wie geht's dir?"

„Bis auf die Tatsache, dass mir jemand eins von meinen Häusern angezündet hat, geht es mir ganz gut."

„Ach du Schreck. Wieso Häuser, besitzt du jetzt Häuser?"

„Ja, ich habe mir ein Grundstück mit zwei leicht renovierungsbedürftigen Häusern gekauft und eines davon ist abgebrannt."

„Ich wusste gar nicht, dass du noch hier bist. Bernd hat bei seinem letzten Besuch noch erzählt, du wolltest die Domrep verlassen."

„Nein, warum sollte ich. Ist eigentlich dieser Freddy hier auf der Insel? Du hast mir doch mal erzählt, er sei schon mal hier gewesen."

„Ja, das war nach meinem Überfall auf ihn. Da ist er tatsächlich hergekommen und hat mich bedroht. Ich verstehe es ja irgendwie. Er hätte auch allen Grund, dich zu bedrohen. Aber ich wüsste nicht, dass er von dir weiß."

„Also hast du ihn hier nicht gesehen?"

„Nein, keine Spur von ihm", log Mario.

„Bernd glaubt, ich hätte ihn beschissen, stimmt aber nicht. Für das, was er getan hat, hat er viel zu viel bekommen."

„Ach Christian, das ist doch immer das Gleiche. Wenn zwei zusammen ein Ding drehen, dann geraten sie sich in den meisten Fällen gleich danach wegen der Beute in die Haare. Ach so, Bernd hat dein Haus angesteckt?"

Mario bekam keine Antwort.

„Ich mach mich dann mal wieder vom Acker. Grüß Barbara!"

Christian ging zum Essen in ein Bistro. Er dachte nach. Dieser Besuch hat nur die Erkenntnis gebracht, dass Freddy nicht auf der Insel ist. Ansonsten war er sinnlos. Da kam ihm eine Idee. Er verzehrte sein Essen noch, dann machte er sich auf den Weg zu dem Auto-Verleiher. Er betrat den Laden, ein europäisch aussehender Mann stand hinter dem Tresen.

„Was kann ich für Sie tun?"

„Sie verraten Leuten den Standort ihrer Leihwagen!" Christian sah den Mann richtig böse an. Das verunsicherte ihn offensichtlich, denn er sagte leicht stotternd:

„Das, das ist ja kein Geheimnis. Es ist nach dominikanischem Gesetz auch völlig legal und das gilt hier."

Drohend sagte Christian:

„Kann ich nicht beurteilen. Mir passt es aber gar nicht in den Kram. Sie haben den Standort meines Autos verraten."

„Nein, das habe ich nicht."

„Woher sprechen Sie so gut Deutsch?"

„Ich bin Spanier, habe zwei Jahre in Hamburg gearbeitet."

Für Christian war das eben so etwas wie eine Gehorsamkeitsübung. Im Pferdesport macht man Dinge mit Pferden, die diese nicht so gerne tun. Man lässt sie zum Beispiel ein paar Schritte rückwärts gehen. Wenn das Pferd es tut, dann gehorcht es dem Reiter und vertraut ihm. Dieser Mann, der offensichtlich aus Spanien ist, hat mit der Information darüber, woher er so gut Deutsch kann, die Gehorsamkeitsübung ausgeführt. Jetzt wurde es ernst.

„Wem haben Sie den Standort meines Autos genannt?"

Christian sah, dass diese Frage dem Mann sehr unangenehm war. Er kalkulierte, wie er aus der Nummer rauskäme, aber so wie Christian es einschätzte, würde er den Weg des geringsten Widerstands wählen.

„Der Erste war ein Deutscher, so ein Dicker. Also nicht richtig dick, nur so gepolstert."

Christian nickte zur Bestätigung, dass er wisse, um wen es sich handele.

„Und der Zweite?"

Der Spanier versuchte gar nicht mehr, die Wahrheit zu verbergen.

„Das war eine Privatdetektivin. Ich weiß nur, dass sie mit Vornamen Carmen heißt."

„Ich brauche die Adresse und den ganzen Namen."

„Einen Moment."

Der Spanier ging an seinen Schreibtisch, gab auf der PC-

Tastatur etwas ein, suchte eine Weile, dann hörte Christian, wie der Drucker zum Leben erwachte und ein Blatt ausspuckte. Der Spanier brachte es ihm. Christian nahm es und verließ wortlos das Büro.

42 – ARTILLERIE

Bernd brauchte nur ein paar Minuten, um den Tracker im vorderen rechten Radkasten zu entdecken. Er riss das angeklebte Teil ab und schleuderte es im hohen Bogen von sich weg. Jetzt war er unauffindbar. Er sah auf sein Handy. Von Christian wie erwartet immer noch keine Reaktion. Okay, keine Antwort ist auch eine Antwort. Er machte sich wieder auf den Weg zu seinem Hotel auf der Halbinsel Samana. Er würde dort sehr vorsichtig auf den Parkplatz fahren, dann sofort auschecken, seine Sachen schnappen und in ein anderes Hotel umziehen, das zumindest ein Stück entfernt lag. Bernd dachte, er müsste durchaus damit rechnen, dass Christian jetzt auf der Jagd nach ihm sei. Na gut, Artillerie zur Verteidigung hätte er schon mal.

Er grübelte darüber nach, ob es irgendeinen Grund geben könnte, dass Christian die Whatsapp nicht bekommen hat. Das glaubte er einfach nicht. Eigentlich hat Christian ihm durch sein Schweigen eine klare Antwort gegeben. Er müsste ihm eigentlich eine gute Million bezahlen und für die Million würde er morden. Würde er, Bernd, für eine Million morden? Nein, das würde er nicht.

Ein Stückchen vor ihm an der Straße sah er eine kleine Bude, die frischen Obstsaft und kleine Snacks anbot. Er hatte es ja nicht eilig. Bernd fuhr rechts ran, stellte das Auto ab und stieg aus. Die Bude bestand eigentlich nur aus zwei Bänken, einem Tisch, ein paar Stühlen sowie der selbstgebauten hölzernen Pritsche, die auf einen französischen Kleinwagen drauf genagelt war, dem man die hintere Hälfte des Aufbaus abgeschnitten hat. So machte man hier Pick-ups. Er bestellte sich ein großes Glas Ananas-Saft und einen Teller mit einem Maisfladen, Obst und etwas Schinken drauf. Sah lecker aus. Er nahm seine Sachen, ging zu einem Tisch und nahm einen großen Schluck. Langsam futterte er den ganzen Teller auf und dachte dabei über seine möglichen Schritte nach.

Es widerstrebte ihm, Christian auf den Schädel zu hauen und ihn irgendwo in einem Verlies verschwinden zu lassen. Er könnte ihm das zweite Haus anzünden. Dann hätte er wenigstens erreicht, dass Christian einen Haufen Ärger und Kosten hätte. Er könnte auch aufgeben. Da fiel ihm noch etwas ein, er könnte ja zu dem Auto-Vermieter fahren und ihn fragen, wer sich alles nach seinem Auto erkundigt hat. Das wäre sehr interessant. Er startete sofort. Oder sollte er einfach anrufen? Das würde ihm viel Fahrerei ersparen. Aber es war immer einfacher, am Telefon zu sagen, man wisse von nichts, als es persönlich zu tun. Dazu müsste er nach Cabarete zurück, kein Problem.

43 – SCHILDERHÄUSCHEN

Christian bremste scharf vor dem Gebäude, in dem das Büro dieser Privatdetektivin war. Er stieg aus, schmiss die Tür zu. Es war ein dreistöckiges, für hiesige Verhältnisse relativ großes Bürogebäude, die Glastür unten stand offen. Christian stürmte rein, rannte zwei Stufen auf einmal nehmend die Treppe hoch und riss die Tür von dem Büro auf. Dahinter war ein Flur, eine junge Frau mit einem Ordner unter dem Arm stand da und sah ihn ängstlich an.

Herrisch verlangte er, die Chefin zu sehen. Das war überflüssig, denn hinter der jungen Dame erschien eine in ein knappes schwarzes Kleid gehüllte Erscheinung. Braune Haut, ein schönes Gesicht, schwarze Haare, lange Beine und Kurven, die Christians Zorn zumindest temporär etwas abflauen ließen. Er fragte sie in seinem ordentlichen Englisch, ob sie denn hier die Chefin sei, was sie bejahte. Er sagte, er wüsste, dass sie sich bei dem Auto-Vermieter an der Straße nach seinem Standort erkundigt hätte. Er wollte jetzt sofort wissen, in wessen Auftrag sie diese Information brauchte.

Sie antwortete ihm höflich, sie müsse ihm nach dominikanischem Recht diese Information nicht geben. Nun gut, das konnte er nicht überprüfen. Sein Zorneslevel schoss in die Höhe. Die junge Frau war mittlerweile in einem Büro verschwunden, sie standen sich direkt gegenüber und er war der Mann, er besaß die Kraft und die Macht. So dachte er, machte drei Schritte auf sie zu. Dann packte er sie an der Schulter. Sie blieb stehen, zuckte nicht mal. Aus ihrem Mund ertönte ein Kommando und hinter ihr erschienen zwei Männer, einer Mitte bis Ende zwanzig, der andere etwa zehn Jahre älter. Beide hielten

Pistolen in den Händen. Auch ohne diese hätten sie bei ihm Eindruck gemacht, breite Schultern, Muskeln wie Preisboxer. Bei diesem Anblick ließ Christian begreiflicherweise los. Er machte einen Schritt rückwärts, worauf sie ihm entgegen schmetterte, er solle jetzt sofort dieses Büro hier verlassen und sie nie wieder belästigen, sonst würde sie die Polizei rufen. Sie wisse nicht, ob er viel Interesse daran hätte, mit der Polizei in Konflikt zu kommen. Christian drehte sich um und verließ fluchtartig das Gebäude, schmiss sich in seine Karre und düste von dannen.

Im Auto dachte er, dass es mittelmäßig zum Kotzen sei, dass hier jeder Penner eine Waffe habe, nur er nicht. Da kam ihm eine Idee. Hier gab es einen Surfstrand und der war bewacht, und wie! Er fuhr dahin, parkte sein Auto, ging in dem daneben liegenden Palmen-Wäldchen auf die Suche und fand nach einer Weile ein geeignetes Stück Holz. Dann machte er sich auf zum Strand, fand nach zweihundert Metern etwas, das man in früheren Zeiten als Schilderhäuschen bezeichnet hätte, also einen hölzernen Unterstand, in dem höchstens ein Mensch stehend oder sitzend Platz fände. Vermutlich war es dazu da, den Wächter vor dem seltenen Regen zu schützen. Wenn man zum Strand ging, musste man an diesem Häuschen und dem davor stehenden oder sitzenden Mann vorbei und der hatte so einen seltsamen Schießprügel. Sah aus, wie ein Gewehr mit einem Revolvergriff. Christian hatte eine Basecap auf, trug eine Sonnenbrille und eine schwarze FFP2-Maske. Er sah sich um, kein Mensch zu sehen. Scheinheilig grinsend ging er auf den Mann zu, zeigte ihm eine Zwanzig-Dollar-Note und sprach ihn auf Englisch an. Das war sinnlos, der Typ sprach nur spanisch. Christian versuchte, unter der Maske scheißfreundlich auszusehen, und zeigte in Richtung Strand, worauf der Mann sich umdrehte. Christian nahm seinen hinter dem Rücken gehalten Knüppel und schlug ihn auf den Hinterkopf. Er sackte zusammen, Christian kümmerte sich einen Dreck um ihn, nahm ihm die Knarre ab, durchwühlte seine Hosentaschen und fand nichts Interessantes. Er schaute wieder in alle Richtungen, ob jemand ihn beobachtete, aber da war keiner. Dann sah er in das Häuschen und fand dort einen Rucksack, griff hinein und fühlte so etwas wie Patronen. Er schnappte sich den Rucksack und die Knarre und verschwand schleunigst. Er würde jetzt wieder auf die Halbinsel Samana fahren. Was sollte er denn hier noch?

44 – PISTOLE

Freddys Handy gab laut. Er schaute drauf und las die Whatsapp-Nachricht und sagte zu Steffi:

„Die ist von Mario, er warnt uns vor Christian. Der wollte von ihm wissen, ob ich auf der Insel bin. Er hat ihm erzählt, dass Bernd sein Haus angezündet hat."

„Ich sage dir ja, diese beiden Typen und wir zwischendrin, das ist für mich eine ziemlich explosive Mischung."

Jetzt klingelte das Telefon wieder. Er ging ran, sprach kurz und beendete das Gespräch.

„Das war Carmen. Christian ist in ihr Büro gestürmt und wollte wissen, für wen sie den Standort seines Autos brauchte. Sie hat aber nichts verraten, sondern den Kerl rausgeworfen."

„Mann, vielleicht sollten wir hier verduften. Habe keine Lust, zwischen die Fronten zu geraten", sagte Steffi.

„Komm, komm, lass uns mal zum Auto-Vermieter fahren. Vorhin ist mir was in den Sinn gekommen."

Sie sah ihn fragend an.

„Es könnte doch sein, dass wir auch einen Tracker am Auto haben. Dann könnten die zwei Ganoven uns orten."

„Das kann doch nur der Autovermieter!"

„Ja, aber wenn die dem eine Waffe unter die Nase halten?"

„Ach so, da hast du Recht."

„Ich habe auch an meinen umgebauten Druckluftnagler gedacht. Ich fühle mich unbewaffnet irgendwie nackt. Wer weiß, vielleicht haben die Ganoven irgendwelche Kanonen."

„Du weißt, dass ich überhaupt nichts von Waffen halte."

„Ich auch nicht, aber wenn die anderen welche haben, dann ist es saudumm, wenn man selbst keine hat."

„Dann lass uns halt noch bei Carmen vorbeifahren. Wir fragen sie."

Freddy nickte. Sie verließen das Hotel, machten sich auf den Weg und fuhren in Richtung Puerto Plata. Beim Auto-Vermieter parkten sie vor dem flachen Gebäude und gingen rein. Freddy sagte dem Spanier, er nehme an, dass ihr Auto auch einen Tracker habe. Der Mann nickte.

„Hat denn in letzter Zeit irgendwer nach unserem Standort gefragt?"

Fred schob ihm einen größeren Dollar-Schein über den Tresen. Der Mann schüttelte den Kopf und sagte, nein, nach ihm habe bisher noch keiner gefragt. Dann fragte Freddy, ob es denn ein Problem sei, den Tracker an ihrem Auto abzumontieren, er könne ihm auch gerne eine höhere Kaution bezahlen, aber er möchte nicht zwischen die Fronten einer Auseinandersetzung zwischen zwei Ganoven geraten und es wäre ihm gar nicht recht, wenn die ihn orten könnten.

„Die letzten beiden haben den Tracker selbst abgerissen. Da bin ich froh, wenn einer überhaupt noch fragt."

„Interessant, waren das vielleicht die beiden, mit denen ich im Clinch liege?"

Freddy zeigte ihm die Fotos auf seinem Handy.

„Genau die, ich wusste nicht, dass Sie die kennen."

„Ich würde sie auch lieber nicht kennen. Die haben also jetzt keine Tracker mehr."

„Genau. Ich kann Ihnen ja gegen eine kleine Zahlung zusichern, dass ich über ihr Auto nichts sage."

„Aber was ist, wenn Sie massiv unter Druck gesetzt werden?"

„Na gut, mein Leben würde ich für Sie wahrscheinlich nicht aufs Spiel setzen."

„Ach, wissen Sie was, bauen Sie doch den Trecker einfach ab."

Der Mann nickte, ging raus, griff unter den vorderen rechten Radkasten und zog so ein kleines Elektronikkästchen raus, kam wieder rein und zeigte ihm das Teil.

„Seid ihr so zufrieden?"

Freddy war der Typ sympathisch, er stieg auf das *Du* um.

„Muss ich dir den jetzt bezahlen?"

„Nein, so teuer sind die nicht."

Freddy bedankte sich.

Die beiden fuhren zu Carmens Büro und gingen hoch. Carmen begrüßte sie und begleitete sie in ihr Büro. Sie bat sie, Platz zu nehmen. Freddy schilderte ihr seine Bedenken bezüglich einer möglichen Bewaffnung von Bernd und Christian. Sie fackelte nicht lange, griff in ihren Schreibtisch und übergab Freddy eine Pistole und einen Karton mit Munition.

„Die beiden sind mir auch nicht ganz geheuer. Es gibt auf dieser Verbrecher-Insel dermaßen viele Waffen, dass es wirklich besser ist, wenn du auch eine hast. Kannst du damit umgehen?"

„Ja, ich habe schon mal mit sowas geschossen. Aber zeig mir noch mal die wichtigsten Handgriffe, ist lange her."

Carmen erklärte ihm schnell den Gebrauch der Waffe. Dann verabschiedeten sie sich von ihr und fuhren zu ihrem Hotel.

45 – SCHNEPFE

Bernd schüttelte den Kopf. Der Auto-Vermieter hat ihn sofort angeschrien und ihm gesagt, dass er eine höhere Kaution hinterlegen müsste, weil er den Tracker selbst abgerissen habe. Zweitausend wollte er und er hat ihn auf tausend runtergehandelt. Er hat ihm dann gesagt, kein Mensch habe sich für seinen Standort interessiert, aber Bernd hat ihm nicht geglaubt.

Dann saß er wieder im Auto und wollte gerade den Motor anlassen, als so ein ähnliches SUV wie seines angerauscht kam, und wer stieg aus? Fred Monder und eine hübsche Frau. Was wollte der denn hier? Klar, sein Geld! War ja auch verständlich. Aber wie wollte er das anstellen?

In dem Moment kam Bernd eine alte Idee in den Sinn. Er könnte doch die Schnepfe von dem Typ entführen und sich auf diese Art und Weise seine fehlende Million doch noch holen. Wenn sie ihm auf die Spur kämen, dann könnte er immer noch von hier auf die Philippinen abhauen. Also hat er sich unsichtbar gemacht, sein Auto hundert Meter weiter auf den Parkplatz des benachbarten Supermarktes gestellt und gewartet. Als sie rausgekommen und losgefahren sind, hat er sich dran gehängt.

Zuerst sind sie zu einem Bürohaus gefahren und dann zu einem mittelgroßen Hotel. Haben dort offenbar eingecheckt. Es ist eine harte Nuss für Bernd geworden. Er hat gewartet, dann aber abgebrochen. Am nächsten Tag hat er sich wieder an sie drangehängt. Als größtes Problem erschien ihm, dass die beiden aneinanderhingen wie die Kletten. Warum zum Teufel schickte er die Alte nicht mal einen Abend alleine zum Essen oder zum Shoppen. Bernd müsste sie nur irgendwo ohne ihn erwischen, ihr eins drüber geben und sie in den Kofferraum zu werfen. Und ab dafür. Eine andere Möglichkeit sah er nicht. Er hat auch schon an K.-o.-Tropfen gedacht, aber die nützten ja auch nichts, wenn Freddy ständig aufpasste. Er lag jetzt schon den dritten Tag hintereinander auf der Lauer und hatte nebenher auch noch einiges an Vorbereitungen zu erledigen.

Bernd dachte, dass man hier nicht allzu viel unternehmen konnte, außer am Strand liegen oder surfen. Wenn das so weiterging, dann war seine Aktion in Gefahr. Wenn sie wenigstens zum Surfen ins Wasser gingen, dann könnte er sich ein Motorboot klauen und sie vielleicht schnappen, wenn sie sich zu weit raus wagte. Ein Versteck hatte er auch noch nicht und er brauchte eines, das zu der Entführungsmethode passte. Es war zum Auswachsen. Bernd schaute sich um. Schön war es hier, er saß am Strand, da, wo die Palmen aufhörten und es leicht abschüssig zum Meer runterging. Hier war noch nichts verbaut. Bernd ist noch nicht an allzu vielen Stränden gewesen, einmal war er am Ballermann. Da war alles mit Hotels zugebaut, davor eine Promenade und dann der Strand. Das war sowas von künstlich. Weiter hinten zwischen den Palmen stand eine Hütte, an der hochtrabend *Surf School* dran stand und ein paar Fressbuden, aber das war alles noch sehr natürlich. Ansonsten lagen etwas weg vom Meer ein paar Luxus-Villen. Ansonsten gab es hier kein bisschen Beton. Sein potentielles Opfer schwamm gerade im Meer, aber Fred und sie wagten sich nicht allzu weit raus, weil es hier Strömungen geben sollte. Hat jemand erzählt. Dann hockten Fred und seine Frau sich wieder an den Strand und schauten den Surfern zu. Bernd gab sich jetzt noch einen Tag. Sonst würde er den Plan kippen. So brachte das nichts. Er ging zum Auto und fuhr in sein Hotel in Cabarete.

Da schoss ihm ein Gedanke ins Hirn. Das passierte in letzter Zeit öfters. Es war ein verwegener Gedanke.

46 – PARTY

„So kommen wir nicht weiter, Steffi!"

„Was willst du machen? Christian und Bernd kontaktieren und ihnen sagen, dass du deine Kohle wieder haben willst?"

„Ich hatte gehofft, dass uns hier was Besseres einfällt."

„Na gut, Bernd könnten wir schon mal mit dem Video unter Druck setzen, da sind wir doch schon weitergekommen!"

„Vermutlich machen wir uns hier im Land damit strafbar, weil man wohl als Zeuge eines Verbrechens verpflichtet ist, die Polizei zu alarmieren und nicht, den Verbrecher zu erpressen."

„Meine Liebe, das ist vermutlich richtig. Aber gleichzeitig ist mir das auch völlig Wurscht. Vielleicht sollte ich die Kohle einfach abschreiben."

„Hey Freddy, ich höre gerade *abschreiben*, wirst du etwa schon weich?"

„Ach Steffi, der hat ja schon einiges davon ausgegeben und so wichtig ist es für uns wirklich nicht. Wir kämpfen ja eigentlich nicht wegen des Geldes darum."

„Da hast du auch wieder recht. Gibt es denn sonst gar keine Alternative? Mir fällt nichts ein."

„Moment, mir schon. Super!"

Sie schaute ihn erwartungsvoll an.

„Da sieht man wieder, dass Handwerker manchmal schlauer sind als studierte Architekten. Es sieht doch so aus, als habe Christian sich eine Immobilie zugelegt. Man ist in dem Moment erpressbar, in dem man entweder Freunde, Familie oder Besitz hat. Hast du nichts, bist du nicht erpressbar. Er hat nicht daran gedacht. Ist wohl doch nicht so schlau."

„Bist du denn sicher, dass ihm die Häuser gehören?"

„Hat Mario geschrieben."

„Aber ich frage mich, wie du ihn mit dem Besitz von diesen zwei Häusern erpressen willst? Ich kann nicht ganz folgen, Herr Monder."

„Erinnerst du dich nicht an das Gespräch mit diesem Pärchen vorgestern Abend? Die haben eine Ferienwohnung gemietet und sind dort ausgezogen, weil sie jedes Wochenende von Freitag bis Sonntagabend mit ohrenbetäubender Party-Musik vom Nachbargrundstück beschallt worden sind. Also werde ich das Nachbargrundstück kaufen und Christian klarmachen, dass ich dort eine, wie man heute so schön sagt, Partylocation aufziehen werde. Dann könnte er seine Häuser verschenken und wird sie dennoch nicht los. Ich versaue ihm sein Geschäftsmodell. Du weißt, wie laut die hier Musik laufen lassen. Wenn der jedes Wochenende den Krach genießen darf, dann kann er alles vergessen und froh sein, wenn er für das Grundstück überhaupt noch Geld bekommt."

„Das ist ja eine geile Idee. Aber es ist schon sehr aufwändig, oder?"

Fred nickte.

„Wir könnten es auch anders probieren."

„Wie denn?"

„Wir lassen uns ein großes Schild machen."

„Verstehe ich nicht."

47 – VIDEO

Jetzt oder nie, dachte Bernd. Er lief durch den Sand zu einem der besseren Strandrestaurants in Cabarete, wo er die beiden erspäht hat. Es war Abend, die Tische waren alle schön gedeckt, darauf standen Kerzen oder kleine Öllampen, manche hatten natürlich diese chinesischen Fake-Kerzen hingestellt. Er hat auch schon mal da gegessen und festgestellt, dass es gar nicht so viel teurer war, als in den anderen Restaurants, die aber auch gutes Essen servierten. Er war aufgeregt, hatte keine Ahnung, was aus dieser Begegnung werden würde. Seit zwei Tagen hat er sie vor sich her geschoben. Heute Abend hat er sich vorgenommen, es endlich durchzuziehen. Er hat sein Ziel erreicht, er stand vor dem Tisch, an dem Fred und seine Freundin saßen. Die beiden schauten erstaunt zu ihm auf.

„Ich möchte mich vorstellen. Ich bin Bernd Liebenauer und ich habe Christian dabei geholfen, ihr Haus aufzusägen und den Tresor zu stehlen. Ich möchte gerne vernünftig mit Ihnen sprechen. Geht das?“

Stephanie schaute ihn aus großen Augen an, bei Freddy stand der Mund ein wenig offen, aber nur einige Sekunden lang. Dann klappte er ihn wieder zu. Zimmerleute sind eben geistesgegenwärtige Typen. Zumindest die meisten.

„Ja, gerne. Ich bin Freddy, das ist Stephanie. Jetzt bin ich aber mal gespannt, was du uns zu sagen hast.“

Bernd stieg sofort auf das *Du* ein, war ihm auch sympathischer als die Siezerei.

„Von den drei Millionen, die in der Bild-Zeitung standen, habe ich von Christian genau vierhunderttausend abbekommen. Wir hatten vereinbart, fifty-fifty zu teilen.“

„Du willst dich jetzt aber nicht bei mir über deinen Partner beschweren, oder?“

„Nein, natürlich nicht.“

Bernd machte den Fehler, nach dem letzten Wort eine kleine Pause einzulegen. Freddy nutzte das sofort aus.

„Klingt aber so!“

„Der Mario hat dich ja auch beklaut. Hinter dem bist du aber nicht her, wie es aussieht? Ich frage mich, ob wir vielleicht auf eine Art Frieden schließen könnten. Bin auch bereit, was zurückzuzahlen. Aber so viel habe ich ja gar nicht. Der Löwenanteil ist bei meinem lieben Kollegen."

„Hast du schon mit ihm gesprochen?"

„Nein, ich habe es versucht, aber er meidet den Kontakt mit mir, gibt keine Antworten auf Nachrichten. Ich habe ihn schon nach dem Geld gefragt. Ich denke, dass er mich am liebsten erledigen würde dann hätte er Ruhe."

„Ich soll dich aber nicht vor ihm beschützen, oder?"

„Nein, das ist nicht nötig. Hoffe ich jedenfalls. Aber vielleicht könnte ich euch ja helfen, das Geld wiederzubeschaffen."

„Du willst die Seiten wechseln? Verstehe. Das ist nicht das Dümmste. Was könntest du denn für uns tun?"

„Dazu müsste ich zumindest mal wissen, was ihr schon getan habt?"

„Na gut, setz dich erst mal."

Bernd setzte sich hin.

„Aber wenn du was trinken willst, dann musst du das schon selber bezahlen. Ich lade grundsätzlich keine Leute ein, die mir mein Haus ausgeräumt haben. Du willst wissen, was wir schon getan haben? Wir haben uns Gedanken gemacht, wie man Christian und dich dazu bringen könnte, etwas von dem Geld wieder auszuspucken. Bei dir sind wir weiter als bei Christian."

„Wieso seid ihr bei mir weiter?"

„Wir haben ein Video, auf dem man sieht, wie du Christian die Hütte anzündest."

„Ach du Scheiße."

„Wir könnten dich also jederzeit erpressen."

„Das war einfach im Affekt. Der Typ hat mich beschissen und angelogen. Ich bin sauer!"

Stephanie nickte.

„Wenn wir dich verpfeifen, dann gehts vielleicht ab in einen deutschen Knast. Ach so, der Einbruch hat ja in der Schweiz stattgefunden. Keine Ahnung, wie das läuft. Da müssen wir mal unseren Anwalt fragen."

„Bernd, wir haben eines gemeinsam. Wir wollen beide von Christian Geld, wie viel willst du eigentlich?"

„Genau genommen so gut eine Million."

„Geil, eine Million, die weder ihm noch dir gehört. Aber lassen wir das im Augenblick beiseite. Hättest du denn eine Idee, wie du ihn dazu bewegen könntest, zu bezahlen?"

„Kidnappen, in einem Versteck einsperren und erst wieder rauslassen, wenn er das Geld überwiesen hat."

„Du könntest auch höflich fragen aber das hast du ja schon getan. Ist klar, dass der nicht antwortet. Groß ins Immobiliengeschäft eingestiegen, Investor, super. Weißt du das eigentlich? Klar, das weißt du. Sonst hättest du ihm nicht die Bude angezündet."

„Ja, ich habe es mitbekommen."

„Das Problem beim Kidnappen ist bloß, dass du dich dann auch hier strafbar machst. Wenn es schiefgeht, dann bist du dran. Ich glaube nicht, dass wir uns an so einer Aktion beteiligen würden."

„Ihr habt gut reden, habt auch so genug Geld."

„Ich sehe also, dass du keine Idee hast. Daher kannst du uns auch nicht unterstützen. Du möchtest dich bloß mit uns zusammen tun, weil dein früherer Freund jetzt zu deinem Feind geworden ist. Also eigentlich willst du was von uns. Ich hätte da eine andere Idee."

Bernd schaute interessiert.

„Du könntest ein Gespräch zwischen mir, dir und Christian einfädeln."

„Freddy, du gehst da auf gar keinen Fall hin", warf Steffi ein.

„Ich werde mir eine Truppe von Carmen mitnehmen. Geübte und bewaffnete Schläger und Revolverhelden. Ich bin doch nicht so blöd, mich mit Bernd, dem ich nicht über den Weg traue und mit Christian alleine zu treffen. Auf gar keinen Fall."

„Ich könnte schon versuchen, so ein Treffen zu arrangieren. Warum nicht, ich werde es probieren. Lasst uns noch unsere Handynummern austauschen."

48 – BRANDUNG

Christian wachte auf, er hat gut geschlafen, trat vom Schlafzimmer auf den Balkon im ersten Obergeschoss des zweiten Hauses. Kurzerhand war er nach dem Brand umgezogen und da seine Klamotten alle dem Feuer zum Opfer gefallen sind, musste er sich neu einkleiden. Die Einrichtung des zweiten Hauses gefiel ihm nicht, aber was sollte er machen. Das war ja kein Zustand für die Ewigkeit. Er schaute aufs Meer hinaus, sah einigen Wellen dabei zu, wie sie ganz gemütlich an den Strand schaukelten. Richtige Brandung hat er hier noch nicht erlebt, aber er hat gehört, dass es die hier schon ab und an mal geben sollte. Hing alles irgendwie mit dem Wetter draußen auf dem Atlantik zusammen. Er schaute nach links, sah nur Natur, er schaute aufs Meer, bisher keine Strandgäste, dann schaute er nach rechts, sah die Brandruine seines Hauses und dann sah er etwas, was gestern noch nicht da gewesen ist. Es sah aus wie ein riesiges Schild. Er konnte es nicht lesen, weil er es aus seinem Blickwinkel nur von der Seite sah. Er wusste, dass sie hier manchmal auf Grundstücken Schilder aufstellten, die darüber informierten, was da gebaut wurde. Hübsche Bilder von den geplanten Häusern zu präsentieren, das war die einfachste Art, Immobilien zu verkaufen,

Christian schnappte sich aus dem offenen Spind im Schlafzimmer eine Unterhose, eine kurze Hose und ein T-Shirt, streifte sich alles über und fuhr in seine Flipflops. Er ging raus, überquerte sein Grundstück, ging auf das Nachbargrundstück, stellte sich vor das Schild und legte den Kopf in den Nacken. Er bekam einen Mordsschrecken. Wenn er das richtig verstand, planten die hier so eine Art Club oder Disco, wie man früher sagte. Dann wäre es mit seiner ruhigen Idylle hier vorbei, das Grundstück wäre wertlos, oh mein Gott. Damit hat er überhaupt nicht gerechnet. Was sollte er tun? Wäre so etwas hier überhaupt erlaubt? So weit er wusste, war hier einfach so wenig verboten, dass quasi alles erlaubt war. Das fing bei Waffen und Schwarzgeld an. Auf dem Schild stand der Name einer Firma, die offensichtlich den Partyschuppen betreiben sollte. Da war eine Telefonnummer drauf. Christian ging zurück zu seinem Haus, holte sein Handy, ging wieder zum Schild und wählte die Telefonnummer. Irgendjemand nahm ab und sagte *Hola.* Er verlangte auf Englisch, den Chef zu sprechen. Er wurde einmal verbunden, danach war eine Frau dran und fragte nach seinen Wünschen.

Er beschrieb, wo er sei und ob sie dort einen Nightclub eröffnen wollten. Sie sagte ja, das sei korrekt, aber das dauere noch ein bisschen. Der Baubeginn sei erst in ein paar Monaten geplant. Man wolle aber das künftige Publikum schon mal drauf aufmerksam machen. Das Schild sei ja von der Straße aus gut zu sehen. Das sei alles rechtens, die Genehmigungen lägen vor. Christian war entsetzt, er wusste nicht, was er sagen sollte. Er legte einfach auf. Das war ja furchtbar.

Zehn Minuten später gab sein Handy laut. Er schaute drauf. Eine Nachricht von Bernd. Der schon wieder. Der Idiot wollte einfach nur Kohle von ihm. Wenn er die Nerven dazu hätte, dann würde er ihn umlegen. Er sollte die Nachricht gar nicht lesen. Trotzdem siegte seine Neugier und er schaute, was da stand.

Freddy und ich wollen dir ein Angebot machen. Lass uns vernünftig reden. Wenn du nicht antwortest, dann sind wir morgen um zehn Uhr bei dir.

Das wäre ja noch schöner. Kommen einfach hier angetanzt. Und er wusste bisher gar nicht, dass Fred auf der Insel ist. Vielleicht ist er ja gerade erst gekommen. Und er kommt mit Bernd zusammen. Aha! Sie haben sich verbrüdert. Mario hat gesagt, er habe ihn nicht gesehen. Vielleicht hat er gelogen, der Scheißkerl. Und was will der hier? Natürlich, sein Geld. Die Nachricht ging noch weiter, er tippte drauf und las den Rest.

Du bekommst ein Angebot, dass du nicht ablehnen kannst. Du wirst schon sehen. Bis dann.

Er würde darauf überhaupt nicht antworten. Aber er konnte wohl auch nicht viel dagegen unternehmen, dass sie aufkreuzten. Doch, er könnte verschwinden. Aber was könnten sie gegen ihn unternehmen. Eigentlich gar nichts. Mutig von Bernd, dass der es wagte, hier zu erscheinen, nachdem er ihm das Haus angezündet hat. Christian wusste mittlerweile, dass die Feuerversicherung das Haus weitgehend bezahlen würde. Nur die Innenausstattung, die war nicht versichert. Aber das würde er überleben. Na gut, dann sollten sie halt mal kommen.

49 – MACHO

Steffi hat hart darum gekämpft, dass Freddy sie mitnimmt. Letztendlich hat er sich durchgesetzt.

„Ich gebe zu, dass das nicht ganz ungefährlich ist und ich kann es nicht verantworten, dich da mitzunehmen. Es geht um mein Geld und du bleibst hier, basta."

Da hat sie es akzeptiert, aber wie.

„Scheiß-Macho!"

Freddy hat für sich, für Carmen und für zwei ihrer Sicherheitsleute Hotelzimmer in der Nähe von Christians Grundstück auf der Halbinsel Samana reserviert. Sie fuhren um halb drei Uhr los, Bernd hat gesagt, dass er später nachkäme, er habe sich selbst ein Hotelzimmer reserviert. Sie wollten sich am nächsten Morgen bei Christian auf dem Grundstück treffen. Sie haben sich in etwa überlegt, was sie mit ihm besprechen wollten und haben es mit der Vorbereitung in Sachen Sicherheit ziemlich genau genommen. Carmen war offensichtlich ehrlich um Freddy besorgt und hat ihn sogar dazu gebracht, eine schusssichere Weste zu tragen wie sie und ihre Leute auch. Was Bernd machte, war ihnen herzlich egal.

Carmen hat für Freddy geklärt, dass das Nachbargrundstück wirklich zu kaufen wäre und ob man da tatsächlich einen Partyschuppen eröffnen könnte. Nach dem, was Carmen herausgefunden hat, wäre das überhaupt kein Problem.

„Ist doch schön, auf so einer liberalen Insel zu wohnen, wo man seinen Nachbarn Tag und Nacht beschallen kann, ohne dass er eine Chance hat, etwas dagegen zu unternehmen. Wenn er nicht spurt, dann besorge ich einen Pick-up, auf den ich hinten drauf riesige Lautsprecherboxen stelle und dann beschalle ich ihn schon mal testweise und zwar von Freitag Nachmittag bis Sonntag morgens um vier. Mal schauen, wie er das findet. Der wird sich wundern. Der Kauf dieses Grundstücks macht mir gar nichts, denn das kriege ich in null Komma nichts wieder los. Es ist durchaus ein Vorteil, wenn man einen Haufen Geld hat. Ich werde die Dorfjugend in der Umgebung einladen und Freibier ausgeben. Da werden sie in hellen Scharen kommen“, erläuterte Freddy seine Pläne.

Er gondelte mit Carmen und ihrer Truppe in ihrem Mercedes E-Klasse in Richtung Samana. Sie fuhr. So ein Auto war hier absoluter Luxus, auch wenn man sagen musste, dass die durchschnittliche Motorisierung auf dieser Insel durchaus ein gewisses Niveau hatte. Ganz alte Schrottkarren sah man immer weniger.

Er dachte nach. Er könnte Christian ja eigentlich nur fragen, ob er ihm sein Geld oder einen Teil seines Geldes freiwillig zurückgäbe. Wenn der bockig bliebe, dann könnte er tatsächlich das Nachbargrundstück kaufen und ihn beschallen. Vielleicht würde der Inhaber es ihm auch für einen Zeitraum vermieten, der ausreichend wäre, um Christian zu vertreiben.

Die Partygäste würden quer über Christians Grundstück stiefeln, sie würden über die flache Mauer klettern und ihm vors Haus kacken, das Grundstück wäre jeden Morgen mit Papier übersät und nicht nur damit. Es gäbe schon einiges, womit man ihn wirklich ärgern könnte. Das mit dem Schild hat Carmen kurzfristig gedeichselt. Sie entpuppte sich zunehmend als Organisationstalent. Gut, er hat auch eine schöne Provision für jeden wiederbeschafften Dollar angeboten. Die Frau war zum Glück total geldgierig und das kam Freddy sehr gelegen. Er war gespannt, wie das ablaufen würde. Sah sich im Geiste schon mit seiner kleinen Armee dort einlaufen. Carmen trug heute kein Kleid, sondern Shorts und ein Poloshirt. Wahrscheinlich würden sie morgen ein martialisches Bild abgeben, wenn sie mit Westen und Colts dort einlaufen würden. Vielleicht brächten sie noch eine Kalaschnikow mit. Allein zahlenmäßig waren sie Christian weit überlegen. Vielleicht würde das auch noch etwas helfen. Er schaute auf die vorbeiziehende Landschaft und musste zugeben, dass er sie und das dauerhaft tolle Wetter manchmal schon gar nicht mehr wahrnahm. Heute war wieder so ein schöner Tag, aber das war eben nichts Besonderes, denn bisher waren alle Tage schön, die sie hier verbracht haben. Er hat gehört, dass im Winter die Temperatur tatsächlich am Tag auf bis zu zwanzig Grad herunterging und dass es auch öfters mal regnen würde. Wäre wahrscheinlich eine willkommene Abkühlung.

50 – SCHWEINEHUND

Steffi hat mit Freddy zusammen auf der Terrasse des Hotels zu Mittag gegessen, kurz bevor er von Carmen abgeholt wurde. Sie ist mit vor das Hotel gegangen und hat gesehen, wie er in den Mercedes eingestiegen ist. Sie hat ihm noch hinterher gewinkt. Dann hat sie auf dem Absatz kehrtgemacht, ist wieder auf die Hotel-Terrasse gegangen und hat sich einen Cappuccino bestellt, auf das Meer geschaut und sich mit ihrem Handy beschäftigt. Steffi wusste ganz genau, dass dieses Rumgefummel – Messages und E-Mails checken und irgendwelche Webseiten anschauen – eine völlig sinnlose, nur von Langeweile getriebene Beschäftigung war. Natürlich war nichts dagegen einzuwenden, wenn man ein paarmal am Tag nachsah, ob jemand eine E-Mail oder eine sonstige Nachricht geschickt hat. Am meisten auf den Geist ging ihr, wie die Leute nach der Landung eines Flugzeuges alle hochschossen und ihr Handy aus dem Flugmodus aufweckten, um endlich wieder ihre geliebten Nachrichten zu empfangen. Dabei war es egal, ob man einen zwölfstündigen Langstreckenflug oder einen einstündigen Kurzstreckenflug hinter sich hatte. Auf Steffi wirkte das immer so, als ob viele Leute geradezu süchtig nach dieser Informationsflut waren. Sie hat das Handy dann Handy sein lassen, ist auf ihr Zimmer gegangen, hat sich einen Badeanzug angezogen und ist mit einem Buch an den Pool gegangen.

Sie war völlig vertieft in ihre Lektüre, als etwa zwei Stunden später Bernd auf sie zukam. Er stand leicht schnaufend neben ihrem Liegestuhl, sah so aus, als ob er in Eile sei.

„Steffi, Freddy hat mich angerufen, du sollst doch mitkommen. Er sagte, es hätte sich was ergeben, was es sinnvoll mache, wenn du dabei wärst, aber sie sind ja schon seit zwei Stunden unterwegs."

Sie schaltete sofort.

„Ja, gerne. Ich muss nur noch kurz ein paar Sachen packen. Warte doch ein paar Minuten. Ich komme gleich."

Steffi freute sich, sie fand es zwar ein bisschen komisch, dass Freddy nicht angerufen hat, aber das war ihr momentan egal. Hing wahrscheinlich mit dem Roaming-Problem ihres Handys zusammen. Sie lief in ihr Zimmer, schmiss ein paar Klamotten, Waschzeug und ihr Handy in ihren Rucksack, schaute sich nochmal prüfend um, ob sie etwas vergessen hätte, lief auf die Terrasse, winkte Bernd zu und ging mit ihm in Richtung Parkplatz. Als sie an der Rezeption vorbei kam, sagte sie, dass sie heute Nacht nicht da wäre. Sie stieg zu Bernd ins Auto, der sofort losfuhr. Ein paar Kilometer weiter bog Bernd plötzlich nach links ab, fuhr auf einem schmalen Feldweg lang und stoppte.

„Bernd, musst du mal dringend oder ist was kaputt?"

Steffi beobachtete, wie Bernd mit irgendetwas links vom Fahrersitz herumhantierte, sie fragte sich, was er wohl machte, als sie sah, dass er einen Lappen in der Hand hielt, den er ihr sofort auf das Gesicht drückte. Gleichzeitig packte er sie am Genick, so dass sie nicht ausweichen konnte. Sie versuchte, sich zu wehren, merkte noch, wie ihr Bewusstsein sich aufzulösen begann.

Stephanie wachte wieder auf. Sie hatte Kopfschmerzen, ihr war übel, es fühlte sich ein bisschen so an wie ein schwerer Kater. Sie lag auf einer Matratze, um sie herum war es ziemlich dunkel, der Raum war nur von einer auf dem Boden stehenden Lampe beleuchtet, die aussah, als ob sie mit Batterien betrieben würde. Neben der Lampe lagen zwei Packungen neue Batterien.

Er hat sie in ein Gefängnis gesteckt. Bernd will Freddy erpressen. Ihr wurde bei dem Gedanken schwindlig. Mühsam kam sie mit dem Oberkörper hoch und drehte sich um, bis sie kniete. Dann richtete sie sich ganz auf. Sie schwankte etwas, ging zur Wand rüber, hielt sich erst mal an ihr fest. Dann inspizierte sie die Lampe auf dem Boden, nahm sie in die Hand und beleuchtete ihr Gefängnis. Bernd hatte sie entführt. Unglaublich. Die Wände bestanden aus Beton, die Decke und der Boden auch. Es gab kein Fenster, Decke, Boden und Wände waren absolut undurchdringlich. An der einen Wand war eine Metalltür eingelassen, sie rüttelte daran, sinnlos. Die Tür wirkte sehr solide. In dem Raum befand sich nichts außer der Matratze, ein paar Nahrungsmitteln, die auf einem Tablett lagen und drei Sechserpack Wasser. Auf der Matratze lagen eine Decke und ein Kissen. Das Zeug war sogar relativ sauber. In der Ecke standen drei Eimer, zwei davon waren voll mit Wasser. Daneben lag eine Rolle Klopapier auf dem Boden. Ihr wurde ganz anders. Wie sollte Freddy sie hier finden?

Aber das war irrelevant, dachte sie, Freddy würde die geforderte Summe natürlich sofort bezahlen und dann käme sie frei. Dann kehrten die Zweifel zurück. Sie wusste, wer der Täter war, Bernd. Aber vielleicht würde er Freddy einfach das Versteck verraten und sich vorher in Sicherheit bringen. Ja, genau so würde es wahrscheinlich ablaufen. Wie man jetzt sah, war er ein absolut unberechenbarer und unzuverlässiger mieser Schweinehund, aber sie glaubte nicht, dass er ohne Not einen Mord begehen würde. Außerdem haben sie im Hotel einige Leute mit Bernd gesehen. Es gibt also Zeugen dafür, dass er es gewesen ist. Sie fragte sich gerade, wo der Begriff Schweinehund eigentlich herkäme. Hund und Schwein sind ja für Menschen beliebte Schimpfwörter. Eigentlich eine Beleidigung für harmlose Tiere. Was denn ein Schweinehund sei, das wusste sie nicht. Würde sie mal googeln. Wenn sie hier raus käme. Falls sie hier raus käme. Sie wollte nicht sterben. Erfrieren würde sie auf jeden Fall nicht, verhungern in nächster Zeit auch nicht. Sie hatte kein Handy, nur dank ihrer Armbanduhr würde sie wissen, ob es Tag oder Nacht sei. Sie lauschte auf Geräusche, hörte nichts.

Als es neun Uhr abends war, packte sie die Verzweiflung. Sie weinte hemmungslos, sagte sich nach einer Weile, dass das auch nichts brächte und versuchte, sich mit regelmäßiger Atmung und

Entspannungsübungen zu beruhigen. Das gelang teilweise. Sie inspizierte nochmal ihre gesamte Zelle, fand außer der Tür keine Schwachstelle. Sie sagte sich, Steffi, du bist vom Bau, du verstehst was davon. Sie hatte von Entführungsfällen gehört, wo speziell Frauen in Verliesen eingeschlossen waren, wo sie nur einfach mal kräftig gegen die Wand hätten treten müssen und frei gewesen wären. So etwas sollte ihr nicht passieren. Sie klopfte alles sorgfältig ab und fand tatsächlich außer der Tür keine Möglichkeit, hier von sich aus wieder heraus zu kommen. Die Eisentür war verrostet, wirkte aber elend solide. Das Dumme war nur, dass sie nichts hatte, was nur annähernd als Werkzeug zu verwenden gewesen wäre. Nicht mal eine Nagelfeile oder so etwas. Der Raum war offensichtlich ein Keller, vermutlich der Keller einer Bauruine.

Da fiel ihr ein, dass ungefähr da, wo Bernd abgebogen war, eine Bauruine stand. Sie hat mal jemanden gefragt, was das sei. Der hat ihr erklärt, in den neunziger Jahren hätte das ein Hotel werden sollen, aber dann sei dem Erbauer mittendrin das Geld ausgegangen, also stand nur der Rohbau und eben dieser Keller. Klar, sie musste dort sein. Der Raum war zum Glück weitgehend frei von Ungeziefer und Ratten. Bernd ist wahrscheinlich hierher gefahren, hat sie rein geschleppt und ist abgehauen. So ein Dreckskerl. Steffi legte sich hin, nahm sich das Kissen und deckte sich mit der Decke zu.

51 – BODYGUARDS

Sie haben am Abend miteinander gegessen und am Morgen wieder gemeinsam gefrühstückt. Dann sind sie in den Mercedes gestiegen. Freddy hat Steffi nicht erreicht, aber sich nichts weiter dabei gedacht, denn sie hat mit ihrem Handy Probleme mit dem Roaming gehabt. Freddy hat gestern noch an den Einstellungen ihres Handys herumgefummelt, aber nicht gefunden, woran es lag, dass Anrufe nicht zu ihrem Handy durchkamen. Sie fuhren zu Christians Grundstück, stellten das Auto in der Nähe seines Hauses ab. Bernd war auch schon da, er stand neben seinem SUV. Die Leute von Carmen und sie selbst zogen die Westen und Schulterholster an. Sie trugen dunkle Stoffhosen und Poloshirts mit Firmenaufdruck. Auch Freddy bekam seine Weste. Martialisch sahen sie aus.

Bernd dagegen stand da in einem karierten T-Shirt und

gestreiften Shorts. Dazu trug er Adiletten. Im Gänsemarsch marschierte diese Truppe los. Sie bauten sich vor dem nicht abgebrannten Haus auf. Nach etwa einer Minute ging die Tür auf und Christian kam raus. Freddy stand da, auf beiden Seiten neben ihm die Leute von Carmen, sie selbst vor ihm. Bernd stand etwas im Hintergrund und Christian stand ihnen gegenüber.

„Unser Verein hier sieht wirklich aus wie ein Treff von Drogendealern mit ihren Bodyguards ", versuchte Freddy die Situation etwas aufzuheitern.

„Hallo Christian."

„Hallo."

„Ich fange mal an. Christian, du hast mich ungefähr um drei Millionen erleichtert, davon hast du als fairer Ganove Bernd vierhunderttausend abgegeben und ihn angelogen. Das ist auch nicht die feine englische Art."

„Der soll froh sein, dass er überhaupt so viel bekommen hat. Er hat nichts, aber auch gar nichts zu dem Einbruch beigetragen. Der hat ja keine Ahnung."

„Soweit ich weiß, habt ihr aber Teilung vereinbart. Das galt nur so lange, bist du das Geld hattest. Aber das ist eigentlich nicht mein Problem. Mein Problem ist, dass ihr beide mich um drei Millionen erleichtert habt. Das finde ich nicht so lustig. Wollt ihr sie vielleicht freiwillig wieder hergeben?"

Bernd schüttelte den Kopf, und Christian sagte:

„Ich denke ja gar nicht dran. Du hast hierzulande keine Handhabe gegen mich. Warum sollte ich das tun. Was hast du überhaupt für eine Truppe mitgebracht? Meinst du, die imponieren mir?"

Nachdem Carmen gesehen hat, dass Christian mit dem Kopf zu ihr und ihren beiden Jungs genickt hat, fragte sie Freddy im Flüsterton, was er gesagt habe. Freddy übersetzte und Carmen nickte ihren Burschen zu. Einer von ihnen machte einen Schritt nach vorne und schlug Christian so eine in den Oberbauch, dass der röchelnd zu Boden ging.

„Christian, du hast völlig recht. Mit denen möchte ich dir imponieren. Tut es weh? War das etwa der Solarplexus? Das tut mir aber leid."

Christian wälzte sich minutenlang am Boden, hielt sich den Bauch und stöhnte. Nach einigen Minuten rollte er sich auf die Seite und kam auf die Knie hoch, stand mühsam wieder auf.

„Ihr könnt mich gerne verprügeln. Dann gehe ich zur Polizei."

Freddy übersetze für Carmen. Die lachte laut, als er das mit der Polizei erklärte.

„Mein lieber Christian, ich glaube, du bist noch nicht so lange hier. Hier gibt es eigene Spielregeln im Umgang mit der Polizei. Probiere es doch mal. Also reiß das Maul nicht so weit auf. Wir könnten dich auch schnappen, in ein Verlies stecken, und dich kurz vor dem Verdursten die Überweisung an mich machen lassen. Kannst du dir das vorstellen?"

Christian wirkte etwas kleinlauter.

„Ja, dann mach's doch einfach."

„Jetzt ist er in der Trotzphase. Nein, das ist eigentlich nicht mein Stil, Christian. Aber ich könnte von meinem Grundstück aus jedes Wochenende Party mache."

Er zeigte auf das Schild auf dem Nachbargrundstück.

„Christian, du hast etwas sehr Wichtiges übersehen."

„Was denn, du Schlauberger."

„Sobald du etwas besitzt, bist du erpressbar. Und mir hat es nichts ausgemacht, das Grundstück zu kaufen. Dann miete ich mir einen Truck mit riesigen Boxen drauf und stifte jedes Wochenende ein paar Fässer Freibier für die Jugend der Umgebung. Dann kannst du mal mit Interessenten für deine Häuser eine Begehung machen. Am besten am Wochenende. Wenn du Pech hast, dehne ich es noch auf die auf die anderen Wochentage aus. Also ich kann dir schon Knüppel zwischen die Beine schmeißen. Wer was hat, hat auch was zu verlieren. So, ich will gar nichts mehr sagen. Lieber Bernd, was ist denn mit dir?"

„Ich will meinen gerechten Anteil an dem Geld haben, Christian. Und auch ich kann dir ganz viel Ärger machen. Das hast du ja gesehen."

Bernd zeigte auf das angekokelte Haus gegenüber.

„Aha, du gibst es sogar zu. Zumindest kann ich dich bei der Polizei anzeigen und zwar wegen Brandstiftung."

„Aber du Depp kannst es mir nicht beweisen. Du glaubst immer, dass du so schlau bist. Aber so schlau bist du gar nicht. Also Christian, mach mir ein Angebot, dass ich nicht ablehnen kann."

„Ich zieh mich mal kurz ins Haus zurück. Gebt mir zwanzig Minuten. Ich muss nachdenken."

Alle nickten. Vor dem Haus standen ein paar Gartenstühle,

die schnappten sie sich und setzen sich alle hinein.

„Meint ihr, dass er wirklich in sich geht?", fragte Freddy.

„Könnte schon sein," antwortete Bernd.

Freddy übersetzte für Carmen. Die zuckte nur mit den Achseln und sagte, das wisse man nie.

Dann schwiegen sie alle eine Weile.

52 – KUHFUSS

Steffi hat bis sechs Uhr geschlafen, fühlte sich relativ gut, als sie aufwachte. Ihre Morgentoilette fiel bescheiden aus. Sie hat die Batteriefunzel in der Nacht abgestellt, um Strom zu sparen, und nahm sich abermals die Tür vor, schaute sie sich noch mal ganz genau an. Die Tür war von außen angebracht. Sie kam an die Türbeschläge also nicht heran und ohne Werkzeug schon gar nicht. Dann probierte sie, sich mit voller Wucht gegen die Tür zu schmeißen, aber die mukste nicht mal. Dafür hat sich Steffi blaue Flecken an den Schultern eingehandelt, aber das war ja egal. Sie schaltete die Lampe immer aus, wenn sie nicht unbedingt Licht brauchte, denn sie hatte einen Horror davor, hier dauerhaft im Dunklen zu sitzen. Sie hatte auch schon die Batterien gegen die Neuen getauscht, um zu sehen, ob die richtig voll waren. Sah so aus.

Steffi hatte eine unglaubliche Wut auf diesen Bernd. Der Kerl war innerlich total verrottet, hat vermutlich eine schwere Kindheit gehabt, aber das war eigentlich kein Grund, sich so zu benehmen. Wenn sie sich vorstellte, dass er jetzt mit Freddy und Christian verhandelte und sie vorher hier eingesperrt hat, dann konnte sie nur noch den Kopf schütteln.

Vermutlich hat er sie vorher gründlich ausgekundschaftet und das Versteck hier gesucht. Sie fragte sich, wie er an den Schlüssel gekommen sei, aber wahrscheinlich steckte der ganz einfach. Sie hat in der Nacht von Stemmeisen, Kuhfüßen und Spitzhacken geträumt. Das flache Teil der Spitzhacke könnte man zwischen Tür und Rahmen reindrücken und einmal richtig dran ziehen, dann flöge diese Tür wahrscheinlich aus den Angeln. Aber ohne Werkzeug hatte sie eben keine Chance. Sie dachte, sie könnte etwas übersehen haben und durchsuchte das ganze Verlies nochmals auf irgendeine Idee, wie sie diese Tür knacken könnte. Vielleicht ein großes Stück Beton irgendwo herausbrechen und damit auf die Tür eindreschen. Da war nichts, nichts, gar nichts. Regelmäßig stieg in ihr die Verzweiflung hoch.

53 – ARMEE

Die Tür zur Terrasse ging auf, Christian kam zu ihnen runter und setzte sich auf den letzten freien Gartenstuhl. Er holte tief Luft.

„Freddy, ich zahle dir eineinhalb Millionen zurück. Bernd, du bekommst noch mal zweihunderttausend. Dann hast du sechshunderttausend und ich neunhunderttausend, das finde ich ziemlich fair."

Bernd reagierte als Erster.

„Na gut, damit könnte ich mich anfreunden."

Alle sahen Freddy an.

„Leute, Leute. Nein, ich verschenke nicht so einfach einskommafünf Millionen. Da musst du noch was drauflegen. Sag zwei Millionen, dann passt es."

„Also gut, Freddy ich gebe dir einskommasieben Millionen zurück. Und Bernd, du bekommst dann nur noch hunderttausend von mir. Du hast schließlich auch mein Haus angezündet, die Kosten dafür ziehe ich dir ab. Ich kann dann wenigstens hier weitermachen und versuchen, damit Geld zu verdienen."

Bernd stöhnte. Freddy stand auf, ging zu Christian rüber und hielt ihm die Hand hin.

„Schlag ein!"

Christian schlug ein. Bernd stand mit offenem Mund daneben. Freddy übersetzte für Carmen, was gelaufen sei. Sie nickte. Christian setzte noch hinzu:

„Dann haben wir es im Guten erledigt, ich kann hier versuchen, mir mein Geschäft aufzubauen und habe keinen Ärger mehr. Nicht mal mehr mit Bernd."

Christian lachte.

Freddy diskutierte mit ihm, wie das ablaufen könnte, und Christian versicherte ihm, er würde das Geld kurzfristig anweisen.

„Für mich gibt es jetzt auch nichts mehr zu tun, ich mach mich dann mal auf den Weg", sagte Bernd.

„Kannst du mir das Geld in bar geben?", fragte er Christian.

Christian nickte.

„Wann?“

„Ab morgen.“

„Gut, dann bis morgen.“

Er verabschiedete sich und stiefelte davon.

Freddy und seine Mini-Armee liefen zu Carmens Mercedes und machten sich auf den Rückweg. Carmen sah so aus, als ob sie sich über die zu erwartende Provision freute. Freddy hatte Steffi auch heute früh nicht erreicht und wollte daher auf dem schnellsten Weg zurück. Carmen ließ einen ihrer Leute fahren. Fred hat im Sinn gehabt, ihn zu bitten, so schnell wie möglich zu fahren, aber nachdem er sah, wie der loslegte, da sparte er sich das. Der Mann fuhr wie der sprichwörtliche Henker, überholte bei jeder Möglichkeit und holte alles aus dem offensichtlich mit mehr als dreihundert PS motorisierten Geschoss heraus. Das Auto war zwar ein ziemlicher Dampfer, aber es beschleunigte gewaltig. Tatsächlich waren sie nach gut drei Stunden zurück und setzten Freddy vor dem Hotel ab. Der ging rein, sah sich suchend um und ging in ihr Zimmer, nachdem er Steffi nirgends gesehen hat. Aber da war auch niemand. Dann marschierte er zur Rezeption und fragte nach Steffi. Es stellte sich nach längerer Diskussion heraus, dass sie am Nachmittag des Vortages zuletzt von Hotelangestellten gesehen wurde. Da war Freddy nicht mehr nur besorgt, da war er in heller Aufregung.

54 – SCHÜTTLER

Von Christians Haus fuhr Bernd direkt zu seinem Hotel auf der Halbinsel. In der letzten Zeit zog er ständig von Hotel zu Hotel, er kam sich schon vor wie ein Vagabund. Er hatte einen Koffer mit dem größten Teil der vierhunderttausend Dollar in seinem Auto, die hat er in Cabarete am Vormittag vor der Entführung in bar abgeholt. Die Bank hat ihm eine unverschämte Gebühr dafür abgezwackt, aber das war ihm jetzt egal.

Bernd hat lange darüber nachgedacht, wie er das Ganze am geschicktesten deichseln könnte. Ihm war ja Bargeld sowieso deutlich sympathischer als diese ganzen Überweisungen und der Online-Quatsch. So hat er sich dazu entschieden, es auf die althergebrachte Art und Weise abzuwickeln. Er wollte das Geld in den Händen halten. Wenn er Freddy aufgefordert hätte, ihm die Summe zu überweisen, dann hätte der seine Kontonummer gebraucht und falls Fred die Polizei hinzugezogen hätte, dann hätten die garantiert sofort sein Konto gesperrt. Zuerst hat er noch gedacht, er könnte das Geld ja ganz schnell nach der Gutschrift auf seinem Konto weiter überweisen, aber das würde ja auch nichts nützen, denn die erste Bank würde die Identität der zweiten Bank kennen. Dann hätten sie dieses Konto auch noch gesperrt. Natürlich hätte er ihm dann drohen können, dass er Stephanie etwas antäte, wenn er nicht an sein Geld käme. Aber dann ist ihm eingefallen, dass die Polizei ja die Bank beobachten könnte, wenn er sein Geld abholte und ihn verfolgen könnte. Das taugte alles nichts. Die Alternative wäre noch Christians Lieblingsmethode mit Bitcoins gewesen, aber damit kannte er sich nicht aus, er verstand das Ganze nicht. Also hat er sich einen Weg ausgedacht, wie er sicher an das Bargeld käme.

Freddy sollte sich an diesem Tag ein kleines Flugzeug mit Pilot chartern. Bernd hat sich vor ein paar Tagen bei einer Firma, die Rundflüge anbot, erkundigt, ob sie an diesem Tag ein Flugzeug freihalten könnten und quasi als Reservierungsgebühr fünfhundert Dollar hinterlassen. Freddy hätte sich das Geld in einem Koffer bei der Bank holen sollen, zusammen mit dem Piloten das Flugzeug besteigen und den telefonischen Anweisungen von Bernd folgen. Der hätte ihn zu einer Bergkuppe im Hinterland dirigiert, auf der Freddy den gut gesicherten Koffer hätte abwerfen sollen. Wenn Bernd einen Helikopter in der Nähe gehört oder gesehen hätte, dann hätte Freddy niemals den Standort von Steffi erfahren. Auf diese Art und Weise war er sich sicher, dass er den abgeworfenen Koffer ungesehen schnappen könnte. Die Gegend war dicht bewaldet, nur die Bergkuppe war die einzige kahle Stelle im Umkreis von vielen Kilometern. Er hätte sein Auto im Wald geparkt, den Koffer geschnappt, wäre zu seinem Auto gelaufen und er hat einen Weg ausgekundschaftet, wie er sich schnell relativ weit von der Kuppe hätte entfernen können. Er war sicher, dass ihm da kein Mensch folgen könnte.

Er wollte Freddy mitteilen, dass der die Polizei raushalten sollte. Falls nicht, wären die Konsequenzen klar. Man solle ihm bloß keinen Tracker unterjubeln, das wäre tödlich für sie. Er sei nicht zu orten, habe ein anderes Auto, er habe mehrere Handys, sie bräuchten gar nicht zu versuchen, ihn zu lokalisieren.

Bernd hat sich viel Mühe gegeben und in Puerto Plata einen

Fischer gefunden, der ihn für dreitausend Dollar an einem einsamen Strand auf Kuba absetzen würde. Er würde erst einmal schauen, ob man in Kuba gut leben könnte, da das Land genau wie die Dominikanische Republik kein Auslieferungsabkommen und auch keine Auslieferungspraxis mit Deutschland habe. Er schloss aber nicht aus, dass er vielleicht auch Kuba verlassen würde, um sich zum Beispiel auf den Philippinen umzuschauen. Bernd war sich sicher, dass das ein absolut wasserdichter Plan sei. Er hat beim Durchdenken des Ablaufs keine Fehler finden können. Der Fischer hat gesagt, sie bräuchten etwa fünfzehn Stunden. Das würde er schaffen. Er hatte auch die Pistole, falls der Mann versuchen würde, ihn zu überwältigen. Er hat ihm eine Anzahlung von fünfhundert Dollar für zusätzliche Kanister mit Diesel gegeben. Die Vorbereitungen waren alle abgeschlossen, der Terminplan stand.

Am nächsten Morgen stand er auf, checkte im Hotel aus und fuhr nach einem schnellen Frühstück zu Christian. Er wollte seine hunderttausend Dollar abholen, den Übergabetermin hatte er mit ihm per Whatsapp vereinbart. Bis dorthin brauchte er nicht lange, er traf rechtzeitig auf Christians Grundstück ein und parkte ein paar Meter vor dem Haus.

Es war wie üblich wieder ein wunderschöner Morgen. Bernd sah sich um. Dieses Grundstück war mit vielen Bäumen bewachsen. Es wirkte wie ein kleines Wäldchen mit einem lichten Baumbestand, überwiegend Palmen, in dem die zwei Häuser überhaupt nicht wie Fremdkörper wirken. Sie waren beide in einem unauffälligen beigen Farbton gestrichen und harmonierten gut mit dem Boden, der teils mit Sand, teils mit verschiedenen Gräsern bewachsen war. Nur das halb verbrannte Haus wirkte auf eine Art fremd, nicht zu der Umgebung passend. Bernd trug trotz der Temperaturen heute ein Sakko. Das war notwendig, um die Pistole unter seinem linken Arm zu verbergen. Er würde den Teufel tun und hier unbewaffnet aufkreuzen. Er stand nach kurzer Zeit vor Christians Haus, ging die zwei Stufen zur Eingangstür hoch und klopfte mit den Fingerknöcheln an die Tür.

Er musste ein paar Minuten warten, bis er innen ein Geräusch hörte. Die Tür schwang langsam bis zu etwa zwei Dritteln auf, Christian erschien in Shorts und Poloshirt, heute mit Sportschuhen an den Füßen statt der obligaten Schlappen.

„Hallo Bernd. Du willst dein Geld abholen?“

„Ja."
„Hast dich wohl schon landfein gemacht für deinen Abflug?"
Christian deutete mit der linken Hand auf Bernds Sakko.
„So mit Jacke und so."
„Ja, und?"
„Also du willst dein Geld?"
Christian spähte an Bernd vorbei.
„Das habe ich doch eben schon gesagt!"
In Bernd keimte ein Verdacht auf.
„Ich muss dich leider enttäuschen. Du bekommst nichts. Ich habe doch gesagt, ich würde die Kosten für den Brand abziehen. Ich habe mich mal erkundigt, was das so kostet und das sind ziemlich genau hunderttausend Dollar. Also hast du die hunderttausend, die dir eigentlich zuständen schon selbst ausgegeben."
Bernd starrte ihn an, ihm fiel nicht ein, was er sagen sollte.
„Ich hoffe, dir hat der Brand wenigstens für hunderttausend Dollar Freude bereitet. Du bist also ganz selbst schuld", schob Christian noch hämisch nach.
Bernd hasste Häme seit seiner Kindheit. Das machte ihn wahnsinnig. Er griff mit der rechten Hand unter seine Jacke, schnappte sich den Griff der Pistole und zog sie raus. Er sah, wie Christian seine rechte Hand hinter der Tür hervorzog und in seiner Hand ein Gewehr mit so einer Art Revolvergriff erschien. Die Pistole war noch nicht ganz aus dem Holster, als Christian den Lauf der Waffe blitzschnell nach oben zog. Dann hörte Bernd einen Knall, spürte einen gewaltigen Schlag gegen die Brust. Er hatte keine Schmerzen, schöpfte Hoffnung. Dann sah er nach unten und entdeckte vorne auf seinem Poloshirt einen roten Fleck. Ungläubig schaute er zu, wie der größer wurde, dann brach er zusammen.
„Selbst schuld", meinte Christian nur.
Er legte die Waffe auf ein kleines Sideboard, das gegenüber von der Haustür stand, dann nahm er eine dort liegende zusammengefaltete Plastikplane und breitete sie neben Bernds Körper aus. Er zog sich Gummihandschuhe an, nahm sich die Pistole, durchwühlte seine Taschen, nahm ihm sein Portemonnaie, einen Schlüsselbund, einen einzelnen Schlüssel sowie die Autoschlüssel ab. Dann rollte er Bernds Körper auf die Plane, wickelte ihn ein und verschnürte ihn mit einer bereit liegenden Leine. Er holte Bernds Auto, durchsuchte es gründlich

und entdeckte außer seinem Gepäck noch eine Tasche mit etwa vierhunderttausend Dollar. Das hob seine Stimmung. Das Geld brachte er in sein Haus, Bernds Gepäck ließ er im Auto, nachdem er es gründlich durchsucht hat. Er öffnete die Heckklappe, legte die Rückbank um und zog Bernds Körper in das Auto. Dann fuhr er ungefähr zwanzig Kilometer Richtung Westen, verließ die Straße auf einem Feldweg und stoppte in einem Wald. Er öffnete die Heckklappe, zog Bernds Körper in der Plastikhülle heraus und schleifte ihn ungefähr zwanzig Meter weiter. Dort war ein Loch von etwa einem Meter dreißig Tiefe ausgehoben, passend für Bernd. Er warf ihn hinein, das Gepäck hinterher, nahm die Schaufel, die neben dem Haufen lag und schippte Bernds Grab zu.

Danach fuhr er mit dem Auto den weiten Weg nach Cabarete und stellte es vor dem Parkplatz von Freddys Hotel ab. Mittlerweile war es später Nachmittag. Auf verschlungenen Wegen lief er in den Ort und begann zu suchen. Er brauchte nur zehn Minuten, dann hat er ein uraltes Kleinmotorrad gefunden, bei dem der Schlüssel steckte. Es war vergammelt, verrostet und verdreckt und der Besitzer konnte wohl nicht glauben, dass einer das stehlen könnte. Die Rückfahrt auf dem alten Schüttler, der statt eines Scheinwerfers eine Funzel hatte, war bei diesen Straßen eine Tortur. Das Gefährt stellte er einen Kilometer vor seinem Haus auf den Parkplatz einer Bar und lief den Rest zu Fuß. Sollte also jemand auf die Idee kommen, dass Bernd etwas zugestoßen sei, dann wäre als Erster dieser Freddy dran, denn vor dessen Hotel stand das Auto von Bernd.

Christian würde keinen Cent von seinem Geld hergeben. Dieser Freddy sollte nicht so tun, der hatte genug davon und Bernd bekam einfach den Hals nicht voll. Das ist echte Notwehr gewesen. Er hätte auch die Polizei holen können, aber das war ihm nun doch zu riskant. Er hat bisher nur eine Anzahlung von einhunderttausend für die Häuser geleistet. Also hatte er noch fast das ganze Geld. Allerdings dachte er, er sollte diese Insel demnächst verlassen. Hier gab es einfach zu viele Menschen, die etwas von ihm wollten. Er hat sich im Internet in den letzten Tagen nach anderen Zielen umgeschaut.

Fürs Erste hat er sich in einem Hotel ein paar Kilometer weiter ein Zimmer gemietet. Er packte seine paar Sachen, warf sie in sein Auto und verschwand. Sein Handy hat er ausgeschaltet, sein Auto hatte keinen Tracker mehr und er freute sich auf einen ruhigen Schlaf.

55 – KABELBINDER

Carmen hat am Tag ihrer Rückkehr nach Cabarete sofort mit dem Hotel-Manager gesprochen und ihn gebeten, alle Mitarbeiter befragen zu dürfen, die an diesem Nachmittag anwesend waren. Er ist sehr hilfsbereit gewesen, trommelte sie zusammen und schaffte auch die herbei, die frei hatten oder nur in Teilzeit arbeiteten. Er schickte den kleinen Hotel-Bus los, um alle einzusammeln. Carmen und zwei Mitarbeiter von ihr interviewten die Leute. Sie fanden heraus, dass Steffi etwa eine halbe Stunde, nachdem Freddy gegangen ist, bei einer Service-Mitarbeiterin noch einen Cappuccino bestellt hat. Den hat sie auf der Hotel-Terrasse getrunken, dabei hat sie sich mit ihrem Handy beschäftigt. Die nächste halbe Stunde war nicht ganz einfach zu rekonstruieren, aber es sah so aus, als habe sie sich von da aus in einen der Liegestühle am Pool unter einen Sonnenschirm gelegt und ein Buch gelesen, das sie vorher aus ihrem Hotelzimmer geholt hat. Dann sei plötzlich so ein typischer Deutscher erschienen, habe ihr etwas erzählt und darauf sei sie ins Hotelzimmer gegangen, habe sich umgezogen und sei mit ihm verschwunden. Freddy hatte auf seinem Handy den Kontakt mit Bernd und da war ein Foto von ihm. Sie zeigten den Leuten vom Hotel das Bild und die bestätigten seine Identität.

Sie fragten sich, was Steffi mit Bernd zu tun hätte und Carmen kam auf die Idee, dass es eine Entführung gewesen sein könnte. Sie haben die Polizei benachrichtigt, die sich erst später gemeldet hat und nicht sonderlich kooperativ gewesen ist. Sie haben diskutiert und beratschlagt, was sie unternehmen könnten. Carmen hat die Gegend in Sektoren aufgeteilt und alle ihre Leute hinausgeschickt, um nach Höhlen und verlassenen Gemäuern zu suchen. Freddy wollte die ganze Nacht weitersuchen, aber Carmen hat dann später abgebrochen.

„Meine Leute und ich müssen schlafen. Du nimmst eine Schlaftablette und versuchst es auch. Ein völlig übermüdeter Mensch funktioniert nicht richtig."

Freddy hat dann tatsächlich ein paar Stunden geschlafen, schreckliche Träume gehabt und als er wach wurde, hat er einen Schmerz bisher unbekannter Dimension gespürt. Er verfluchte dieses verdammte Geld und die Bitcoins. Er hat Steffi in diese Gangsterkreise hereingezogen. Er machte sich furchtbare Vorwürfe. Carmen und ihre Mannschaft kreuzten zum Glück dann sehr früh im Hotel auf.

Freddy war völlig aus dem Häuschen. Er war der Verzweiflung nahe, nein, er war total verzweifelt. Carmen war bei ihm und versuchte, ihm zu erklären, dass es besser sei, einen halbwegs kühlen Kopf zu bewahren als sich aufzuregen. Als er einfach nicht aufhörte, hat sie ihn einfach angeschnauzt:

„Verdammt, jetzt hör einfach damit auf. Wenn du dich so aufregst, dann kannst du nicht klar denken. Wenn du nicht klar denken kannst, dann sind Steffis Chancen schlechter, als wenn du klar denken kannst. Nimm dich zusammen und konzentriere dich, bleib ruhig. Wir müssen jetzt so besonnen wie möglich agieren. War Steffi immer mit dir zusammen, seit ihr auf der Insel wart?"

„Ich glaube schon, ja, ich bin mir sicher. Das war das erste Mal, dass sie alleine war. Und es stimmt, es kann sein, dass Bernd sie entführt hat, aber warum gibt es keine Geldforderung?"

„Versuch doch mal, Bernd anzurufen. Du hast doch seine Telefonnummer."

Freddy zog sein Handy heraus und rief Bernd an. Er hörte nur eine spanische Ansage.

„Ausgeschaltet oder so."

„Vielleicht hängt das alles mit Christian zusammen? Du hast ja gesagt, wir sollten Christian beobachten und nicht Bernd. Wenn wir das gewusst hätten, dann hätten wir besser beide beobachtet."

„Ja, du hast recht. Aber ich habe Bernd für harmlos gehalten. So ein Mist. Aber wenn es mit Christian zusammenhängen würde, was ist denn bei der Beobachtung rausgekommen?"

„Die Kamera hat aufgezeichnet, dass heute früh ein Mann in einem SUV auf Christians Grundstück gefahren ist. Sein Gesicht war nicht zu erkennen. Nach einer halben Stunde kam sein Auto wieder raus, aber es war jemand anderer am Steuer. Der trug eine Kappe und eine Sonnenbrille und ist auch nicht zu identifizieren."

„Mehr nicht? Habt ihr ihm keinen Tracker ans Auto geklebt?"

„Nein, haben wir nicht und das tut mir auch leid."

„Und deswegen muss Steffi sterben?"

Freddy sah gerade so aus, als ob er einen Weinkrampf bekäme.

„Du hast auch nicht daran gedacht."

„Ja!"

„Ich könnte mir vorstellen, dass Christian vielleicht keineswegs die Absicht hatte, ihm etwas von seinem schönen Geld abzugeben und ihn stattdessen umgebracht hat. Er wollte doch heute sein restliches Geld abholen. Meine Vermutung ist, dass Bernd erst bei Christian abkassieren wollte, danach hätte er Geld von dir gefordert. Vielleicht hat er gleichzeitig seinen Abflug geplant. Er kann ja immer noch auf die Philippinen gehen. Ist zwar ein bisschen kompliziert von hier, aber wenn man will, dann kommt man da hin. Das Problem ist jetzt nur, dass Steffi irgendwo sitzt und wir keine Ahnung haben, wo. Ich habe die Polizei gebeten, ihr Handy orten zu lassen, aber das dauert noch."

„Oh Gott, das ist ja noch schlimmer. Wenn er tot ist, dann kann er mir nicht mehr sagen, wo sie ist, selbst wenn ich bezahle. Ich würde bezahlen, sofort!"

Freddy bekam erst einen Weinkrampf, der zu einer Art Tobsuchtsanfall mutierte. Dann hörte er schlagartig auf.

„Carmen, wir fahren zu Christian."

Ohne ihre Antwort abzuwarten, rannte Freddy im Laufschritt zum Hotelparkplatz und stieg in sein Auto und fuhr los. An der Ausfahrt sah er, wie Carmen angelaufen kam, stoppte kurz und ließ sie einsteigen. Freddy fuhr in einem Höllentempo in Richtung Samana. Er ließ es noch ganz anders laufen, als gestern der Fahrer von Carmens Mercedes. Und so waren sie in drei Stunden bei Christian vor dem Haus. Sein Auto war weg. Freddy stieg aus.

„Ich gehe alleine!"

„Kommt nicht in Frage."

Carmen stieg ebenfalls aus und Freddy dachte, dass er wirklich froh war, sie in seiner Nähe zu haben. Diese Frau war sehr tatkräftig, sehr vernünftig und sehr bestimmt. Er dachte, er zahle ihr auch einen Haufen Geld, war wahrscheinlich zurzeit der beste Kunde, aber dennoch war sie jeden Cent wert. Freddy ging es während der Fahrt leidlich. Die dauernde Überholerei hat ihn abgelenkt. Wenn er etwas unternahm, war die Ungewissheit leichter zu ertragen, als wenn er nur da saß und grübelte. Dann wurde ihm die Tragweite der Ereignisse erst so richtig klar. Der Verlust von Steffi wäre das bisher größte Drama seines Lebens und wenn er logisch dachte, wusste er ja, dass die Chancen, sie zu finden, sehr gering waren. Dieser Bernd konnte sich alle möglichen Verstecke ausgedacht haben, eine Höhle, einen Keller und es gab schon Entführungen, da haben die Täter ihre Opfer in einem Loch im Wald verscharrt, das sie oben mit einem festen Deckel verschlossen haben. Er wollte auch gar nicht daran denken, was Bernd mit ihr angestellt haben könnte und letztendlich musste er zugeben, dass sie auch schon tot sein könnte. Dieser Gedanke schoss ihm immer wieder ins Hirn und er hatte jedes Mal das Gefühl, dass es ihn innerlich zerreiße. Wie oft hat er in den letzten Stunden gedacht, *lieber Gott, lass mich aus dem Traum aufwachen oder möge sich doch die Erde unter mir auftun und mich verschlingen*, so dass ich das nicht mehr ertragen muss. Er hat in seinem Leben noch nie so gelitten,

Carmen hatte wieder eine Pistole in ihrem Schulterholster stecken. Und sie beide trugen Westen. Freddy schlug mit der Faust gegen Christians Tür. Nichts passierte. Sie warteten. Dann telefonierte Carmen kurz und ging mit finsterer Miene um das Haus herum, Freddy folgte. Sie schaute durch die Terrassentür hinein, nahm den Griff ihrer Pistole und schlug die Scheibe ein. Sie öffnete die Tür und sie durchsuchten das Haus.

„Ausgeflogen."

Ihr Handy klingelte, sie nahm das Gespräch an.

„Wir fahren weiter. Er ist in einem Hotel in der Nähe."

„Woher weißt du das?"

„Meine Leute telefonieren die Hotels in der Umgebung ab."

Sie fuhren etwa eine Viertelstunde und erreichten ein Fünf-Sterne-Hotel direkt am Meer. Carmen ging forschen Schrittes zur Rezeption, fragte nach Herrn Immels und schob dezent einen Dollarschein über den Tresen. Da bekam sie eine Zimmernummer genannt und den Weg dahin beschrieben. Sie verließen das Hotel auf der Meerseite auf einem gepflasterten Weg, an den sich eine große Rasenfläche anschloss. Hier waren die Eingänge zu den Zimmern. Bei der richtigen Nummer klopfte Carmen und rief:

„Roomservice!"

Die Tür schwang zu drei Vierteln auf, und Christians rechte Hand war hinter der Tür verborgen. Er schaute völlig überrascht.

„Hallo Christian, ich habe mal mein Konto angeschaut, da ist noch kein Geld eingegangen."

Christian war auf Freddy fixiert. Mit einer blitzartigen Bewegung lag plötzlich die Pistole in Carmens Hand und war auf Christian gerichtet.

„Mach gefälligst die Tür ganz auf und ich will beide Hände sehen!"

Christian sah von Freddy zu Carmen und zurück zu Freddy. Carmen hielt die Waffe auf ihn gerichtet, und forderte ihn auf, schneller zu machen. Dann gab er der Tür mit der Schulter einen Schubs und sie ging ganz auf. Man sah in der rechten Hand von Christian ein Gewehr mit Revolvergriff, den Lauf nach unten gerichtet. Carmen schrie, er solle es sofort fallenlassen. Er hielt die Waffe am Griff und versuchte, den Lauf nach oben zu schwingen. In dem Moment krachte es, es drehte Christian ein Stück um die eigene Achse, die Waffe fiel scheppernd auf den Boden und seine Handkante färbte sich rot. Carmen herrschte ihn an, er solle gefälligst rauskommen. Diesmal führte er ihren Befehl widerspruchslos aus, sie schnappte ihn am Kragen, lehnte ihn windschief an die Wand. Er stöhnte vor Schmerzen. Dann zog sie ein paar Kabelbinder raus und wies Freddy an, ihm damit die Hände zu fesseln. Das war eine ziemliche Sauerei, er blutete heftig. Carmen brachte ein Handtuch, das sie ihm um die Hand wickelte. Das Gleiche machten sie noch mit seinen Füßen. Er saß jetzt auf dem Boden und machte kein glückliches Gesicht. Einige Hotelgäste sahen in ihre Richtung, aber zum Glück kam keiner näher. Ein Mitarbeiter von der Rezeption rannte herbei. Carmen sprach mit ihm und Freddy hörte das Wort *Policia* heraus.

„Christian, ich hatte eigentlich nicht erwartet, dass du bezahlst, hattest du es überhaupt vor?"

„Ja, was soll ich denn sonst machen."

„Was mich momentan viel mehr interessiert ist, was du mit Bernd gemacht hast."

„Bernd, den habe ich schon lange nicht mehr gesehen."

„Okay, ich wollte nur einen Beweis dafür haben, dass du lügst wie gedruckt. Aber das ist ja nichts Neues. Wir haben dich überwachen lassen. Gestern ist Bernd morgens zu dir gekommen, dann bist du etwas später mit seinem Auto alleine weggefahren. Das ist seltsam, oder?"

„Nein, nein, ich habe ihn nicht gesehen."

„Christian, hör mit der Scheiß-Lügerei auf. Kein Mensch glaubt dir."

Christian sah jetzt aus, als denke er nach. Plötzlich ging in seinem Gesicht eine Veränderung vor, die Freddy nicht deuten konnte.

„Okay, aber es war Notwehr. Ich habe ihm gesagt, dass ich ihm nichts mehr bezahle. Da hat er die Kanone gezogen. Das kann ich jetzt gar nicht mehr beweisen, aber es war so. Und das ist nun mal Notwehr. Und ja, ich habe ihn im Wald vergraben, weil ich keinen Ärger mit der Polizei haben wollte."

„Was hast du mit dem Auto gemacht?"

Christian zögerte mit der Antwort.

„Das habe ich in Las Terrenas offen stehen lassen – der Schlüssel lag auf dem Fahrersitz. War nach zehn Minuten schon geklaut."

Freddy dachte, für eine ehrliche Antwort habe das ziemlich lange gedauert.

„Na gut, die Bullen sind schon unterwegs. Man bekommt doch nicht immer, was man möchte, mein lieber Christian."

Christians Gesicht veränderte sich wieder. Jetzt sah er wieder aus wie vorher. Die Ankündigung mit der Polizei gefiel ihm wohl weniger.

„Ja, lieber Christian, du hast vermutlich keine große Lust, in einem dominikanischen Knast zu verschwinden. Da soll es nicht so gemütlich zugehen. Außerdem wirst du möglicherweise nach Deutschland abgeschoben. Mann, in deiner Haut möchte ich nicht stecken. So, jetzt sagst du uns, wo du ihn verbuddelt hast."

„Warum sollte ich das tun?"

„Weil davon abhängt, was wir der Polizei erzählen."

„Ich sage es euch, wenn ihr mich laufen lasst. Sonst mache ich gar nichts."

„Hat Bernd irgendetwas über meine Freundin erzählt?"

„Warum sollte er was über deine Freundin erzählen?"

„Nur so."

Christian grinste.

„Ist sie dir stiften gegangen? Jetzt verstehe ich. Sie ist verschwunden. Freiwillig geht keine mit Bernd weg. Ihr denkt, Bernd hat sie entführt? Davon hat er ganz am Anfang tatsächlich gesprochen. Weil er von mir kein Geld mehr bekommen hat, hat er die Gunst der Stunde genutzt und sie noch schnell entführt, um dich zu erpressen. Bloß wollte er vorher das Geld bei mir abholen und ich habe ihn verschwinden lassen und jetzt habt ihr keine Ahnung, wo sie steckt."

Freddy sagte gar nichts.

„Aber ich kann dich beruhigen, er hat nicht über sie gesprochen. Jetzt verstehe ich auch, warum ich euch sagen soll, wo er ist. Ihr erwartet Hinweise. Aber an sein Handy kommt ihr ja gar nicht ran. Ihr meint vielleicht, dass er in seiner Jackentasche einen Lageplan hat. Also gut, ich will mal nett sein. Alles, was er in den Taschen hatte, liegt hier bei mir. Auf dem Tisch da hinten."

Sie schauten ihn fragend an. Er zeigte hinter sich.

„Im Zimmer. Da liegt auch ein Schlüsselbund. Vielleicht ist da der Schlüssel zum Verlies dabei. Das könnte sein, er hat noch einen einzelnen Schlüssel gehabt. Liegt auch da."

Freddy war schon am Suchen. Er fand die Sachen auf dem Tisch und durchwühlte sie. Es war ein Schlüsselbund und ein einzelner, ziemlich verrosteter Schlüssel. Könnte der Schlüssel zu ihrem Versteck sein, aber würde er auch einen Hinweis geben können? Er untersuchte ihn genau, aber es stand nichts drauf. Das war so ein großer, altertümlicher Schlüssel. Er durchwühlte das Portemonnaie, aber da fand sich auf Anhieb auch kein Hinweis. Den Schlüssel steckte er in seine Hosentasche.

„Glaub mir, er hatte nichts bei sich, was euch irgendwie weiterhelfen würde. Ich sehe ja ein, dass ihr mich in der Hand habt. Ich helfe euch auch, ihn zu finden, aber die Arbeit könnt ihr euch sparen. Wenn deine Freundin weg ist, dann hast du jetzt Wichtigeres zu tun."

Nach einigen Minuten trafen zwei Polizisten ein und übernahmen Christian. Freddy fuhr mit Carmen wieder nach Cabarete zurück. Auf der Rückfahrt entwickelte Carmen die Idee, den Schlüssel im Lokal-TV zu zeigen, gleich heute Abend zur besten Sendezeit, vielleicht könnte jemand dem Schlüssel ein Gebäude zuordnen. Sie filzten dann unter den Augen der Polizisten das Zimmer und fanden eine Tasche mit viel Geld.

56 – BETON

Steffi war im Zustand tiefster Verzweiflung. Von den ursprünglich zwölf Flaschen Wasser waren immerhin noch acht voll. Auch die Nahrungsmittel und die Batterien würden noch eine Weile reichen.

Sie hat den Eimer mit dem Urin irgendwann unter der Tür durch gekippt, weil sie hoffte, dass die frische Pfütze vielleicht jemanden auf die Idee brächte, dass hier ein Mensch eingesperrt war. Der Spalt unter der Tür war immerhin ein paar Millimeter hoch, aber sie sah draußen auch tagsüber nur Dunkelheit. Am zweiten Tag ist ihr eingefallen, dass sie vielleicht irgendein Teil von der Tür gelöst bekäme, was sie dann als Werkzeug verwenden könnte. Aber der Plan ging nicht auf. An der Tür war alles bombenfest. Sie hat es auch mit Rufen probiert, aber das hat nichts gebracht.

Sie hat sich überlegt, welche Todesursache für sie die wahrscheinlichste sei, und es war eigentlich ganz klar, dass sie verdursten würde. Es gab kein bisschen Feuchtigkeit in dem Loch. Sie könnte sich ungefähr ausrechnen, wann das sein würde, aber sie tat es nicht. Aber sie ging sparsam mit dem Wasser um.

Sie hatte noch eine Idee. Sie hat bereits den Boden und die Wände auf irgendeine lockere Stelle abgetastet, aber die Decke hat sie bisher ausgelassen. Wenn sie sich auf die Liege stellen würde, dann käme sie auch an die Decke ran. Sie fing sofort damit an. Steffi fand in dem Bereich über der Liege nichts, dann verschob sie sie. Der Raum war ungefähr fünf mal sechs Meter groß. Sie brauchte eine Weile, bis sie alles abgetastet hat. Bei der vorletzten Position der Liege tastete sie etwas Hervorstehendes in der Decke und plötzlich fühlte sie mit ihren Fingern, dass sich da etwas bewegte. Sie wackelte daran, es war ein Betonstück von ungefähr vierzig Zentimetern Länge, das ungefähr fünf Zentimeter breit und ebenso hoch war. Nachdem sie ein paar Minuten daran gewackelt hat, ließ sich das ganze Teil aus der Decke lösen. Vorsorglich suchte sie noch die letzte mögliche Position der Liege ab, da war nichts mehr. Immerhin hatte sie jetzt ein Gerät in der Hand, mit dem sie eventuell etwas anstellen konnte. Sie staunte selbst darüber, dass sie plötzlich so etwas wie ein positives Gefühl durchströmte. Und sie sagte sich, *freu dich bloß nicht zu früh.*

57 – TRACKER

Freddy saß auf dem Balkon ihres Hotelzimmers und ihm war total flatterig. Gestern ist ihm den ganzen Tag schlecht gewesen. Ihn wunderte das nicht. Nach der Rückkehr von der Halbinsel ist er wie ein Gestörter herumgefahren, solange es noch hell war. Er hat sich alle möglichen alten Gemäuer angesehen und Carmen gebeten, ihre ganze Mannschaft abermals rauszuschicken, aber den ganzen Tag lang hat keiner etwas gefunden. Gestern Abend wurde am Ende der Nachrichten im Fernsehen der Schlüssel präsentiert. Es gab viele Reaktionen und die Polizei und Carmens Leute sind diesen Hinweisen nachgegangen, aber bisher ist nichts herausgekommen. Die Polizei konnte Steffis Handy nicht orten. Freddy hat gestern noch gehört, dass die Polizei Bernd ausgegraben hat und dass man bei ihm einen geladenen und entsicherten Revolver und sein Gepäck gefunden hat. Insofern schien die Geschichte von Christian also zu stimmen. Die Polizei hat bestätigt, dass sie bei Bernd sonst nichts gefunden haben.

Freddy war hundemüde. Gedanken rasten in seinem Kopf herum, kreisten um Steffi. In den letzten zwei Nächten hat er vielleicht je drei Stunden geschlafen. Immer dann, wenn er merkte, dass er einschlief, durchzuckte es ihn und er spürte wieder einen Schuss Adrenalin. Gegen zehn Uhr ist er vor Übermüdung eingeschlafen, aber nach zwei Stunden wieder aufgewacht. Dann wurde er halb wahnsinnig vor lauter Hirnerei und schlief später nochmal kurz ein.

Freddy ging runter und holte sich an der Bar einen doppelten Espresso, ging mit der Tasse wieder ins Zimmer und stellte sie auf dem kleinen Tisch auf dem Balkon ab. Er setzte sich auf einen der Sessel. Sah den anderen traurig an.

Sein Blick schweifte zum Parkplatz rüber und dort sah er ein Auto, das ihm bekannt vorkam. Er schaute genau hin, es war der kleine Bus der Autovermietung. Er stand auf dem Hotel-Parkplatz quer hinter einer Reihe von Autos. Fred sah, wie der Deutsch sprechende Spanier von der Autovermietung zu einem Auto ging, das außerhalb des Hotel-Parkplatzes stand und das war ein SUV mit einer seltsamen Lackierung. Sah aus, wie der von Bernd. In diesem Moment war die Müdigkeit von Freddy in Windeseile verflogen. Ein Ruck ging durch seinen Körper. Er sprang auf, sauste durch das Zimmer, rannte die Treppe runter und raste im Laufschritt zu dem Parkplatz. Der SUV war schon halb ausgeparkt, da erreichte er ihn. Freddy schlug mit der flachen Hand auf das Dach, das Auto stoppte, der Spanier schaute erschrocken aus dem Fenster und erkannte ihn.

„Hey, das ist doch das Auto, das Bernd, der dicke, Deutsche

gehabt hat?"

„Das stimmt."

„Woher wisst ihr, dass das Auto hier ist?"

„Naja, ich habe vorhin gehört, dass der Mann tot ist und da haben wir halt nachgeschaut, wo das Auto ist."

„Aber du hast doch gesagt, der hat den Tracker abgerissen und das Auto ist dann nicht mehr zu orten?"

Der Spanier grinste.

„Die haben natürlich mehrere Tracker. Wenn einer nicht geortet werden möchte, dann kann er den im Radkasten ruhig abreißen, die andern Tracker sind so eingebaut, dass man da ohne richtiges Werkzeug gar nicht ran kommt. Entschuldigung, aber ich möchte unter allen Umständen wissen, wo meine Autos sind, das brauche ich schon für die Versicherung."

„Das bedeutet, der Tracker kann mir auch sagen, wo das Auto vorgestern gewesen ist."

„Ja, ich kann dir die Routen zeigen. Da müsstest du nur mit zu mir kommen."

„Das ist wahnsinnig wichtig. Meine Freundin ist entführt worden."

„Habe ich gehört."

„Mit der Route kann ich eventuell herauskriegen, wo er sie versteckt hat. Er kann nicht mehr reden. Er ist tot. Aber ich nehme mein eigenes Auto mit, damit ich beweglich bin."

„Ach was, du kannst so lange den hier benutzen. Steig ein."

Freddy sprang in den SUV und der Spanier raste mit stark überhöhter Geschwindigkeit die paar Kilometer zu seiner Firma. Sie rannten in das Büro und er suchte die Route des betreffenden Tages, fand sie auch sofort. Freddy schaute genau hin und sah, dass Bernd eine Stunde, nachdem er, Fred, das Hotel verlassen hat, dorthin gefahren ist, und er sah die Route, die Bernd von da gefahren ist. An einem Punkt kreuzte sich seine Route mit sich selbst.

„Weißt du, wo das ist?"

Freddy zeigte auf einen Punkt auf dem Monitor.

„Das ist so eine Hotelruine, da wollten sie vor dreißig Jahren mal bauen, aber beim Rohbau ist ihnen das Geld ausgegangen. Seither gammelt es vor sich hin."

„Habt ihr in eurer Werkstatt auch sowas wie einen Kuhfuß oder Montiereisen. Eine Spitzhacke wäre noch gut und ein paar Hämmer."

Der Spanier rannte in die Werkstatt rüber und kam mit einer Schubkarre voll Werkzeug zurück. Das Zeug warfen sie in den Kofferraum des Autos.

Der Spanier fuhr, Freddy rief Carmen an. Er erklärte ihr, wo das Versteck sein könnte. Sie sagte, sie käme sofort und würde eine Ambulanz dorthin beordern. Der Spanier gab wieder ziemlich Gas und in wenigen Minuten waren sie an der Ruine angekommen. Ab dem Erdgeschoss standen nur die gegossenen Betonmauern und Pfeiler. Abgeschlossene Räume gab es keine. Freddy sah, dass der Komplex ungefähr hundert Meter lang war. Ein Keller war nicht zu sehen. Freddy lief an der Ruine vorbei. Das war mühsam, da hier überall Büsche wucherten. Er musste sich regelrecht durchzwängen. An dieser Seite fand er nichts.

Auf der anderen Längsseite entdeckte er in der Mitte eine Treppe. Er ging runter, unten war ein Eingang ohne Tür. Es war ziemlich dunkel, Fred benutzte sein Handy als Lichtquelle. Dann sah er drei Metalltüren. Den Schlüssel hatte er dabei. Die erste Tür hatte kein Schloss mehr. Die zweite schon. Er steckte den Schlüssel rein und hörte von innen ein Geräusch. Freddy dachte *bitte, bitte, bitte.* Sein Herz wummerte. Die Tür ließ sich öffnen, quietschte mächtig. Er zog sie auf und als sie halb offen war, schrie er:

„Steffi!“

58 – FLOSSEN

Steffi wirkte körperlich und mental völlig in Ordnung. Nachdem sie sich in die Arme gefallen sind, schob Freddy sie nach ein oder zwei Minuten ein wenig von sich weg.

„Bist du in Ordnung?“

„Soweit schon, bis auf die Flossen.“

„Zeig!“

Er nahm ihre Hände in seine und betrachtete sie, drehte sie um.

„Die sehen ja furchtbar aus.“

„Ja, ich habe mich um meine vorzeitige Freilassung bemüht. Von den Fingernägeln ist nicht viel übrig.“

Mit der Ambulanz ist ein Notarzt gekommen, der drängte sich zwischen die beiden, bugsierte sie zum Krankenwagen und machte dort ein paar Checks mit ihr. Nach zehn Minuten kam sie wieder heraus.

„Soweit alles gut."

Dann kamen zwei Polizisten und wollten den Hergang genau wissen. Mit denen vereinbarten sie einen Termin für den übernächsten Tag, an dem sie ein genaues Protokoll machen wollten.

„Zeig mir mal dein Gefängnis!"

Freddy betrat den Kellerraum, schaute sich um. Steffi kam nach und stellte sich neben ihn.

„Ich habe die ganze Zeit versucht, ein Werkzeug zu finden, mit dem ich die Tür aufkriege, habe die ganze Bude zentimeterweise untersucht und gestern dieses Betonteil da gefunden. Mit dem habe ich die verdammte Tür bearbeitet. Daher die Hände. Bernd war leider so clever, sonst nichts dazulassen."

„Bernd ist tot."

„Was?"

„Wir haben uns geeinigt, dass Christian mir einen Teil des Geldes zurückzahlt und Bernd etwas mehr Geld bekommt. Als er seinen Anteil abholen wollte, da hat Christian ihn erschossen. Angeblich in Notwehr. Es sieht sogar so aus, als ob er nicht lügt."

„Er muss es lange vorbereitet haben. Ich hatte die Batterielampe, ich hatte zu trinken und irgendeinen Mist zu essen, eine Decke, eine Matratze und ein Kissen. Ein paar Eimer hat er auch hingestellt. Ist mir jetzt schon peinlich, dass die Polizei hier um meine Eimer herumstreicht."

Freddy schnüffelte. Besonders gut roch es nicht in dem Verlies.

„Warte mal, das interessiert mich."

Steffi nahm Freddys Handy und ging zum Eingang. Mit dem Telefon als Taschenlampe untersuchte sie die verrostete Metalltür minutenlang.

„Da hätte ich nicht den Hauch einer Chance gehabt. Sie ist ja von außen angebracht und ich konnte nur ahnen, wie es auf der anderen Seite aussieht. Komm, lass uns hier verschwinden."

Freddy nickte, ging zu Carmen.

„Kannst du uns zum Hotel bringen?"

Jose, der Autovermieter stand daneben und schlug vor, sie zu seiner Firma mitzunehmen.

„Dann habt ihr gleich euer Auto wieder!"

„Gerne, Steffi, dieser Mann hat auch maßgeblich an deiner

Befreiung mitgewirkt."

Steffi umarmte Jose.

„Schau mal, was wir im Kofferraum haben!"

Steffi blickte in den Kofferraum und sah die Spitzhacke und das andere Werkzeug, brach sofort in Tränen aus. Nach einer Weile beruhigte sie sich und meinte:

„Das war der Inhalt meiner Träume, jede Nacht."

Sie betrachtete Bernds Leihauto.

„Ich steige sehr ungern zum zweiten Mal in dieses Fahrzeug ein."

Sie setzte sich dann aber doch auf den Rücksitz, sie fuhren zu Jose's Firma und dann in ihr Hotel. Die Hotelmitarbeiter kamen von allen Seiten, manche rannten, umarmten sie. Später nahm sie ein langes Bad. Freddy saß auf einem Hocker neben ihr.

„Mein lieber Mann, ich habe mir auch schon Gedanken über die für mich wahrscheinlichste Todesursache gemacht. So schlecht habe ich mich noch nie gefühlt. Verdurstet wäre ich."

„Steffi, das war dumm und unvorsichtig von mir. Ich werde so etwas nie wieder machen. Versprochen."

„Ach, als wir mitbekommen haben, wie Bernd Christians Haus angezündet hat, da fand ich das Ganze ja auch sehr spannend. Wir waren plötzlich mitten in einem Krimi drin. Aber ich habe mir nicht gedacht, dass der Übergang vom Zuschauen zum Mitmachen dann nur ein kleiner Schritt ist."

„Stimmt, zuerst waren wir Zuschauer und plötzlich hatten wir Nebenrollen, aber keine schönen. Du hattest zuletzt sogar die Hauptrolle."

„Hätte nicht sein müssen. Glaub mir, ich werde lange brauchen, um das zu verarbeiten. Ich hatte Todesangst."

„Ich weiß, ich habe mitgelitten, aber ich fühle mich verantwortlich. Ich wollte hierher."

„Und was ist jetzt mit Christian?"

„Wir haben ihn gestern Abend der Polizei übergeben. Carmen hat ihm noch in die Hand geschossen."

„Wieso schießt sie ihn in die Hand?"

„Weil er versucht hat, auf uns zu schießen."

„Oh mein Gott, ich hätte nicht gedacht, dass diese beiden Typen tatsächlich so gefährlich sind. Versteh mich richtig, ich bin erwachsen und ich hätte auch irgendwann sagen können, wir verschwinden von hier oder wir bringen uns zumindest in

Sicherheit. Es war ja auch saudoof von mir, zu Bernd ins Auto zu steigen."

Sie gingen ins Hotel zum Essen, Steffi wurde begeistert von den Kellnern begrüßt, der Hotelmanager kam an ihren Tisch.

„Steffi, er hat uns sehr geholfen."

Dann kreuzte Carmen auf, begrüßte sie herzlich.

„Ich werde euch morgen eine Anwältin vorstellen, die sehr viel Erfahrung im Umgang mit unseren Behörden hat. Die Polizei hat das Geld von Bernd beschlagnahmt und wird sich auch um Christians Konten bemühen. Vermutlich ist es ein größerer Aufwand, an dein Geld zu kommen, aber ich bin da zuversichtlich. Kommt einfach zu mir ins Büro, wenn ihr Zeit habt, aber sagt bitte kurz vorher Bescheid."

Freddy stimmte zu.

„Steffi, wir können Carmen ziemlich dankbar sein. Die hat in der ganzen Situation den Überblick bewahrt und war sehr aktiv. Ich habe einige Male die Fassung verloren und sie hat mir jedes Mal einen Tritt gegeben. Sie ist wirklich jeden Cent von ihrer Provision wert."

„Wer ist eigentlich darauf gekommen, dass ich in der Hotelruine war? Ich weiß, du hast es vorhin schon mal angedeutet, aber so genau habe ich es nicht verstanden. Bin wohl doch ein bisschen durch den Wind."

„Klar, das ist das Trauma. Zunächst ist keiner drauf gekommen. Carmens Leute haben auch dieses Bauwerk angeschaut, aber den Keller nicht gesehen. War ja auch schwer zu finden. Wir haben dich über den Leihwagen gefunden. Fast alle Leihwagenfirmen benutzen Tracker, aber manche Kunden wollen das nicht. In dem Fall montiert Jose die Tracker ab. Manche Kunden machen es selbst. Er hat mir erzählt, Bernd habe seinen Tracker auch selbst abgerissen."

„Genau, da war ich dabei."

„Ich dachte deswegen, Bernds Auto habe keinen Tracker mehr. Dann habe ich gesehen, wie Jose die Karre abgeholt hat. Die stand bei uns außerhalb des Hotelparkplatzes. Christian hat uns angelogen, als er behauptete, das Auto sei in Las Terrenas geklaut worden. Ich bin auf das Auto durch die komische Farbe aufmerksam geworden. Also bin ich hin und habe gefragt, woher er denn wisse, wo das Auto sei. Da hat er nur gegrinst. Das Auto hatte also noch einen zweiten Tracker. Die Kunden sehen bloß, wie er einen abbaut. Dann denken sie, sie seien nicht mehr zu orten."

„Mein Gott, mein Leben hing wirklich an einem seidenen Faden."

Sie fing an, zu weinen. Freddy wusste, dass das bei ihr meistens nicht lange ging. Steffi war tough. Sie bekam sich schnell wieder in den Griff.

„Hätten die Autos Navis, dann könnte man die Routen auslesen. Jose hat mich sofort zu seinem Büro gefahren und dann habe ich gesehen, dass Bernds Route sich an einer Stelle gekreuzt hat."

„Das war knapp."

„Bernd hat sicher erwartet, dass er von Christian mit seinem Geld zurückkommt. Danach wollte er, so vermute ich, seine Lösegeldforderung an mich stellen. Er hat sicher nicht gedacht, dass er Christians Grundstück im Kofferraum seines eigenen Autos verlässt."

„Dann habe ich mein Leben verschiedenen Zufällen zu verdanken."

„Steffi, ich hoffe, sowas passiert uns nie wieder."

„Und ich erst."

„Wir sind nicht mehr reich und daher hoffentlich auch uninteressant für Ganoven aller Art. Noch ein paar Wochen und die meiste Kohle steckt in der Stiftung. Da komme selbst ich nicht mehr ran. Wir kontrollieren zwar, dass das Vermögen erhalten bleibt und die Erträge für gute Zwecke ausgegeben werden, aber wir haben keinen Zugriff mehr auf das Geld."

59 – HEIMFLUG

Ein paar Tage später waren die beiden auf dem Heimflug.

„Freddy, eigentlich war Bernd doch total dumm. Wie hätte er denn die Geldübergabe bewerkstelligen wollen?"

„Ich weiß es nicht. Vermutlich in bar. Ich hätte wahrscheinlich irgendwo einen Geldkoffer abstellen müssen."

„Aber wenn er dann die Kohle gehabt und mein Versteck bekanntgegeben hätte, dann wäre er doch Freiwild gewesen?"

„Auf der Insel hätte er nicht bleiben können. Vielleicht wollte er nach Kuba? Die liefern auch nicht aus. Mit einem geklauten Boot oder so?"

„Oh Mann, das ist ziemlich weit und wenn man vom Meer keine Ahnung hat? Wenn er sich einen sucht, der ihn dahin bringt, dann sieht der viele Koffer bei ihm. Kann sich ja denken, was da drin ist."

„Ja, das wäre schwierig geworden. Aber der Christian ist auch nicht so helle."

„Gier frisst Hirn. So ist das eben."

„Der Ärger geht los, wenn man die Beute hat. Dann bescheißt man den anderen."

Steffi grinste:

„Ist gut für die Polizei und die Justiz."

„Vielleicht hatten die Buben eine schwere Kindheit?"

„Das ist zu vermuten."

„Hätte Christian anständig geteilt, würden beide noch leben."

„Dumm gelaufen."

„So ist der eine im Knast und der andere tot."

„Freddy, eigentlich fasse ich es immer noch nicht, wie kann man so blöd und so gierig sein?"

„Man kann."

Steffi schaute jetzt besorgt drein:

„Wann kommt der Mistkerl aus dem Knast?"

„Das hängt davon ab, was man ihm anlasten kann. Wenn er Schwein hat, ist es nur ein Einbruch und einmal Notwehr. Dann kommt er in ein paar Jahren raus."

„Ach du Schreck!"

ÜBER DEN AUTOR

ich wurde 1951 in Bad Homburg geboren und landete mit sechs Jahren in Freiburg. Wollte eigentlich Viehdoktor werden, aber da hätte ich wegen des damaligen numerus clausus und meines doch nicht so wahnsinnig guten Abiturs sehr lange warten müssen. Absolvierte einen Monat ein Praktikum in der Tierklinik. Habe dann angefangen, Volkswirtschaft zu studieren – was eher langweilig klingt.

Ich habe damals zwei Dinge beschlossen: 1. nicht mein ganzes Leben das Gleiche zu machen und 2. irgendwann einmal ein Buch zu schreiben. Ich wusste aber nicht genau, warum.

Dann bin ich Wirtschaftsjournalist bei einer großen Nachrichtenagentur geworden. War spannend. Bin danach zu einer amerikanischen Management-Consulting-Firma gegangen. Das war wieder sehr interessant. Aber nach ein paar Jahren wollte ich mich selbständig machen. Unbedingt. Irgendwann hatte ich dann ein IT-Systemhaus, wir haben viel Software gemacht.

Ich schreibe gerne spannende Sachen, Thriller. Mir liegen Wirtschaftsverbrechen, Geldwäsche, Schwarzgeld etc. am besten gekoppelt mit Erpressungen und mafiösem Verhalten.

Meine anderen Bücher –

- Schoofseggl
- Drecksgeschäft
- Koks im Kiel

gibt es beim Verlag Oertel + Spörer und im Buchhandel

- Herbert Wundertüte aus dem All
- Herbert – Aliens und parallele Welten
- Herbert und die letzte Atombombe

findet man bei amazon und auf https://axelulrich.com

Printed in Poland
by Amazon Fulfillment
Poland Sp. z o.o., Wrocław

21353210R00124